NERI POZZA
BLOOM

283

Dello stesso autore:
*Un giorno*
*Il sostituto*
*Le domande di Brian*
*Noi*
*Un dolore così dolce*



Titolo originale:
*You Are Here*


ISBN 978-88-545-2938-0

www.neripozza.it

**DAVID NICHOLLS**

# TU SEI QUI

*traduzione dall'inglese di*
Scilla Forti

NERI POZZA EDITORE

*A Hanna, Max e Romy,*
*per tutte le camminate*

[...]; ma allora non ebbe dubbi che avesse chiesto alla sua ballerina se la signorina Elliot non danzava mai. La risposta era: «Oh, no, mai; ha rinunciato a danzare. Preferisce suonare. Non si stanca mai di suonare»*.

J. AUSTEN, *Persuasione*

* J. Austen, *Persuasione*, Mondadori, Milano 2015, p. 79, traduzione di Anna Luisa Zazo.

COAST TO COAST WALK

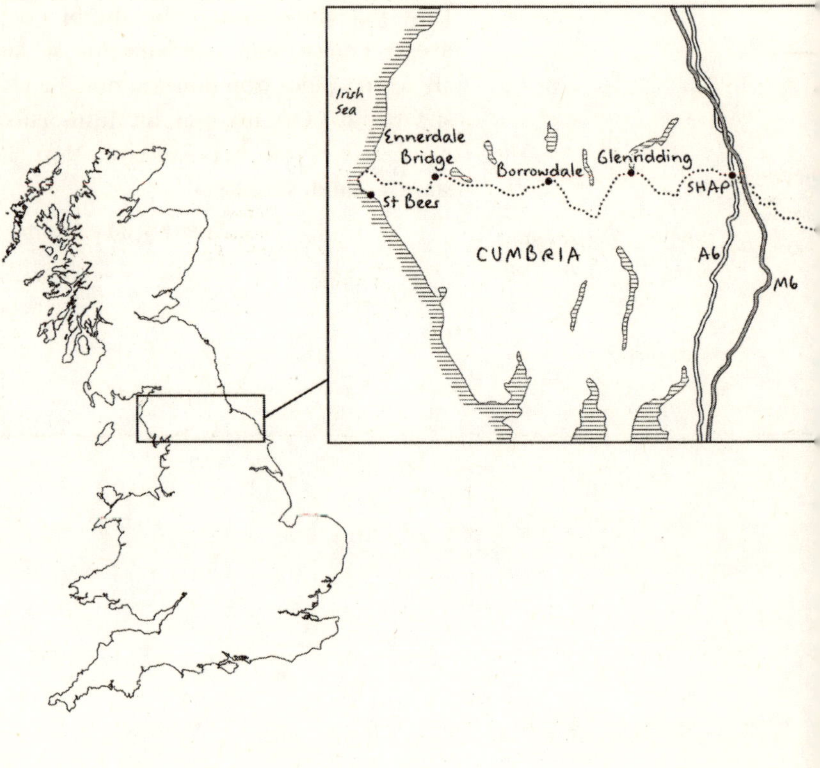

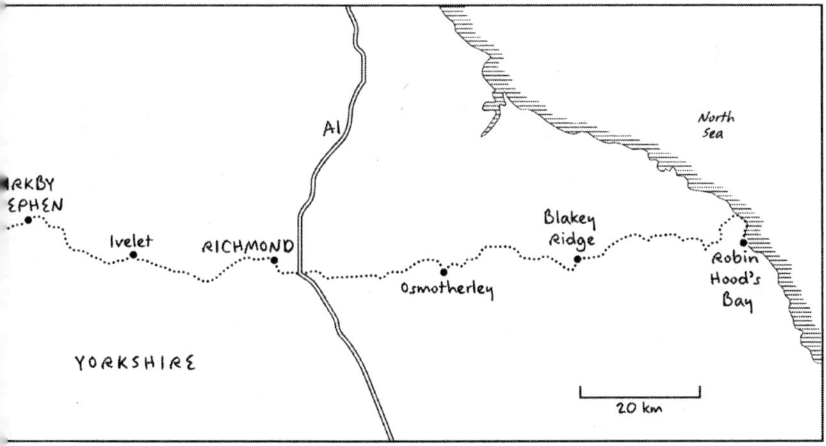

North Sea
A1
RKBY
EPHEN
Ivelet
RICHMOND
Blakey Ridge
Osmotherley
Robin Hood's Bay
YORKSHIRE
20 km

# PRIMA PARTE
# Casa

A che scopo ritorni ancora, Aprile?
La Bellezza non è sufficiente.
Non puoi blandirmi più con il rossore
di foglioline tenaci.
Io so quello che so.
[...]*

E. St Vincent Millay, *Primavera*

* E. St Vincent Millay, *Poesie*, Crocetti Editore, Milano 2020, p. 41, traduzione di Silvio Raffo.

# Fotografie immaginarie

Quando da giovane fantasticava sul suo futuro, sul lavoro che avrebbe fatto, sulla città e sulla casa in cui avrebbe vissuto, sulla famiglia e sugli amici intorno a lei, Marnie non avrebbe mai immaginato di essere sola.

Durante l'adolescenza pensava al futuro come a una serie di fotografie immaginarie piene di gente, gli amici tutti abbracciati, gli occhi rossi per il flash in una taverna greca o illuminati da un falò sulla spiaggia e lì, proprio al centro, il suo viso sorridente. Le foto successive erano più difficili da tratteggiare, i volti meno definiti, ma forse ci sarebbe stato un compagno, forse addirittura dei figli tra gli amici – quegli amici di vecchia data che di certo avrebbe amato per tutta la vita.

Invece erano sei anni che non scattava foto a qualcun altro. E l'ultima volta che ne avevano scattata una a lei era stato al controllo passaporti, dove le avevano intimato di non sorridere. Che fine avevano fatto tutti quanti? Ormai trentottenne, Marnie era cresciuta nell'epoca aurea dell'amicizia, quando costruirsi una rete di affetti che ti coprisse le spalle aveva di gran lunga la priorità rispetto al controverso mito della famiglia, all'estenuante balletto delle relazioni di coppia o ai tetri obblighi del lavoro. Le telefonate a notte fonda, i messaggi, le gite fuori porta e i giochi di società erano ben più emozionanti e gratificanti della sua altalenante vita amorosa, e un tempo in quelle cose se la cavava bene, no? Membro di spicco della comitiva, se non vera e propria leader; benvoluta da tutti, se non adorata o idolatrata. Non era una di quelle che per il compleanno affittavano un'intera discoteca, ma per i ventun anni aveva riempito senza problemi la saletta di sopra di un pub, per i trenta una lunga tavolata in un ristorante italiano. Adesso, per i quaranta, pensava che avrebbe organizzato al massimo una passeggiata al parco con uno o due amici, una band sul viale del tramonto costretta a suonare in location sempre più piccole.

Anno dopo anno, amiche e amici erano stati risucchiati da matrimoni e incombenze genitoriali al fianco di mariti o mogli che le erano indifferenti o a cui lei era indifferente, si erano rintanati in vite nuove, spaziose, ordinate, a Hastings o Stevenage, Cardiff o York, mentre lei lottava imperterrita a Londra. Altri erano stati risucchiati dall'apatia o dall'indifferenza – amicizie come un biglietto di ringraziamento che ci si riproponeva continuamente di scrivere, finché non passava un tempo tale da creare solo imbarazzo. Ma forse era nell'ordine delle cose quel fuggi fuggi generale. La vita vera non era quasi mai un falò sulla spiaggia o una partita a Twister alcolico, e crescere significava anche abbandonare quei film mentali fatti di bagni nudi al mare e discussioni profonde vita natural durante.

Nessuno, però, aveva preso il posto di amiche e amici persi per strada, e lei aveva ridimensionato le sue aspettative per il futuro, accontentandosi di essere autosufficiente e autonoma, di avere un tè caldo in una bella tazza, i suoi cruciverba sul cellulare, il controllo della tv, i suoi libri, il suo letto. Mangiare, bere e leggere ignorando l'orologio, vivere senza interferenze né giudizi da parte di altri esseri umani, fantasticare di essere l'ultima donna sulla faccia della Terra. Non sapeva se un albero che cadeva in una foresta facesse rumore, ma nessun timpano poteva essere raggiunto dalle sue vibrazioni, perciò aveva iniziato a parlare con gli oggetti. «Ancora tu?» prendeva in giro la macchia di umidità in bagno. «Buone e fresche» si complimentava con le uova. «Eccoti qua!» scherzava con il cavatappi alzandone e abbassandone i bracci. In un film alla tv, aveva visto la solitaria protagonista farsi un lungo discorso d'incoraggiamento allo specchio. «Ma chi è che fa una cosa del genere?» aveva detto alla tv.

Ma parlare da soli era come sfidare sé stessi a Scarabeo: era difficile essere colti alla sprovvista o messi in difficoltà. A volte Marnie nemmeno si sprecava a usare vere e proprie parole, aveva infatti sviluppato un suo vocabolario di versetti – *fuà* e *ptah, flu-ah* e *cià-ha* – il cui significato cambiava di volta in volta. La radio la aiutava, le sue giornate erano scandite da precise tabelle di marcia, ma il notiziario era sempre più spesso una scossa oraria di pura rabbia o angoscia che la induceva ad avventarsi sul tasto di spegnimento. Allora metteva della musica, selezionando playlist con nomi tipo *Coffeeshop Essentials* o *Rainy Day Piano*, ma nessuno ne aveva ancora realizzata una per i fiacchi pomeriggi domenicali che trascorreva nel suo bilocale scrollando apatica sui social e mettendo like compulsivi ai post, presente ma anonima come se applaudisse in una folla di tifosi. La percezione del tempo cambia a seconda di dove ti trovi, e le ore maledette fra le tre e le cinque di un pomeriggio di febbraio sembravano eterne, così come quelle fra le tre e le cinque di mattina, quando non aveva altro su cui riflettere se non il consueto vortice di ansie e rimpianti, quando era costretta ad ammettere la verità.

Io, Marnie Walsh, trentotto anni, residente a Herne Hill, Londra, sono sola.

Non era una solitudine virtuosa come quella degli asceti, era una solitudine esistenziale, e nel riconoscerlo provava vergogna, perché se la popolarità era la ricompensa per essere intelligenti, brillanti, attraenti, affermati, allora essere soli cosa significava? Lei non era mai stata brillante, ma non era nemmeno una sprovveduta totale. Le avevano detto che era simpatica, e si rendeva conto che poteva essere una trappola, ma il suo sarcasmo e la sua perfidia non erano mai intenzionali, ed era molto più probabile che ironizzasse su sé stessa che sugli altri. Forse era proprio quello il problema – per il suo ex marito era senz'altro il primo della lista – eppure Marnie era anche gentile, piena di premure, sempre generosa nei limiti delle sue possibilità. Non era timida. Casomai si sforzava fin troppo di compiacere gli altri, benché nessuno sembrasse mai compiaciuto.

Da un lato c'è la persona che vorremmo essere, pensava, dall'altro quella che siamo. Invecchiando, la prima cede il passo alla seconda, e forse è questo che sono diventata adesso, una che sta meglio da sola. Non che è più felice da sola, ma che sta meglio da sola. Non un'introversa, piuttosto un'estroversa che ha perso smalto.

Quella di Marnie, però, non era una solitudine sentimentale, o quantomeno non sempre. Si era sposata e aveva divorziato poco prima dei trent'anni, impresa già di per sé prodigiosa, e questa enorme calamità chiave della sua esistenza aveva contribuito a cauterizzare quelle emozioni, anche se la cicatrice ogni tanto prudeva ancora. Dopo il divorzio non c'era stato più nessuno, perlomeno nessuno di serio, ma ogni tanto le capitava di pensare che sarebbe stato bello percepire il calore di un altro corpo nel letto, o ricevere un messaggio che non fosse un codice di autenticazione o un tentativo di truffa. Sarebbe stato bello essere desiderata, ma era meglio restare con i piedi per terra. I pericoli insiti nell'amore romantico, il potenziale di dolore, tradimento e umiliazione, superavano di gran lunga i benefici. Per la maggior parte del tempo sentiva giusto la mancanza delle altre persone, in senso specifico e generico, e se a volte la prospettiva di socializzare le sembrava spaventosa, sfiancante, intimidatoria, era comunque preferibile a quella vita piccola, sempre più striminzita, nei suoi cinquantaquattro metri quadri all'ultimo piano.

A volte, pensava, è più facile restare soli che mostrarsi soli al resto del mondo, ma sapeva che anche quella era una trappola, che non facendo nulla la situazione sarebbe diventata permanente come una macchia che penetra nel legno.

Era inutile. Le toccava uscire.

# Forze possenti sotto i vostri piedi

«Il punto è che dovete cambiare il vostro modo di concepire il tempo. Non ha senso ragionare in minuti, ore o giorni, nemmeno in generazioni. Bisogna adottare un altro parametro, pensare in millenni. Allora tutto quello che vedete qui vi sembrerà temporaneo, i laghi, i fiumi, le montagne, tutto si muove, cambiamenti che avvengono nell'arco di milioni di anni. Questa valle non è sempre stata qui: è stata *creata*, scavata da un gigantesco ghiacciaio, perché il ghiaccio è in movimento, si sposta di appena una cinquantina di centimetri al giorno, ma a furia di erodere e mordicchiare con i suoi enormi denti rocciosi, a furia di azzannare massi, di masticare la pietra in quel processo chiamato... Chiamato?

«Nessuno? Esatto, erosione glaciale, che consiste in...? Su, ragazzi, dài che lo sapete. Sì, estrazione ed esarazione! Cosa c'è da ridere, Noah? È così divertente la parola "esarazione"? Fai ridere anche noi. No, a me non sembrava.

«Dicevamo, il ghiaccio è di una violenza inimmaginabile, molto più del fuoco. Ma oltre a distruggere, il ghiaccio crea, per esempio le grandi conche chiamate... Esatto, bacini glaciali, o *cwms* come dicono qui in Galles, i laghetti di montagna dove quelli come me e la professoressa Fraser fanno il bagno, a differenza di voi codardi. Via i cellulari, a meno che non vogliate fare foto per il progetto. Niente selfie.

Sei stata erosa da un ghiacciaio, Chrissy? Allora niente selfie.

«Se andiamo ulteriormente indietro, di circa quattrocentottanta milioni di anni, questa montagna, la più alta del Galles, non esisteva nemmeno. Si è formata nel cosiddetto periodo ordoviciano. No, non ve lo metto nel compito in classe, ma non è un buon motivo per non saperlo. O-r-d-o-v-i-c-i-a-n-o. Molto prima dei dinosauri... No, molto prima. Però, sì, qui a un certo punto c'erano i dinosauri... No, ora non ci sono più, non diciamo fesserie. Certo, Ryan, i dinosauri sono una figata, ma sapete qual è la vera figata? Queste forze, queste forze immani...

«Ascoltate, se volete tornare indietro! Quando i continenti si scontrano, queste lastre di roccia si compenetrano e affiorano oltre la superficie dell'acqua, ed è così che si formano i vulcani, i vulcani, incredibile, vero? Chiudete gli occhi e guardate. Insomma, avete capito cosa intendo: chiudete gli occhi e immaginate... Sì, immaginate i dinosauri se vi pare, sarebbe un'inesattezza, ma metteteceli. Il punto è ricordarsi sempre che questo processo non si arresta solo perché adesso ci sono gli esseri umani. Sta succedendo in questo preciso istante e succederà anche ben oltre la scomparsa dell'ultimo essere umano. Forze possenti sotto i vostri piedi. Niente è immutabile, tutto cambia. Sarah Sanders, ti spiacerebbe non sbadigliarmi in faccia? Proseguiamo. Sì, prima riaprite gli occhi, potrebbe esservi utile».

Cominciarono la discesa. Come i fiumi, anche le battute da qualche parte dovevano nascere, e lui a volte si chiedeva chi o cosa avesse dato origine al luogo comune per cui gli insegnanti di geografia erano tutti noiosi. Era stato un libro, un alunno scontento, un insegnante di fisica inacidito? A lui non sarebbe mai venuto in mente di criticare le materie dei colleghi, ma gli storici, per esempio, cosa avevano di così interessante con i loro andirivieni tra Tudor e Repubblica di Weimar? Quanto agli anglisti, non è che avessero proprio l'argento vivo addosso, mentre i matematici potevano predicare quanto volevano la bellezza dei numeri, ma alla fine si riduceva tutto al sudoku. Eppure in qualche modo, da qualche parte, la battuta sulla geografia aveva preso vita e ora toccava al professor Bradshaw – Michael – sfatare quel mito e diventare una fonte di ispirazione. Lui faceva strada, la professoressa Fraser – Cleo – recuperava le pecorelle smarrite, e quando arrivarono a valle si mise a parlare dei coni alluvionali.

«Appena diciottomila anni fa, cioè niente, è come dire l'altro ieri in termini di ere geologiche, i ghiacciai si ritirarono, lasciando dietro di sé questo bellissimo regalo». Pestò i piedi e i ragazzi rivolsero zelanti lo sguardo verso il basso, dove l'unico regalo che videro fu il fango. «Da sotto i ghiacciai comparve questo terreno, questo magnifico terreno scuro, un po' come le farine ottenute macinando i cereali, che, disseminato sul fondo della valle, andò a creare un ricco, fertile... cono. Alluvionale. Che bella parola, alluvionale. E i minerali si sparpagliarono e arrivarono fin sopra gli alberi, le piante, le colture, sulle mele nel pranzo al sacco che avete mangiato o avreste dovuto mangiare. Non è incredibile? Detriti di un antico ghiacciaio che ora sono dentro di voi, il calcio nelle ossa, il ferro nel sangue...» Qui Michael si interruppe e si chiese se fosse il caso di proseguire, passare senza soluzione di continuità all'origine di questi elementi, dell'universo stesso, dire ai ragazzi che erano fatti di stelle. Gli adolescenti erano facili da impressionare, ma così avrebbe sconfinato nella chimica e nella fisica, e oltretutto le mele venivano dal Sudafrica.

«Allora, domande?» chiese, guardando trenta facce unte e incompiute che in parte lanciavano occhiate scontrose da dentro i cappucci, in parte sussurravano o ridacchiavano per questioni loro. Michael era un insegnante appassionato e convinto, si impegnava tantissimo per aprire uno squarcio nell'indifferenza puberale, ma alle domande che attanagliavano davvero i ragazzi non poteva dare risposta. Quale adolescente impara a riconoscere uno stratocumulo quando le uniche cose che gli interessano sono bere, svapare e sapere se piace o meno a una ragazza? Come fa una montagna a competere con i brufoli sul mento? Più tardi, all'ostello, lo attendevano un'altra partita a guardia e ladri, ronde con la torcia alle tre del mattino, *Farò finta di non aver visto. Mettete via. Ognuno nella propria stanza. Domani è lunga*, e al termine della gita sarebbe tornato a casa, pallido e curvo per lo sfinimento. Eppure avrebbe preferito non tornarci, a casa.

Era un insegnante, ma non un genitore. Ci avevano provato, ma c'erano stati impedimenti e ostacoli e adesso faticava a immaginare che si creassero i presupposti. I due ruoli non erano paragonabili, al massimo vagamente sovrapponibili: un genitore poteva anche insegnare qualcosa a un figlio, ma sarebbe stato un errore per un insegnante porsi da genitore nei confronti degli studenti. A volte, però, sembrava che il tumulto e l'angoscia dell'adolescenza si condensassero nei cinque giorni della gita, non solo le bravate e le bassezze, ma anche le questioni emotive. Quelli sicuri di sé, i fighi della classe, potevano essere lasciati alle loro dinamiche. Il professor Bradshaw preferiva invece concentrarsi su quelli ansiosi, gli sfigatelli, gli ultimi della cordata lasciati lì a penzolare da soli. Osservandone le facce tese e irrequiete, sembrava improbabile che fossero fatti di stelle, ma Michael provava comunque una certa tenerezza professionale.

«Il paesaggio è vita» disse loro, «e quando guardate un panorama come questo anziché il cellulare – Sarah Sanders, ti ho già avvertita, te lo butto nel prossimo lago nastriforme – potete riconoscerne la bellezza e addirittura decodificarla. Perché ci sono delle fattorie? Perché il terreno è di questo colore? Perché sopra la montagna ci sono le nuvole e sopra la valle no? Perché quella roccia scintilla sotto il sole? Guardate che meraviglia! Guardate!»

Lanciò un'occhiata ai ragazzi in fondo, i cordini dei cappucci tirati fino a coprire la faccia, le spalle scosse dai tremiti delle risate soffocate. Era benvoluto come insegnante, più di quanto sospettasse, ma non riusciva più a ostentare la finta irriverenza necessaria per essere adorato. Era sincero nella sua passione per la materia, ma esseri sinceri significava mettersi in ridicolo, e più si mostrava appassionato più loro ridevano, come quando la professoressa Bradshaw se n'era andata di casa e alcuni dei suoi studenti lo avevano visto piangere in macchina. C'erano ragazzi per cui non esisteva niente, ma proprio niente, di cui non si potesse ridere.

# Accetta tutte le revisioni

Il lavoro non era la risposta. Freelance, solitaria, Marnie era una editor e correttrice di bozze che lavorava da casa, dove l'unico distributore automatico era il suo frigorifero. La paga era bassa, l'idea di andare in vacanza un miraggio, la paura di ammalarsi fin troppo reale, ma il lavoro le piaceva, era brava, veloce, precisa, e molto richiesta. Le case editrici erano fedeli e gli autori richiedevano i suoi servizi nello stesso modo in cui avrebbero potuto esigere quelli di un certo parrucchiere o chirurgo. Lei, dal canto suo, era consapevole di fisime e feticci dei committenti regolari: l'autore per cui era tutto «caliginoso», quello fissato con «eponimo» e «ateneo», le triplette di aggettivi bisillabi, le strutture «o/o», tre «ma» nella stessa frase. Erano errori o scelte di stile? Marnie conosceva la differenza e pur non essendo in suo potere trasformare un libro brutto in qualcosa di decente, poteva almeno appianare i dossi che avrebbero fatto saltare i lettori sulla sedia. In genere gli autori le erano grati e molti si limitavano a selezionare «Accetta tutte le revisioni» senza dare neppure una scorsa. Era lusingata da tanta fiducia, una consigliera saggia, discreta ma imprescindibile, che sfiorava il gomito dell'autore e lo avvisava che aveva un pezzo di insalata tra i denti.

Era un lavoro che implicava una buona dose di pedanteria – in un certo senso essere pedante *era* il suo lavoro – ma cercava di mostrarsi aperta e collaborativa. I giovani, aveva notato, snobbavano sempre di più i punti di domanda, e aveva visto le quotazioni del minuscolo salire e scendere svariate volte, e fin qui le stava anche bene, ma aveva la sensazione che si usassero troppi punti e virgola ormai, tanto che leggere era come scavalcare una serie di steccati, in più combatteva la sua personale battaglia contro gli usi artificiosi della lingua. Una volta aveva avuto un acceso scambio di mail con un bellicoso autore di destra che aveva scritto un romanzo di spionaggio ed era deciso a mettere ogni cosa dinanzi a un'altra: l'albero dinanzi alla casa, il cattivo dinanzi all'eroe. Nessuno nella vita di tutti i giorni avrebbe mai utilizzato quella parola, tantomeno il responsabile dell'MI5*, che quando puntava la pistola la teneva rigorosamente dinanzi a sé. Una dentista non può certo stare sveglia la notte a chiedersi se i suoi pazienti si passino il filo interdentale, e lei di rado controllava se i suoi suggerimenti fossero stati accolti, ma mesi dopo aveva visto il romanzo sullo scaffale di una libreria, ed eccoli lì, «dinanzi» su «dinanzi». Be', poco male, aveva pensato, questo è uno di quelli con l'insalata tra i denti. Ci mise dinanzi un altro libro e passò oltre.

In ogni caso sarebbe stata una pugnalata al cuore vedere «qual'è» al posto di «qual è». Era stimata e molto richiesta, si sentiva sempre gratificata quando i redattori la contattavano supplicandola, una sicaria perseguitata perché accettasse un ultimo incarico. La conseguenza era che non si concedeva una vacanza da tre anni. Durante il suo ultimo viaggio in solitaria, in Grecia, era rimasta chiusa a lavorare nella camera dell'hotel, tornando più pallida di quand'era partita.

Come molti freelance, le riusciva difficile mettere un confine tra sé e il lavoro. Una volta, in un bar,

* Ente di sicurezza e controspionaggio del Regno Unito (*N.d.T.*).

suo marito aveva ordinato una tequila. «*Un* tequila, sarebbe maschile in realtà» lo aveva corretto lei prima di riuscire a trattenersi. Lui aveva chiuso gli occhi ed espirato con lentezza. «Marnie» aveva detto, «non ci provare, non sono una delle tue cazzo di bozze», e lei fu contenta quando poi se andò.

## L'accordo

«Secondo me» disse la professoressa Fraser, la sua vecchia amica Cleo, «passi troppo tempo da solo».

Stavano chiacchierando nel lungo viaggio in pullman per tornare a York. In quanto docenti, avevano diritto a sedersi davanti, mentre i ragazzi si dividevano tra chi era iperattivo a causa di caramelle e biscotti acquistati poco prima alla stazione di servizio e chi invece dormiva dopo aver giocato a carte tutta la notte; l'odore di scarpe bagnate e deodoranti inefficaci rendeva l'aria stagnante quasi irrespirabile. «Magari fossi solo» rispose Michael, sovrastando il ticchettio metallico di trenta cellulari. «Tu non hai il disperato desiderio di stare da sola?»

«Non è la stessa cosa. Vieni da noi domenica a pranzo».

«Non ci sono, mi spiace».

«Tutto il weekend?»

«Vado a camminare».

Lei strizzò gli occhi. «Con altre persone?»

Lui scrollò le spalle. «Mi piace stare da solo».

Al di là del lavoro, stava sempre da solo. Nove mesi prima Natasha era tornata dai suoi – dalle parti di Durham – approfittando della finestra tra un lockdown e l'altro come chi rotola sotto una serranda che si sta abbassando. Senza di lei, a Michael riusciva difficile restare a casa per troppo tempo. Un villino a schiera grazioso e ordinato, con due camere da letto e un nuovo ingresso laterale, in cui lei aveva lasciato parte della sua roba in quantità sufficiente perché l'atmosfera risultasse ancora gradevole, anche se Michael non riusciva a non avere la sensazione che mancasse qualcosa, come se gli avessero fatto visita dei ladri gentili e ordinati.

In effetti qualcosa mancava, e sebbene vivesse da solo la presenza di Natasha continuava ad aleggiare. I weekend e i giorni festivi erano i più difficili, perciò aveva preso l'abitudine di partire all'alba verso località remote per camminare fino allo sfinimento. Per Cleo e gli altri colleghi c'era un che di masochistico, quasi di medievale in quelle spedizioni, in quell'arrancare a testa bassa nel vento, nella pioggia e nella nebbia. «Per me è assurdo» disse Cleo. «Ma poi dov'è che vai?»

«Di solito faccio una specie di giro ad anello. Parcheggio. Mi allontano dalla macchina. E quando arrivo abbastanza lontano torno alla macchina». Cleo canticchiò *Good Times* degli Chic e Michael rise. «Mi piace. Mi libera la mente».

«Ti libera la mente. Anch'io voglio liberare la mente» ribatté Cleo. «Dovrei venire con te».

«Forse sì» rispose lui sospettoso.

«Potrei portare Sam e Anthony». Anthony era il loro figlio tredicenne. Michael lo aveva visto crescere. «Potremmo fare una gita!»

«Chissà» disse Michael, sperando così di tagliare corto, perché non avrebbe funzionato se ci fossero state altre persone. Il punto era proprio la solitudine, e nessuno dei luoghi in cui andava era mai abbastanza deserto per i suoi gusti. Magari le sarebbe passato di mente. Intanto si era girata per lanciare un urlo in fondo al pullman. «Non state in piedi sui sedili, lì dietro! Lasciate in pace i camionisti!»

E così, si augurava Michael, la questione fu archiviata. In qualche modo, l'inverno precedente era sopravvissuto ad atroci vacanze invernali in cui era tornato dai suoi – su loro insistenza – per essere rallegrato con una perfetta rievocazione del Natale del 1997, lo stesso cibo secco in stanze surriscaldate, le stesse decorazioni, gli stessi film alla tv, una bottiglia di *advocaat* che era letteralmente la stessa. Il tacito accordo sull'assenza di sua moglie prevedeva di evitare l'argomento, cosicché fu un Natale in un mondo parallelo in cui non si era mai sposato. Non c'era astio: i suoi genitori erano molto affezionati a Natasha, l'avevano vista infondere la vita nel loro primogenito, ma non sapevano che parole usare per parlarne. Forse è meglio così, pensò Michael, sdraiato nel suo letto di adolescente. Era stata davvero la sagra della malinconia, e se n'era pure andato come un adolescente, cogliendo la prima occasione buona per scappare e fare piuttosto un giro sotto la pioggia. «Vuoi che venga con te?» si era offerto suo padre. «Gli scarponi ce li ho». Michael aveva preferito andare da solo.

Il primo giorno del nuovo quadrimestre venne convocato nell'ufficio di Cleo. Pur essendo arrivata dopo di lui in quella scuola, era sempre stata la più ambiziosa dei due, e adesso gli parlava da dietro la scrivania da vicepreside.

«Com'è andato il Natale? Sesso, droga e rock'n'roll?»

«Messa di mezzanotte, sherry e discorso della regina...»

«Il solito festaiolo. Ecco perché hai un'aria così distrutta».

«Grazie. Anche tu».

«Peccato che tu non possa dirlo a me» replicò lei e batté le nocche sulla scrivania tra di loro. «È una questione di gerarchie. Speravamo di vederti a Capodanno».

«Sì, volevo venire, ma la tv è sempre così allettante...»

«Michael...»

«Mi spiace, non ero in vena di festeggiare».

«Esiste qualcosa nella tua vita per cui tu sia mai stato in vena di festeggiare, Michael?»

Conosceva fin troppo bene quel tono, era la voce che adottava per rivolgersi agli alunni intelligenti che non si applicavano. Solo che lui aveva quarantadue anni. Cleo era sua amica, erano andati in vacanza insieme, prima tutti e quattro, poi tutti e cinque dopo che era nato Anthony, e il fatto che si prodigasse tanto era commovente, ma anche umiliante. Michael lasciò vagare lo sguardo verso la finestra, urla e schiamazzi dai campi sportivi lì sotto. «Sto bene. Ho passato delle ferie piacevoli, molto serene, molto tranquille». A Santo Stefano aveva avuto un attacco di panico ed era andato a nascondersi nel capanno del padre per regolarizzare il respiro.

«Hai sentito Natasha?»

«Sì, di sfuggita, a Natale. Ci siamo fatti una bella chiacchierata».

«Lei ha detto che è stato come parlare con un detenuto durante l'orario di visita. Con un pannello in mezzo».

«Be', è il mio modo di parlare».

«Okay. Volevo solo accertarmi che stessi bene».

Non stava bene, ma erano affari suoi. «Sto benissimo. È solo che non sono ancora pronto per socializzare. Non è vietato, no?»

Cleo sospirò. «Vieni a cena da noi sabato».

«Non posso, mi spiace...»

«Venerdì».

«Non posso nemmeno venerdì. Sveglia all'alba».

«Gita in solitaria?»

«Vado via per un paio di giorni, sì».

«Okay, veniamo anche noi!»

Lui rise. «No».

«Non metterò queste scarpe. Non mangeremo i tuoi panini orrendi...»

«Mi piace stare da solo».

«Allora ti seguiamo a distanza. Facciamo conversazione urlandoti dietro. E invitiamo un po' di gente!»

«Non sono pronto».

«Per me sì».

«Ma... Ti pare che debba decidere tu come mi sento io?»

«Si chiama "cura spirituale"».

Lui guardò di nuovo verso la finestra. «Te ne sono grato, ma per stavolta è no».

Lei si appoggiò allo schienale, percependo un'apertura. «Ah, quindi un'altra volta è sì?»

«Forse».

«Dopo Pasqua, la seconda settimana di vacanza, un bel trekking intensivo».

«Può essere».

«Okay. Abbiamo un accordo».

«Che accordo è se io non acconsento?»

«È comunque un accordo. Partiamo tutti insieme, un'allegra comitiva».

«Sei solo *vice*preside».

«Aspetta e vedrai. Okay, allora è deciso».

Era quello il nocciolo della questione. Per Cleo la soluzione a un problema era circondarsi di gente, per Michael isolarsi, e se da un lato la benevolenza di un'amica era qualcosa di prezioso e toccante, dall'altro poteva anche essere vissuta come un'imposizione. «Va bene» sospirò lui, «quando le giornate si allungano». L'inclinazione della Terra e la sua orbita intorno al sole rendevano la cosa ineluttabile, ma almeno aveva tempo per inventarsi una scusa.

## La presentazione

Marnie era diventata dipendente dal ronzio che emetteva il cellulare quando qualcuno la bidonava. Sentiva un picco fugace di adrenalina, e anche se nessuno avrebbe mai ripensato con affetto a tutte le volte in cui era riuscito a smarcarsi da un impegno, per lei in quel periodo non esistevano parole più dolci di «Mi spiace, non ce la faccio». Era come essere dispensata da un esame che, ne era certa, non avrebbe superato.

L'ideale era che fosse l'altra persona ad annullare, ma era abbastanza preparata a prendere l'iniziativa. Come un'attrice in una scena drammatica, la aiutava ispirarsi a dettagli della vita vera, perciò quando la mattina dell'ultimo dell'anno – il giorno più terrificante di tutti – si svegliò con un pizzicore in fondo alla gola, il suo primo pensiero fu: questa cosa può tornarmi utile. La sua amica Cleo, vicepreside di un liceo di York, l'aveva invitata a una festa, ma sarebbe stato da irresponsabili mettersi in viaggio – non sarebbe stata simpatica, la strada era lunga, era meglio se rimaneva a casa a sudare fuori tutto. Si sdraiò sul divano per essere certa di avere la voce da allettata, la raucedine appiccicosa da bambina posseduta, e fece partire la chiamata.

«Sapevo che sarebbe successo» disse Cleo. «Lo sapevo».

«Sapevi che mi sarei ammalata?»

«La voce siamo capaci di farla tutti, Marnie».

«Ho la febbre!»

«Non più di trentasette».

«Sto tremando, sto... Perché volete che venga se non sarò nemmeno simpatica?»

«Mica ti invitiamo perché sei simpatica».

«Ah».

«Ti invitiamo perché ti vogliamo bene ed è importante che tu veda gente. Passi troppo tempo da sola».

«Non è colpa mia se...»

«Te ne stai lì come... Eleanor Rigby, cazzo!»

«Cleo!»

«Scusa, è che avevo proprio voglia di vederti. E anche Anthony». Anthony era il figlioccio di Marnie, un'altra persona che aveva trascurato.

«Anch'io volevo vedervi. Ma voglio mostrarmi nella mia forma migliore».

«Non serve. A nessuno interessa la tua forma migliore. Ti vogliamo esattamente come sei».

«Sei molto carina».

«Vero? Potrei vomitare».

«Anch'io» disse Marnie. «Ed è per questo che non posso venire».

«D'accordo. Allora buon anno, suppongo». Cleo riattaccò, e dopodiché la stanza sembrò molto silenziosa. Marnie amava Cleo, un'amica fidata e sempre presente, brutale nelle sue manifestazioni d'affetto, ma anche brutale e basta, e per quanto fosse umiliante essere rimproverata, sapeva che quello stato d'animo sarebbe passato, lasciando il posto a un immane sollievo. Riempì la vasca e aprì una bottiglia di vino. Imbastì diversi post spiritosi sulla sua notte di follia casalinga, con l'intenzione di pubblicarli sui social, ma in passato si era accorta che le sue battutine online inducevano la gente a scriverle messaggi per chiederle se stesse bene. Perciò si limitò a fare stalking e scrollare, sentendosi come una che da sotto un lampione spia una festa ai piani alti di un palazzo.

La sua bravura nel fingersi malata fu tale che presto la finzione divenne realtà, sentiva il fondo della gola sgretolarsi, un sapore metallico dolciastro, un dolore in tutto il corpo. La gioia degli impegni annullati derivava dalla convinzione che si divertisse più lei di quegli idioti che tanto si sforzavano, ma a quel punto era ovvio che non sarebbe andata così. Brindò a sé stessa con mezzo litro d'acqua, ingoiò due pastiglie di paracetamolo e un sonnifero, e alle dieci e un quarto si rannicchiò sotto la coperta ponderata che trasformava il letto in una gigantesca pressa per i fiori.

A mezzanotte, tutti i fuochi d'artificio di Londra sconquassarono il suo sonno e le prime ore dell'anno nuovo le trascorse in una nebbia febbricitante, immaginando dove sarebbe stata se avesse optato per un sì anziché per l'ennesimo no. In una biforcazione della sua linea del tempo si immaginò in un angolo della cucina di Cleo, briosa e simpatica, insieme a un bell'uomo, gli occhi scuri circondati dalle rughe, i denti non proprio perfetti, ma tanto meglio. *Usciamo?* le avrebbe detto. *C'è troppa luce qui,* e forse avrebbero scroccato una sigaretta, che avrebbero poi condiviso in maniera un po' svenevole. *A che ora è il tuo treno domani?* le avrebbe chiesto. *Non ho fretta di tornare,* avrebbe risposto lei (sebbene il biglietto non fosse né flessibile né rimborsabile, si preoccupava dei costi anche nella fantasia). *Allora,* gli avrebbe chiesto lei, *come sei diventato arborista?* e lui a quel punto si sarebbe chinato per baciarla.

Il problema delle linee del tempo alternative era che pullulavano delle stupidaggini più mortificanti. Tornando all'universo che si era scelta, la sveglia segnava le due e un quarto e Marnie impresse il proprio corpo febbricitante sul lato fresco del letto. In un documentario sui servizi di pronto intervento aveva visto la storia di un anziano che era morto sotto una coperta elettrica, e che per qualche giorno era rimasto lì a rosolare. Che danni avrebbe potuto infliggerle, alla lunga, la coperta ponderata? Spiaccicarla ad arti divaricati come un Archaeopteryx? Un pompiere l'avrebbe arrotolata a mo' di tappetino da yoga e se la sarebbe portata via sottobraccio?

Il primo dell'anno, in preda ai tremori sul divano, accese la tv e scoprì che il dispositivo di streaming aveva attinto alle sue foto per creare una beffarda presentazione intitolata *Che anno!*: la lampadina del forno, una ricetta per una corroborante zuppa di lenticchie, il primo piano di un pelo incarnito, il numero della sua tessera sanitaria, la suola sventolante di una scarpa rotta, un neo sulla spalla, il contatore del gas, uno scontrino della lavanderia, la scheggia di vetro verde che aveva trovato in un'insalata, e poi di nuovo la lampadina del forno, il tutto accompagnato da *You've Got a Friend* di Carole King.

Un buon proposito. Nel nuovo anno le foto sarebbero state diverse. Bando alle malattie autoindotte, alla vita da pantofolaia, alle candele che succhiavano l'ossigeno dalla stanza, all'incessante cura di sé. Al contrario si sarebbe presa cura degli altri, avrebbe rinverdito le sue amicizie e ne avrebbe coltivate di nuove, si sarebbe buttata a capofitto nel caotico, spaesante settore della socialità.

I buoni propositi con il tempo sbiadiscono, quello invece rimase, e quando Cleo la chiamò per un nuovo invito Marnie tentennò, divisa tra il desiderio di cambiamento e la necessità che tutto restasse com'era. Tre giorni di trekking con gente sconosciuta. Era quel genere di esperienza potenzialmente orrenda di cui aveva bisogno e nella sua testa decise che ci avrebbe pensato. Nel mondo reale, dalla bocca le uscì un «sì».

# Napoleone

Posto davanti a una cartina, Michael subiva una terribile metamorfosi. Cleo gli aveva affidato il compito di pianificare il percorso: difficile ma non punitivo, suggestivo ma non turistico. Lei invece aveva prenotato gli alloggi (campeggiare era escluso) e messo insieme un bel gruppo di amici, nessuno di temibile. Lunghe giornate di sole sui monti e poi la sera nei pub. Una minivacanza piacevole e rilassante, almeno in teoria.

Ma con Michael era tutto da vedere. La cartina lo trasformò in un generale, i pugni sul tavolo, gli occhi pieni di sdegno per i principianti con il cartellino del prezzo ancora attaccato agli scarponi. Un conquistatore che analizzava il campo di battaglia e l'altitudine, ma al quale ogni rotta sembrava troppo insulsa, troppo facile, troppo breve, le paludi e gli acquitrini trattati come semplici lineette, i chilometri come semplici centimetri.

Tre giorni non sarebbero bastati, perciò si chiese: e se avesse seminato gli altri e fosse andato avanti per conto proprio? Quanto in là poteva spingersi prima di essere costretto a tornare a casa? Partendo dalla costa occidentale credeva di riuscire a raggiungere quella orientale, un'alta cinta addossata alla Scozia, bastava attraversare il Lake District, superare i Pennini, proseguire nelle Dales e addentrarsi nelle Moors, quindi ridiscendere verso la costa dello Yorkshire per immergere i piedi nel Mare del Nord. Era il famoso itinerario messo a punto da Alfred Wainwright, poco più di trecento chilometri percorsi normalmente in dodici-tredici giorni, ma senza pause né interruzioni Michael era convinto che gliene sarebbero bastati dieci.

Una volta che l'idea prese forma, gli parve a prova di bomba, quel tipo di progetto ossessivo che si impadronisce degli uomini di mezza età, come correre una maratona o darsi alla falegnameria. Riconoscerne la sostanza non lo rendeva meno allettante, e Michael era certo che se avesse compiuto l'impresa si sarebbe sentito... Come? Per essere un pellegrinaggio mancava il fine spirituale, ma sperava quantomeno in un senso di appagamento, di benessere, di chiusura. Una full immersion nel mondo naturale: senz'altro lo avrebbe aiutato a ritrovare la calma, non la gioia, ma la serenità sì. Avrebbe incontrato tanta bellezza lungo il cammino, anche qualche disagio, e altre persone, ovvio, ma solo per pochi giorni, terminati i quali si sarebbero separati e lui avrebbe potuto restare in silenzio e riflettere sugli ultimi anni. Se non altro avrebbe dormito, monti e brughiere a mo' di sedativo naturale, e anche se avesse piovuto a ogni passo, di certo sarebbe stato meglio che trascorrere dieci giorni in una casa infestata. A casa era semplicemente solo. Andare a camminare significava tramutare la solitudine in isolamento, condizione molto più dignitosa, essendo una sua scelta. Si immaginava di arrivare allo squero di Robin Hood's Bay, smagrito e provato dalle intemperie, sporco ma purificato, disintossicato, trasformato in modi che non riusciva a definire bene.

Guardando la cartina notò anche che il percorso lo avrebbe condotto dalle parti di Natasha, ma quella scena gli veniva più difficile immaginarsela.

# Waterproof

Marnie andò a procurarsi quella che secondo lei era «l'attrezzatura». Il suo guardaroba londinese, i vestiti che indossava in pubblico – i collant opachi, il cappotto nero lungo, gli abiti midi e i maglioni grigi, neri, blu-neri – erano una specie di divisa scolastica per adulti e non sarebbero andati bene per la montagna. Le serviva piuttosto roba in nylon, in pile, «abbigliamento tecnico», tutto l'occorrente per sentirsi comoda, calda e asciutta, per sentirsi, in pratica, come se fosse al chiuso.

Nel negozio, gli espositori sfavillavano di rosso e giallo, viola e arancione. Marnie preferiva le fantasie mimetiche e comprò una mantella verde tutta tasche e cerniere, e un paio di pantaloni impermeabili che si potevano arrotolare fino a diventare una pallina grande quanto una mela. Comprò calze di una complessità inimmaginabile, basate su un progetto della NASA, e un berretto rosso di lana, perché non era forse vero che il novantacinque percento del calore corporeo si disperdeva dalla testa? Comprò abbigliamento termico in caso di neve, crema solare in caso di sole, comprò cartine, una bustina impermeabile trasparente dove riporle e uno zaino con una tasca per la bustina e una capacità sufficiente a trasportare quaranta litri di abiti, benché Marnie stentasse a immaginarseli. Idratarsi era fondamentale, perciò comprò anche una sacca di gomma con un tubo attaccato, disgustosa e inquietante, simile a quelle appese di fianco ai letti negli ospedali.

Le serviva una bussola, perché cosa sarebbe successo se si fosse persa nella nebbia o se il gruppo l'avesse ostracizzata? Da piccola era convinta che le bussole in qualche modo puntassero sempre nella direzione in cui dovevi andare, ma la vita era più complicata di così. Un disco di plastica ultratecnologico con simboli e parametri imperscrutabili – sembrava impossibile che uno strumento del genere potesse aiutarla a orientarsi, ma che imbarazzo se l'avessero soccorsa senza che ne avesse una. Portarsi una bussola in un trekking era un modo per dire: sentite, io ci sto provando, okay? Ce la sto mettendo tutta.

Comprò anche un paio di scarponi nuovi. In un negozio del genere, ti aspetteresti di essere servita da boscaioli con sembianze d'orso, segnati dalle intemperie, vestiti con camicie a quadri, invece l'addetto del reparto era un invasato palliduccio che ripeteva con insistenza che gli scarponi sono tutto, se prendi gli scarponi sbagliati sei finito, mai risparmiare sugli scarponi, tanto che la scelta del giusto paio le parve solenne quanto l'acquisto di un cavallo. Troppo piccoli uguale vesciche, ma anche troppo grandi uguale vesciche, nonché continui contraccolpi su unghie, calli e cheloidi, e alla luce di questo il ragazzo la condusse su un finto ponticello con ciottoli verniciati che avrebbe dovuto riprodurre l'esperienza di una camminata campestre. Il ponte finto era decisamente ridicolo.

«Davvero vuole che cammini lì sopra?»

«Se potesse».

«C'è un troll appostato? Ha presente la fiaba norvegese?» L'addetto la fissò con una tale ferocia che Marnie non ebbe altra scelta se non trotterellare avanti e indietro, zampettare sul minuscolo ponte con vari scarponi, le sopracciglia aggrottate per la concentrazione, la testa china come se comunicasse telepaticamente con i propri piedi, finché non le venne voglia di buttarsi di sotto. Optò per un paio dal prezzo esorbitante in pelle marrone lucida, più un prodotto da spruzzarci sopra e della cera per strigliarli. «Deve indossarli adesso» le intimò l'addetto, «così si ammorbidiscono», perciò Marnie infilò le sue scarpe basse nello zaino e improvvisò un trekking in Charing Cross Road. La cifra spesa le diede una sensazione di malessere e faticò non poco per giustificare l'esborso a detrattori inesistenti.

Arrivata a casa indossò tutto e si guardò allo specchio, le etichette penzolanti come palline di Natale, e man mano che si seppelliva sotto strati di roba la stanza sembrava rimpicciolire. L'accoppiata mantella verde-berretto rosso la faceva assomigliare a un'oliva ripiena e già solo il rumore la mandava fuori di testa, il ruggito del nylon che sfregava contro il Gore-Tex. Era una sua impressione o gli scarponi erano stretti? Di profilo, se si aggrappava agli spallacci dello zaino, sembrava un tirannosauro con quell'ingombro ribassato. Da davanti, era consapevole di come gli spallacci le incorniciassero il seno, proiettandolo in avanti in un massiccio tutt'uno come la testa di un sommergibile. Doveva portarsi qualcosa di elegante per la sera, destinare uno o due dei quaranta litri a qualche vestito carino? Ci sarebbero state delle feste? Doveva depilarsi? Sentì il sudore scorrerle lungo la schiena.

Quattro single, una coppia sposata, un adolescente. Era una specie di cena con delitto in versione trekking, ma si augurava che non si arrivasse a tanto.

SECONDA PARTE

# Lake District

Mi arrampicherò fra le nuvole ed esisterò. Accumulerò tanti ricordi stupendi da dimenticarmi i sobborghi di Londra, addirittura mentre vi cammino*.

J. Keats, lettera a Robert Haydon, aprile 1818

* J. Keats, *Il sogno di Adamo. Lettere scelte 1817-1820*, Mondadori, Milano 2001, p. 70, traduzione di Anna Fochi.

# GIORNO UNO:
## *Da St Bees a Ennerdale Water*

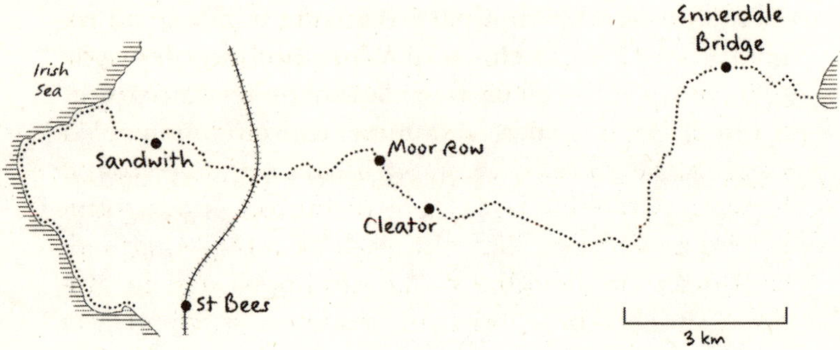

# L'orgia di Wigan

Era un peccato non partire da una stazione più romantica – la curva dolce di Waterloo, le grandi volte in vetro di King's Cross e Paddington, gli spettacoli pomeridiani in bianco e nero di Marylebone. Ma viaggiare verso nord-ovest significava una sola cosa: il lugubre parallelepipedo nero di Euston, una struttura che da fuori risultava in qualche modo enigmatica – neanche i londinesi doc sarebbero stati in grado di disegnarla – così come risultava enigmatica la sua funzione, dal momento che i treni partivano furtivi da uno spazio sul retro. Riusciva ad avere un'aria tetra e distopica perfino in un mattino di aprile nitido e luminoso come quello, e adesso il travestimento di Marnie sembrava assurdo, il reggiseno sportivo un bendaggio di compressione, i capi termici un po' prematuri, quaranta litri di indumenti che la tiravano giù, tanto che in coda per il caffè pensò che sarebbe potuta svenire e atterrare all'indietro sullo zaino dimenando invano gambe e braccia, uno scarafaggio in una scatola da scarpe.

Si sentì meglio sul treno, il primo della giornata, dove rivendicò il suo posto finestrino con tavolino in direzione di marcia: un sogno. Adesso era una manager che sistemava il portatile, la penna e il bloc-notes, che caricava i dispositivi benché fossero già carichi, perché era quello il segreto per sopravvivere nella natura selvaggia, caricare i dispositivi e andare in bagno ogniqualvolta ce ne fosse stata l'occasione. Sfoderò la sua vecchia copia di *Cime tempestose*, che si era portata per entrare nel mood, mentre il treno avanzava verso la luce del giorno per poi emergere dietro le case a schiera di Mornington Crescent, un luogo che conservava ancora le atmosfere dei film realisti d'epoca, storie d'amore sofferte e malinconiche, il genere a cui ambiva quando si era trasferita a Londra. Vide imposte chiuse e tende luride, immaginò coppie appena nate sonnecchiare dentro stanze in affitto. Poi, sopra le case a schiera, balenò una lama di azzurro brillante, e lei si dispiacque per chiunque fosse ancora a letto.

La città cedette il passo ai sobborghi. Vide gasometri, cavalli nelle stalle, gente che passeggiava con i cani in un campo giochi brinoso, autoarticolati sulle tangenziali, persone alle prese con le proprie faccende come in un libro di Richard Scarry. Era troppo assuefatta alla sua prospettiva dal tavolo della cucina, l'ottica miope della vita londinese. Ora l'Inghilterra era un plastico che aveva assunto di colpo dimensioni reali. Guarda, delle chiatte! Un impianto di riciclo! Un parco eolico! Infrastrutture, era quella la parola? I sobborghi svanirono, scenografici vortici di nebbia aleggiavano su pendii e avvallamenti. Mucche allo stato brado! Marnie osservava ogni cosa nei minimi dettagli, memore del potere che aveva un viaggio di treno di trasformare la vita nella scena di un film, una sequenza che descriveva il cambiamento. Perché non l'aveva fatto prima? Cosa la spaventava? Per caso desiderava qualcosa dal servizio ristoro? Desiderava tutto.

Aveva accettato di unirsi al gruppo per tre notti, la prima frazione del Coast to Coast, che a quanto pareva era una roba molto seria. Era un po' da rammolliti limitarsi a una sola costa, ma se proprio fosse stato un incubo, se non si fosse trovata bene o avessero esaurito gli argomenti, per tre notti sarebbe riuscita a sopravvivere. Avrebbe visto l'Atlantico e alcuni laghi del famoso Lake District, per poi ripartire martedì da Penrith, e ogni pomeriggio avrebbe trovato un angolino tranquillo per lavorare, perché quell'avventura non si sarebbe certo pagata da sola.

Cominciò un nuovo lavoro. *Notti contorte*, sequel del thriller erotico campione di incassi *Notti tenebrose*, un libro che accendeva i riflettori sul mondo glamour e scabroso dei sex club privati hollywoodiani. «Roba forte» le aveva detto il redattore, «ma può darsi che sia stato scritto un po' troppo di fretta». Perfino il titolo sembrava necessitare di una nota, perché le notti possono essere infuocate, piccanti, infinite, ma in che senso «contorte»?

Lo scoprì presto. La sola orgia di apertura la accompagnò per tutte le Cotswolds fino alle West Midlands, non era mai stata così grata di non avere nessuno seduto accanto. La confusione era tale che aveva dovuto prendere appunti su un tovagliolo per decretare la posizione di ognuno, una fitta ragnatela di frecce e iniziali che ricordava uno schema della battaglia di Austerlitz. Adesso S era sopra o dietro a B? E se era dietro, dov'era finita L e cos'aveva in mano? Un vibratore saltellava di mano in mano neanche fosse il microfono di un cantante di piano bar e l'autrice alternava PVC e latex come se fossero sinonimi. Marnie era abbastanza sicura che non lo fossero, ma quando cercò online tramite il wi-fi del treno scoprì che la stringa «latex PVC» conteneva termini vietati.

Cancellò la cronologia ripromettendosi di verificare più avanti. Nel frattempo di roba da sistemare ce n'era parecchia, soprattutto la punteggiatura selvaggia, le virgole buttate qua e là come petali di rosa, lo strepito dei punti esclamativi, le frasi lunghe un paragrafo che davano al testo un'intensità allucinogena di stampo molto modernista. Marnie non aveva mai partecipato a un'orgia, ma ne aveva editate un sacco, e anche se non era la stessa cosa non poteva non riconoscere la bravura dell'autrice nel creare un senso di spaesamento e panico sessuale, tanto che davvero non si capiva chi facesse cosa a chi o cosa venisse fatto a chi da chi. Partecipare a un'orgia era come cercare di darsi una pacca sulla testa e intanto strofinarsi una mano sulla pancia, con la differenza che la testa e la pancia non erano le tue, e non erano davvero testa e pancia. Era di S la lingua calda sulla pelle salata di L? Era di B il capezzolo ritto nella bocca morbida di L? E «ritto» era davvero la parola giusta?

Se fosse stata una comune lettrice, supponeva, quelle scene – per quanto sordide e banalotte – avrebbero anche potuto eccitarla, ma serviva un certo distacco professionale, perciò lavorava in maniera metodica, chiedendosi se davvero il sesso potesse sapere di oceano per qualcuno, e se eventualmente fosse una cosa positiva o negativa. Magari dipendeva dall'oceano. Nessuno voleva sapere del Canale della Manica.

Marnie sorseggiò il suo tè. Ormai non divideva il letto con qualcuno da – oddio, che calcoli crudeli – sei anni. Sapeva che non era insolito, e che la castità era una scelta del tutto legittima, ma quando aveva cercato conferma alle statistiche confessandosi con Cleo, il suo unico commento era stato: «Gesù». La sua amica era sempre stata circondata da un alone di sfrontatezza sessuale, un che di languido e scarmigliato, e lasciava intuire la sua soddisfazione «in quel reparto», pur senza vantarsene apertamente. Marnie aveva cercato di non serbarle rancore, ma quel «Gesù» era stato uno smacco. È come guidare in autostrada, le aveva spiegato Cleo. Non puoi evitarlo troppo a lungo, altrimenti ti viene la strizza, e Marnie aveva avvertito un'altra piccola fitta di rancore, perché le era sempre piaciuto guidare in autostrada, le facevano addirittura i complimenti per la sua guida, le sarebbe piaciuto tornare a guidare in autostrada. Nemmeno il matrimonio le aveva tolto la voglia.

Ma che succedesse in quella vacanza sembrava improbabile. Tra l'aria fredda, gli orpelli attaccati ai pantaloni sdrucciolevoli e i panini al formaggio avvolti nel cellophane, c'era qualcosa di fortemente antiafrodisiaco nella campagna inglese. L'odore di lana bagnata e borracce termiche non lavate, il sapore di caramelle... No, il sesso andava fatto in città. A Los Angeles, per esempio, erano ormai trecento chilometri che ci davano dentro, e Marnie non vedeva l'ora che qualcuno, chiunque, avesse un orgasmo, così da permetterle di guardare fuori dal finestrino. Invece proseguirono, pagina dopo pagina, oltre Warrington, Wigan e Preston. Le venne mal di testa. Qualcuno potrebbe almeno fingere? A Lancaster le parole cominciarono a perdere di significato. A Oxenholme digitò la nota *Ripetizione ravvicinata di «cazzo»*, salvò il file e alzò gli occhi.

Le parve di aver sconfinato in un altro Paese, era tutto viola e verde salvia, e a sinistra vedeva dei rilievi, anche se quella non era la parola giusta, troppo bassi per essere montagne, troppo alti per essere colline, che si ergevano di colpo come il disegno di un vulcano fatto da un bambino. Da qualche parte lì dietro c'era il Mare d'Irlanda, il che significava che avrebbe dovuto attraversare quel paesaggio per prendere il treno del ritorno. Tirò fuori i suoi libri, *A Pictorial Guide to the Western Fells** e *The Central Fells*** di Alfred Wainwright, facsimili delle vecchie edizioni, i testi scritti a mano, la prosa tersa e solida come un muretto a secco, le illustrazioni con fitti tratteggi incrociati, belle ma cupe come una carta escursionistica di Mordor. Rise per essersi illusa che potessero aiutarla a trovare la via. Aprendo una pagina a caso si mise a leggere, ma l'orgia hollywoodiana continuava ad aleggiare nell'aria.

* «Guida illustrata alle *fells* occidentali». «*Fells*» è il termine con cui vengono designate le alture dell'Inghilterra nord-occidentale (*N.d.T.*).

** «Le *fells* centrali» (*N.d.T.*).

Accantonò Alfred Wainwright. Che idea stupida trascinarsi dietro quei volumi, un orpello rurale non più utile della pipa di radica che l'autore teneva in bocca nella foto. Tornò a guardare fuori dal finestrino, nella speranza di scorgere un lago tra gli alberi come si scorge una giraffa durante un safari, reprimendo il pensiero sacrilego che, per quanto il panorama fosse meraviglioso, aveva afferrato il concetto. A breve sarebbe arrivata a Penrith, poi a Carlisle, dove aveva la coincidenza con un treno diretto a sud, stavolta però lungo la costa della Cumbria. La levataccia si faceva sentire. Chiuse gli occhi e sognò ruscelli cristallini, imponenti scogliere di granito, scoiattoli rossi con tacchi vertiginosi e bocche morbide e calde.

# Coincidenze

Era facile individuare i londinesi: i vestiti troppo nuovi, troppo appariscenti, indossati in troppi strati, gli scarponi appena estratti dalla scatola, mai davvero collaudati o ammorbiditi. In attesa sulla banchina di Carlisle, avevano gli occhi sgranati, pionieri che si avventuravano intrepidi nel Nord. Le porte del treno si aprirono per farli salire, due carrozze appena, e Michael aspettò paziente dietro a una donna con uno zaino grande quanto il suo stesso busto, gli spallacci troppo lunghi, tanto che il peso la sbilanciava all'indietro. Per un attimo pensò di avvisarla.

Ma non doveva fare il maestrino. Avrebbe viaggiato con adulti che non avevano né bisogno né voglia di farsi una cultura su morene e dossi morenici. Il treno ticchettò e ronzò, poi cominciò ad avanzare, sferragliando oltre fuligginosi palazzi vittoriani, magazzini, la nuova industria leggera alla periferia del paese, il cielo che si apriva come lo schermo di un cinema srotolandosi su campi e boschi. Seduta in diagonale dall'altra parte del corridoio, la donna con lo zaino regolato male picchiava forte sui tasti del portatile, ma senza tavolino, cosicché il computer le scivolava di continuo sui pantaloni nuovi verso gli scarponi nuovi. Cosa poteva esserci di così importante da avere la priorità sul panorama? Senz'altro stava dando spettacolo con tutti quei versi di disapprovazione e gli sbuffi per spostare il ciuffo. Aveva un bel viso, divertito e divertente, attraente ed espressivo, un taglio da città (era un «bob»? L'avrebbe chiamato «bob») e più trucco di quanto ci si aspetterebbe su un'escursionista, e ogni tanto leggendo le parole sullo schermo alzava gli occhi al cielo o si tirava uno schiaffetto sulla guancia arrossata. Michael si accorse che la donna sudava un pochino. Si accorse anche di aver smesso di guardare il panorama.

Ma non era opportuno fissare gli estranei sui treni, né tantomeno giocare al poeta del Lake District, anche se in effetti c'era poesia nei villaggi che stavano attraversando: Wigton, Aspatria, Maryport, Flimby. Guarda, guarda su, voleva dirle, anche se in realtà il paesaggio non era ancora bellissimo, perlomeno non per una turista, una striscia di antiche industrie tra la montagna e la costa, paesini sfiancati dall'inverno, casette a schiera alla mercé degli elementi che sembravano pentite della loro vista sul mare. Mentre giravano in direzione di Workington apparve l'estuario del Solway, una grande lastra di peltro lucido con dietro la Scozia, e la donna ancora scuoteva la testa davanti allo schermo, una mano a visiera, un occhio chiuso come se non potesse sopportare di leggere. Se le provocava tutta quella sofferenza, perché andava avanti?

Ora il treno lambiva le scogliere nere, qualche metro più giù il mare. Entrarono in una galleria, lunga e sinistra, poi sbucarono di nuovo nella luce all'altezza di Corkickle, dove entrambi cominciarono a raccattare le loro cose. Intimoriti dalla partenza all'alba, gli altri si erano portati avanti con la macchina e alloggiavano tutti in un hotel di St Bees. Si sarebbero incontrati in spiaggia all'attacco del sentiero, sette persone. Cleo e suo marito Sam erano venuti con il figlio Anthony, il quale, insistevano, ce l'avrebbe fatta. Sam aveva invitato un vecchio amico di Londra, Cleo due vecchie amiche. «Sì, due donne, ma non preoccuparti» gli aveva detto, come se la sua fosse una fobia. Non era una fobia, era solo...

Aveva letto da qualche parte che alla gente veniva più facile parlare con franchezza durante un'escursione, qualcosa che aveva a che fare con lo sguardo rivolto in avanti e il ritmo. Avrebbe dovuto stare attento all'immagine che dava. Non troppo aperto, non troppo riservato, non il maestrino, non il poeta, non quello del Nord, non il vecchio montanaro brizzolato; non quello ipercritico, perché tutti gli scarponi erano stati scarponi nuovi. Quanto al ruolo da assumere, be', non ne era certo. Cleo gli aveva detto di essere sé stesso, il che significava essere il sé stesso di prima, cosa che però non era più possibile. A tenere le redini della sua vita sociale era stata in gran parte Nat, e lui doveva ancora capire come esibirsi da solista. Avrebbe fatto del suo meglio per mostrarsi allegro, dopodiché, se avesse retto per due giorni, sarebbe stato di nuovo da solo, non visto e perciò invisibile, diretto verso il Mare del Nord. Trecentodieci chilometri era la distanza più lunga che avesse mai percorso e lo zaino, mentre se lo issava in spalla, gli sembrò di una pesantezza impossibile. Ci avrebbe fatto l'abitudine, non aveva scelta, e di lì a nove giorni sarebbe stato dall'altra parte dell'Inghilterra, dolorante, abbrustolito dal sole primaverile, tutti i suoi problemi analizzati e risolti. Camminaci su, era questo il motto, e anche se in genere si prestava di più nei casi di rabbia o indigestione, valeva la pena di provarci.

Il treno entrò nella stazione di St Bees, mattoni rossi e legno, l'elemento di una ferrovia giocattolo. Michael lasciò scendere la donna in modo che potesse precederlo.

Lei però si fermò sulla banchina a guardare la mappa della città – cosa abbastanza superflua – e gli bloccò il passaggio. Il mare è lì, usa quello come punto di riferimento, pensò Michael.

«Permesso» disse.

«Oh, scusi».

«Da questa parte».

«Sì, lo so» rispose lei un po' piccata. «Grazie».

Sarebbe stato imbarazzante fare la strada con una sconosciuta, quindi la superò. «Buona fortuna» disse, senza guardare indietro, e lei dal canto suo non replicò.

# Nomi di pietre

Marnie non aveva capito dove fosse il Mare d'Irlanda, ma la défaillance era durata giusto un attimo. Tornata sulla retta via, percorse in fretta la stradina, attraversò il parcheggio e oltrepassò il parco giochi e i bagni pubblici – doveva approfittarne? Smettila di ossessionarti con i bagni! Guarda le scogliere! Guarda il mare! I gabbiani valevano come uccelli selvatici? Eccoli lì a fare gli sbruffoni, grandi abbastanza da poter essere uomini travestiti, a minacciare i turisti per farsi dare le patatine. Marnie accelerò e iniziò ad avvertire la prima fitta di ansia sociale, come se stesse per tenere una presentazione, cosa in un certo senso vera. Cleo era la sua più cara e vecchia amica, ma anche la più realizzata, e a volte le doti che lo avevano permesso – autostima e schiettezza – le mettevano soggezione, come se la loro amicizia fosse un lavoro per cui doveva sostenere continui colloqui.

Si affrettò lungo la via principale. Oltretutto ci sarebbero state nuove persone con cui competere – oddio, nuove persone. *Ciao! Sono Marnie! Piacere!* Si diceva così? Doveva dare la mano? Due baci? Fare l'inchino? Ma da quando era così impacciata? Di sicuro la pandemia aveva contribuito. Il primo lockdown era stato tosto, ma lei era single e freelance, aveva potuto lavorare, non aveva perso nessuno, prevedeva una riscossa non appena i tempi fossero stati maturi. Invece quei mesi avevano minato la sua autostima, e anche una volta terminate le restrizioni la sua vita era cambiata di pochissimo.

Era come se fosse tornata da un Paese straniero senza avvisare nessuno. La soglia di casa le sembrava un trampolino, troppo alto per tuffarsi, troppa gente a guardare, e anche le rare volte in cui ci riusciva, cos'aveva da dire? Adesso per fare conversazione le serviva un riscaldamento, un corso accelerato di sorrisi e reazioni, e non era più così certa che la sua faccia avrebbe fatto la cosa giusta, andava azionata a mano tirando leve, girando manopole, perché altrimenti temeva di ridere davanti a una tragedia o storcere il naso davanti a una battuta. In Giappone e in California stavano sviluppando robot con una serie di reazioni più naturali e spontanee di quelle che aveva lei al momento.

Ma ormai era tardi per bidonare. Eccoli sullo squero, Cleo che gridava e rideva sbracciandosi come una pazza, neanche dovesse fermare una nave di passaggio. Marnie si sbracciò a sua volta e si mise a correre, Cleo la strinse, poi si discostò di un metro circa e la esaminò come se fosse un vestito da provare. «Ma guardati! Equipaggiata di tutto punto!»

«Be', è così che si fa nella natura selvaggia, Cleo!»

«Tutta verde oliva!»

«Troppo pendant?»

«Ma va'. Non ti ho mai vista così... impermeabile! Oh, che bello vederti! Non ci hai bidonato!»

«Come se vi bidonassi sempre».

«Per Sam le probabilità erano cinquanta e cinquanta».

«Ma dov'è?»

«Ci ha bidonato lui! Incredibile, lo so! Aveva troppo lavoro arretrato. E poi "non va molto d'accordo" con la campagna». Sam era un architetto, affermato nel settore come Cleo nel suo, ma con tendenze paternalistiche verso l'umile amica della moglie, perciò Marnie provò una punta di colpevole sollievo nel non trovarlo lì. «Ma insomma, l'importante... Guarda chi c'è!»

Anthony, il figlioccio di Marnie, spuntò da dietro la schiena della madre, e anche lì l'affetto fu misto al senso di colpa. Padrini e madrine venivano scelti per un motivo e lei all'inizio pensava che il suo ruolo fosse più o meno quello di un'animatrice che si esibiva di continuo nel trucco della moneta dietro l'orecchio. In quello aveva fallito, ma una volta che Anthony fosse cresciuto, Marnie aveva sperato di diventare una spalla per i suoi genitori, una laconica alleata. Non aveva funzionato nemmeno quello. Anthony era giudizioso, riservato, un genio della matematica secondo i racconti dei suoi genitori, ma da madrina a nonnina il passo era breve, e l'ultima volta che lo aveva visto, ormai diciotto mesi prima, si era comportata più che altro così, spalancando la bocca in maniera ostentata per i suoi risultati scolastici, mettendogli in mano una banconota spiegazzata e inanellando battute scontate. *Non spenderli tutti in dolci!* Da allora l'adolescenza aveva preso il sopravvento e Marnie poté notare i puntini in rilievo sulla fronte del ragazzo, il luccichio dell'apparecchio mentre tentava di sorridere. Sapeva che era meglio soprassedere, che sarebbe stato sciocco osservare quanto fosse cresciuto, ma era quello il materiale di sua competenza, perciò...

«Ma guarda come sei cresciuto! Basta distrarsi un attimo...!»

«Un po' più di un attimo» precisò Cleo.

«Vieni qui!» disse Marnie e aprì le braccia per stringerlo, accorgendosi però della scintilla di terrore nei suoi occhi. Allora gli mise le mani sulle spalle e le scosse con vigore come un volante bloccato. «Che bel figliolo!» esclamò, per poi pensare: oddio, che roba inquietante da dire.

Dopodiché, a proposito di bei figlioli, arrivò un uomo, forse il più bello che Marnie avesse mai visto, talmente bello che gli scoppiò a ridere in faccia, e lui sorrise di quella risata, come a dire: lo so, assurdo, vero? «Questo è il nostro amico Conrad» spiegò Cleo.

Ripensandoci a posteriori, Marnie escludeva di aver spinto via il proprio figlioccio, ma era possibile che avesse fatto un inchino.

«Piacere di conoscerti, Marnie» disse Conrad, con una voce inaspettatamente acuta, come se stesse iniziando a svanire in quel momento l'effetto dell'elio.

«Ho sentito molto parlare di te!»

Non dire *In positivo, spero,* pensò Marnie, ma a quanto pareva lo aveva già fatto.

«No, solo in negativo!»

«Ohhhhh, tipo?» chiese Marnie, ma se davvero gli avessero parlato solo male di lei? Lui non disse nulla e per un attimo stettero tutti fermi ad ascoltare il mare.

«Eccone un altro!» esclamò Cleo in fibrillazione, indicando una figura sulla battigia che picchiettava la punta dello scarpone nella marea crescente, come se volesse rispedire indietro il mare. L'uomo si girò e accennò un sorriso e Marnie riconobbe il tizio che sul treno le aveva lanciato sguardi furtivi, e che dopo l'aveva invitata a togliersi dai piedi. «Lui è Michael, un mio collega di scuola».

«Piacere» disse Michael. Una voce bassa, un leggero accento, barba e capelli incolti, tutte cose che in qualche modo sembravano fatte della stessa sostanza del suo maglione blu da pescatore.

«Ciao, Michael!» disse Marnie, scendendo giù per lo squero con la mano tesa. Lui aveva i palmi pieni di ciottoli bagnati, li guardò con aria confusa, poi li buttò a terra. «No, non lanciarli!» disse Marnie, lui rise, le diede la mano e tornò alla sua ricerca, guardando in basso con la toccante concentrazione di un bambino che andava a caccia in una pozza tra gli scogli. «Hai perso le chiavi?»

«Mmh? No, sto cercando un ciottolo».

«Be', sei nel posto giusto!» disse lei allegra. E poi: «A cosa ti serve?»

Lui si morse il labbro ed esitò. «È un po' imbarazzante. Solo una stupida usanza».

«Cioè?»

«Quando attraversi l'Inghilterra da costa a costa, devi immergere i piedi in acqua, scegliere un ciottolo da una parte e portarlo dall'altra».

«Michael camminerà fino al Mare del Nord» intervenne Cleo. «Un pazzo».

«Ah. Wow. Davvero?»

«Trecento chilometri!» spiegò Cleo.

«Trecentodieci» precisò Michael, «più o meno».

«Lo sai che hanno inventato i treni, no?» disse Conrad. «Ci sono i taxi, i pullman...»

Lui scrollò le spalle. «Mi piace camminare» si limitò a rispondere, e Marnie fece caso al suo viso, che aveva un che di antico, una specie di nobiltà sgualcita, come il condottiero di una spedizione destinata al fallimento. Era quella, la spedizione destinata al fallimento?

«Lo sai, no, che in macchina impiegheresti, tipo, quattro ore?» insistette Conrad, ma l'altro tizio, di cui lei nel frattempo aveva scordato il nome, si era già rimesso a perlustrare la spiaggia.

«Be', ne prendo uno anch'io» disse Marnie, saltò giù dallo squero e cominciò a capovolgere le pietre con il piede.

L'uomo aggrottò le sopracciglia. «Vale solo per chi arriva in fondo».

«Metti che mi perdo? Comunque ne voglio uno come souvenir». Raccolse un piccolo sasso e ci strofinò sopra il pollice. «Cosa dobbiamo cercare? Che caratteristiche deve avere un buon sasso? A me sembrano tutti uguali».

«Un bel colore. Non troppo grande».

«Quando li porti a casa sono sempre una delusione, vero?» disse, aggiungendo una bizzarra postilla: «Come gli uomini».

«È perché si asciugano» spiegò lui. «Perdono brillantezza».

«Come gli uomini?» dissero in coro, e sorrisero.

«A questo non succederà» disse lui e le mostrò un ciottolo tenendolo tra l'indice e il pollice, liscio e grigio, ma solcato da un'elegante riga bianca. «Poco appariscente. Sobrio, classico. È un diabase rotondo».

«I sassi hanno un nome? Oh, cribbio, non bastava dare i nomi agli uccelli, pure ai sassi. Diabase rotondo. Bene. Okay, io invece cos'ho qui?» Era un sasso rosso chiaro che per forma, colore e dimensioni ricordava un lampone del supermercato.

«Arenaria rossa. Molto tipica. L'hai notata negli edifici qui intorno, tutti gli edifici rossi?» Lei scrollò le spalle, come a dire: per chi mi hai preso? «È più morbida, più malleabile. La tua è una roccia sedimentaria, la mia magmatica».

«Cioè?»

«La tua si è formata da un lento accumulo di strati, la mia viene da un vulcano».

«Ecco, adesso voglio il tuo sasso. Ma ti pare?» disse rivolta al suo, che teneva girato verso di sé come il pupazzo di un ventriloquo. «Perché non vieni da un vulcano?» Si interruppe di colpo. «Scusami. Sto davvero parlando con un sasso. Scusami».

Lui fece quello che a lei sembrò un sorriso di circostanza. «Invece hai scelto bene» disse, asciugandosi le mani sui capelli. «Dovresti fidarti di più del tuo istinto. Seguilo».

«Lo farò» disse Marnie e infilò il ciottolo in una delle sue numerose tasche. «Vado a immergere anch'io i piedi in acqua. Non si sa mai», poi si spinse fino alla battigia e picchiettò la punta degli scarponi nella schiuma, attenta a non bagnarli prima ancora di partire.

# Il faro

Misero gli zaini in spalla e cominciarono la salita, zigzagando verso la cima della scogliera su consunti gradini di legno. Li attendevano venticinque chilometri di strada, ma dopo essersi lasciati lo strapiombo alle spalle avrebbero incontrato solo campi, qualche paesino, piantagioni più che boschi naturali e un'unica salita seria, e Michael sapendolo camminava in testa al gruppo, in parte per dettare il ritmo, in parte per farsi coraggio.

*Parla con gli altri, parla con gli altri, parla con gli altri.* Assurdo che fosse così difficile. Davanti a una classe di trenta adolescenti, in genere riusciva a essere loquace e sicuro di sé, spesso coinvolgente, a tratti perfino spiritoso, e questo di certo era un pubblico più facile. Eppure eccolo lì a blaterare di magmatico e sedimentario, l'insegnante di geografia uscito subito allo scoperto, e le cose non erano andate molto meglio con Conrad, che a giudicare dalle sneaker nuove e dai jeans aderenti non la stava prendendo per nulla sul serio. Sentì la voce di suo padre – *Un po' fuori luogo* – e si disse che doveva essere aperto, ma la conoscenza di altri uomini sembrava sempre presupporre rivalità e diffidenza, la stretta di mano virile, i sorrisi pure, e si chiedeva se dopo una certa età gli uomini potessero davvero starsi simpatici. La finestra per instaurare un'amicizia era già piccola di suo, e con l'età si assottigliava ulteriormente: un nuovo amico dopo i quaranta? Strana prospettiva, lo avrebbe messo a disagio.

Valeva lo stesso per un'eventuale amica? Improbabile che riuscisse a scoprirlo. Lanciando un'occhiata alle sue spalle, vide Conrad e la donna che parlava con i sassi già intenti a creare il loro film, lui che le raccontava una storiella, lei che rideva e gli tirava una pacca sul braccio con il dorso della mano. Nei corridoi e negli spazi comuni della scuola quelle dinamiche erano all'ordine del giorno, ma come per gli spettacoli scolastici era più divertente partecipare che assistere, e Michael ringraziò il cielo che l'altra donna non fosse riuscita a venire. «Guardate che vista!» urlò Cleo alle sue spalle, e tutti si girarono a contemplare il paese e la spiaggia, il mare diafano, e più in là, nella loro stessa foschia grigia, le ciminiere e le torri di raffreddamento di Sellafield.

«La cosa più bella è la centrale nucleare!» urlò Conrad. «Molto suggestiva!»

Secondo i calcoli di Michael, lì la pendenza doveva essere del dieci percento. Con una bella spinta, forse Conrad sarebbe rotolato dritto dritto fino al parcheggio.

Ripresero a camminare, il lento ottovolante di un trekking sulle scogliere, con gli altri che scalavano di posto e formavano coppie o terzetti mentre scendevano verso Fleswick Bay, fulgido esempio di erosione costiera, ma Michael decise che era meglio tenere per sé l'informazione. Presto sarebbe apparso il faro, bianco e luminoso nel sole di mezzogiorno. Non c'era alcun dubbio che i fari piacessero a tutti, soprattutto ai ragazzini.

«Ehi! Aspetta!» Era Cleo, che stava trotterellando per raggiungerlo.

«Lo vedi il faro?»

«Quell'enorme edificio bianco?» ansimò lei, appoggiandosi alle ginocchia come a tenerle ferme. «Non l'avevo visto. Molto bello».

«Magari Anthony vuol dare un'occhiata da vicino?»

«Non c'è bisogno. Ha superato la fase dei fari».

«Peccato. Io amo i fari».

Cleo si raddrizzò, la testa voltata all'indietro. «Magari è una passione che torna più avanti».

«Volevo solo fargli vedere qualcosa di interessante».

«Ha tredici anni, Michael».

«A me sarebbe piaciuto a tredici anni».

«Non stento a crederlo. Be', socializzi o no? Non vorrai mica camminare e basta?»

«Adesso socializzo. Devo un attimo – come dire – ambientarmi».

«Sono solo due le persone che non conosci».

«Lo so. Adesso socializzo!»

Dopo un po' Cleo disse: «Mi spiace che Tessa non sia riuscita a venire. Comunque ci tiene a conoscerti».

«Sarà per un'altra volta».

«Cioè, non che il discorso sia mai saltato fuori, ma scommetto che va pazza per i fari. Organizzo una cena».

Michael sospirò. «Mi sembrava di averti detto...»

«Rinfrescami la memoria».

«... Niente cene combinate».

«Eh, dài, cosa faccio se no? Le giornate sono lunghe. Mi serve qualcosa per distrarmi da tutta questa...» e fece un gesto a indicare il paesaggio «... da tutta questa geografia».

«Puoi guardare loro». Accennò con la testa alla donna del treno e a Conrad, che in quel momento stava prendendo a calci un cumulo di terra scavato da una talpa.

«Mmh. La giuria non ha ancora deliberato su Conrad. È un bravo ragazzo, ma è Sam a spingerlo. Io sono scettica. Mi pare uno che punta più alla quantità che alla qualità, se capisci cosa intendo».

«No, non capisco».

«Tu invece punti più alla qualità che alla quantità».

«Gioca solo con i sentimenti delle persone».

«Un burattinaio. "Come mosche per dei monelli..."*» Cleo era insegnante di inglese e ogni tanto usciva anche quel suo lato. «Che peccato per Tessa. Se penso a cosa sarebbe potuto succedere...»

«Adesso si va di qua». Il sentiero cominciava a curvare verso l'entroterra. «Saluta il mare».

«Quindi quanto manca?»

«La vedi quella collina?» Michael indicò una cima boscosa, sentinella delle montagne lì dietro, ma ancora a una distanza insormontabile. «Dobbiamo arrivare dall'altro lato».

«Oddio, davvero? Stai cercando di ucciderci?»

«Sono sedici chilometri. Poi laggiù inizia il Lake District».

«Siamo arrivati?» urlò Anthony, che li seguiva ingobbito.

«Quasi, amore» urlò Cleo, «non manca molto». Poi, rivolta a Michael: «Ha un po' il muso. Voleva vedere i suoi amici».

«Si ricrederà» disse Michael.

«Ne sei proprio convinto?» disse Cleo ridendo mentre voltavano le spalle al mare.

* W. Shakespeare, *Re Lear*, Mondadori, Milano 2019, p. 193, traduzione di Giorgio Melchiori.

# Hobby e interessi

Conrad le stava raccontando di quanto facesse schifo l'hotel.

«Ho dovuto farmi sostituire gli asciugamani perché, be', non lo vuoi sapere. E le lenzuola erano di nylon, poliestere, quelle robe lì, perciò se ti muovevi troppo prendevi la scossa. Una scossa vera, come quella dei pungoli per il bestiame, tre o quattro volte nell'arco della nottata. Se avessi fatto sesso con una saremmo morti folgorati».

Stava flirtando? Sembrava di sì, perciò Marnie disse: «*Oop*», attingendo al suo vocabolario di parole-non-parole: *oop, uah, fum, bah, oua, fla.*

«Sono abituato ad altro. Mi piacciono gli hotel ricercati, tipo...»

«I boutique hotel?»

«Esatto. Non penso che ne troveremo qui».

«Però è bellissimo».

«Certo!» disse lui con un'aria un po' sorpresa, come se ne stesse prendendo atto solo in quel momento. «È bellissimo, sì!»

«Guardate che vista!» urlò Cleo da davanti. Si girarono verso il paese.

«La cosa più bella è la centrale nucleare!» urlò Conrad. «Molto suggestiva!»

«*Fla*» mugugnò Marnie. Sentiva il sudore formarsi all'attaccatura dei capelli, per lo sforzo della salita o della conversazione. Perché la sua voce suonava così strana? Forse era l'acustica in esterna. Non parlava così a lungo con qualcuno all'aria aperta da... quanto, tre, quattro anni? Poteva essere? Conrad le stava facendo una domanda. Concentrati.

«Quindi hai preso il primo treno del mattino?»

«Sì, da Londra. È stato molto bello. Mi ero portata del lavoro da smaltire, ma...»

«E dove abiti, a Londra?»

«A Herne Hill».

Lui si accigliò. «E quella la chiami Londra?»

«Ehi, come ti permetti!» disse Marnie, condendo la frase con una risata e detestandosi per questo. «È a cavallo della zona due della metro!»

«Sì, ma a sud».

«Già». Non avrebbe dovuto chiederle del lavoro? «Perché? Tu dove abiti?»

«Kensington» rispose lui.

«Dalle parti dei musei, di Buckingham Palace...?»

«Più a ovest. Barons Court» rispose Conrad, e in privato fecero entrambi le proprie valutazioni, come tutti i londinesi, calcolando anche il percorso che avrebbero fatto qualora si fosse presentata l'occasione. Era un po' macchinoso, treno fino a Victoria, poi linea District, o era Piccadilly? Meglio non pensarci adesso. Meglio dire qualcosa.

«Hai mai fatto caso che Barons Court non ha l'apostrofo mentre Earl's Court sì? Chissà perché?» Sembrava che Conrad non avesse alcuna spiegazione in merito, pur vivendo in quella zona, perciò Marnie proseguì: «Che lavoro fai, Conrad?» e pensò: santo cielo, perché non gli chiedi il codice fiscale, già che ci sei? Era la parte burocratica della conversazione, nome, indirizzo, data di nascita, istruzione ed esperienze di lavoro. Archiviata quella, potevano passare al carico emotivo della sezione «Hobby e interessi». Leggere, andare al cinema, conoscere persone nuove. Be', forse «conoscere persone nuove» no.

«Sono un farmacista» rispose. «Gestisco una piccola farmacia a West Brompton» e Marnie per un attimo ebbe una felice fantasia di lui che sorrideva porgendole un sacchettino di carta bianco pinzato in alto, magari una pomata, o una magnifica confezione di sonniferi.

«Ah, quindi puoi intascarti un sacco di roba forte» disse, con gli occhi a fessura e la voce roca. «Un saaacco di roooba fooorte».

«Be', ci sono delle procedure da rispettare».

«Sì, sì, certo, dici così, ma scommetto che ogni tanto qualche pillola "ti cade per terra"».

«No, davvero» insistette lui, severo adesso, «sulla sicurezza non transigiamo».

«Ah, okay. Okay. Non stavo insinuando...»

«E anche se fosse, cosa me ne farei di un anticoagulante prescritto a un anziano? No, prendiamo molto sul serio la gestione degli stock».

«Be', ottimo» disse lei con enfasi, «buon per voi» e cercò di ricordare dove avesse già vissuto un'esperienza simile, il panico da improvvisazione, l'impressione di essere valutata, giudicata e anche po' redarguita, e si rese conto che le capitava agli appuntamenti, quello era un appuntamento, solo che si svolgeva all'aperto con un intero guardaroba sulle spalle, anziché in un locale con formula aperitivo a Clapham. Se l'era cercata. Aveva chiesto a Cleo di non organizzarle incontri combinati, ma con la convinzione di un bambino che intima a qualcuno di smettere di fargli il solletico, e ora ne pagava le conseguenze. Si disse bruscamente: divertiti. Goditi questa interazione nel mondo reale. Conrad dopotutto era un uomo di una bellezza assurda, con occhi luminosi e una bocca incantevole, e quello del farmacista era un lavoro nobile e serio, il profilo ideale per fare da garante per il rinnovo del passaporto. Era pulito e curato, e la facilità di accesso alle creme idratanti gli aveva donato una pelle straordinaria, una levigatezza che né il tempo né la vita avevano scalfito, tanto che sembrava il Ken di sé stesso. Se si fosse afferrato il mento e avesse tirato verso l'alto fino a strapparsi via la faccia, Marnie non si sarebbe per nulla stupita.

«Tutto okay?» le chiese e lei si rese conto che lo stava fissando.

«Guarda, un faro!» esclamò. «Stiamo facendo letteralmente una *Gita al faro*!» e accorgendosi che l'allusione era caduta nel vuoto: «Io sarei una perfetta guardiana del faro. Da piccola era il lavoro dei miei sogni, starmene lì nelle stanzette rotonde, con i tavoli rotondi e i tappeti rotondi...»

«Te l'eri proprio immaginato per bene, Marnie». Fu bello sentirsi chiamare per nome.

«La piccola eremita con coppola e maglione sempre in giro con la pipa, che tiene d'occhio il meteo, si assicura che la luce sia sempre accesa, che ha un sacco di tempo per leggere. Sono certa che ci sia ben altro da fare, a parte cambiare una lampadina e leggere, ma...»

«Sei una che legge tanto, vero?»

«In pratica faccio solo quello».

Stava per aggiungere «in questo periodo», ma in realtà era sempre stato così. «Pensa che quand'ero piccola i miei genitori mi dicevano di leggere di meno. Credevano che non uscissi abbastanza. Sai, lo shopping, i pigiama party, la vita sociale».

«Non ti piacevano quelle cose?»

«Sì. Ma mi piaceva di più leggere».

Non sviscerò la questione e tra loro cadde di nuovo il silenzio, ma forse qualcosa di ossessivo c'era nel modo in cui razziava gli scaffali della biblioteca di zona, da Blyton a Jansson, da C.S. Lewis a P.G. Wodehouse, poi Christie, du Maurier, le Brontë, leggeva indiscriminatamente ma sempre con passione, perciò era appassionata anche nelle critiche. Dickens, pensava, era stupido e pedante come un maestro che faceva le vocine buffe, ma chi se ne importava di lui quando c'erano Jane Austen e Sue Townsend, Ursula K. Le Guin e Jean M. Auel, e Marnie ogni sabato mattina restituiva la sua pila di libri – il numero massimo consentito – schiaffandola sul bancone come una giocatrice d'azzardo che incassava le fiche. I libri l'avevano vista attraversare lo stadio pupale dai tredici ai sedici anni, quando si crucciava su Kafka e Woolf, aprirsi a John Irving e Maeve Binchy, letti da cima a fondo, e non fare distinzioni tra Jilly Cooper e Edith Wharton. Le storie esistevano anche al cinema e in tv, e più tardi nei roboanti melodrammi di internet, ma quelle erano attività di gruppo, chiassose e sociali. Invece un libro, intimo e privato, era qualcosa con cui ci si poteva avvolgere e coprire al pari di un piumone.

Forse i suoi genitori sarebbero stati meno preoccupati se tutto quel leggere si fosse rispecchiato nel suo andamento scolastico, ma in realtà era una studentessa mediocre. La materia in cui andava meglio era inglese, e una sera d'autunno che ancora ricordava avevano discusso di un'eventuale iscrizione all'università. D'accordo, leggeva parecchio, ma leggere era un hobby, non un lavoro, e anche se era vero che c'erano lauree in letteratura, perché passare tre anni a studiare qualcosa che stava già facendo senza sborsare un soldo? Nei romanzi che leggeva, i genitori potevano essere folli e glamour, bohémien e complicati, malvagi o assenti. I suoi erano solidi, prudenti, cauti, terrorizzati dai debiti, modesti nelle ambizioni che nutrivano per sé e per la figlia. Con qualche lacrima versata soltanto in privato da parte sua, la decisione fu presa. Per il momento era meglio che andasse a lavorare.

A volte si chiedeva cosa sarebbe successo se avesse insistito, perorato la sua causa, ostentato la delusione anziché piangere di nascosto in cameretta. «Ci siamo incontrati all'università» era un'affermazione diffusissima, e forse quella versione della sua vita sarebbe stata più piena, più popolata. Da qualche parte, in una linea del tempo parallela, quella storia era in atto, ma non aveva senso rimuginarci sopra. Portare rancore ai suoi per non averla supportata nella sua formazione le ricordava troppo questioni del tipo «Perché non mi avete comprato un regalo?», un risentimento aspro e di poco conto.

Tutto sommato non era stata un'infanzia triste, non proprio, solo ordinaria, suburbana, costante come il termostato all'ingresso che lei non aveva il permesso di toccare, e se ogni tanto aveva desiderato di essere orfana era stato esclusivamente per le possibilità narrative. Cambiare casa, giocare d'azzardo, andare in rosso, cambiare lavoro, avere una tresca, andare all'estero, urlare in pubblico, parcheggiare dove non era consentito, mangiare per strada o ubriacarsi, erano tutte cose che i suoi genitori non avevano mai fatto, e anche se a un certo punto dovevano per forza aver fatto sesso, l'argomento era tabù neanche si trattasse di un vecchio caso di omicidio. Marnie era l'unica prova, e pur non avendo mai dubitato che si amassero e che presumibilmente amassero anche lei, non c'era alcun bisogno di esprimerlo ad alta voce. Li amava anche se alzava gli occhi al cielo, e loro, per contro, si preoccupavano per lei e la proteggevano dalle questioni troppo complicate: le malattie, il sesso, l'infelicità, le emozioni umane più importanti.

La classica figlia unica. Era stato Neil, il suo ex marito, a definirla così, anche se non ricordava in quali circostanze. Forse era stata troppo taciturna, se n'era andata presto da una festa e si era messa a leggere sotto le coperte. Magari con qualche fratello o sorella ci sarebbe stato più rumore in casa, più attriti o più affetto, ma in realtà non aveva mai accusato quell'assenza, le piaceva avere il sedile posteriore della macchina tutto per lei, i regali di Natale tutti per sé. Le dimensioni del divano erano perfette per loro tre e quando si stufava poteva sgattaiolare di sopra con un libro.

«Tu invece leggevi tanto da piccolo?» chiese a Conrad.

«A dire il vero no. Mi piaceva soprattutto fare sport. Calcio, cricket».

Non le andava di parlare di quello. «E adesso? Leggi?»

«Certo. Business, economia, psicologia dello sport».

«Niente romanzi?»

«Non mi piace perdere tempo con storie inventate».

Marnie avrebbe potuto replicare in molti modi, ma si limitò a dire: «Pensa, io non ho mai letto nulla di psicologia dello sport. Ti insegnano a vincere, tipo?»

«A migliorare l'autostima, aumentare la resistenza, stabilire gli obiettivi. A darci dentro!»

«Dev'essere difficile tirare fuori un libro intero sul concetto di "darci dentro". Nessuno ha mai scritto un bel libro per insegnarti, che so, a fare il possibile? "Bronzo va benone!"» Inciampò in uno dei tanti cumuli di terra che punteggiavano il verde altrimenti impeccabile delle... zolle? Com'era il termine tecnico? Cotiche erbose? «Ma tu guarda, le tane di talpa le avevo viste solo nei cartoni!»

«Oddio, sei proprio una ragazza di città».

«Be', a cavallo della zona due. Ho sempre pensato che spostando il mucchio di terra abbastanza in fretta si riuscisse a vedere la talpa all'interno. Come quando togli la parte sopra del guscio a un uovo sodo, con la differenza che...» e lì fece una piccola imitazione, naso al cielo, denti in fuori, occhi a fessura, dita che si muovevano rapide sotto il mento. Dacci dentro!

«Scopriamo se è vero?» propose Conrad e subito scattò in avanti e tirò un calcio da rigorista al cumulo più vicino, sparando terra ovunque. Dopo tutta quella fatica gli pareva brutto non guardare. «Niente. Solo fango» la informò, pulendosi lo sporco dalla punta della sneaker.

«Un altro sogno d'infanzia che va in frantumi» disse Marnie e riprese a camminare, pentendosi di aver fatto l'imitazione di una talpa.

# Geografia umana

Nell'entroterra, percorsero viottoli e attraversarono fattorie, con Michael in testa che sollevava una mano quando incrociavano gli allevatori, come a dire: sì, turisti, abbiate pazienza. Passarono in mezzo a paesini, vecchi insediamenti minerari che non erano riusciti a reinventarsi, le strade silenziose e malinconiche nel sole pomeridiano con le loro case a schiera.

«Dove sono tutti?» chiese la donna del treno.

«Magari è l'ora della siesta, come a Barcellona» ipotizzò Conrad e Michael sentì fremere il proprio istinto da insegnante. I paesi non spuntano dal nulla: serve una sorgente naturale, o un porto, o una vena di stagno, e quando questa cosa perde la sua importanza, l'assenza si sente. Pensò al paese dov'era nato lui, suo padre era stato per tutta la vita un dipendente della tipografia – non libri, bensì brochure, cataloghi, elenchi telefonici e calendari. Aveva iniziato come apprendista, si era formato sul campo e aveva fatto carriera fino ad approdare ai livelli più bassi della dirigenza. Tutti avevano il padre che lavorava lì, alcuni anche la madre, e le vicissitudini dello stabilimento avevano scandito la traiettoria dell'infanzia di Michael – la solidità e la prosperità dei primi anni avevano ceduto il passo all'incertezza e all'angoscia dell'adolescenza con il progressivo declino dell'azienda. Elenchi telefonici e cataloghi, tanto valeva che fabbricassero ruote per carri, e quando gli ultimi brandelli di produzione vennero delocalizzati, l'intero paese perse il proprio scopo. Come una macchina senza motore, tutto cominciò ad andare a rotoli, negozi e pub chiusero, e in centro tirava una brutta aria, perciò la gente era ancora più propensa del solito a rimanere tra le sue quattro mura. Suo padre, che aveva a lungo subito lo stress di tenere viva l'azienda, si sentiva in colpa ora che assisteva alla sua chiusura. Tutto quel tempo a casa era insopportabile per lui e spesso spariva dalla mattina alla sera nel Peak District. Sua madre, un'insegnante di pianoforte, un tempo brillante e fascinosa quanto il marito, adesso era spenta e introversa, si rintanava in casa e lottava per tenersi qualche allievo, ma anche lei sembrava rimpicciolire e svanire. Suo fratello minore, meno intellettuale di lui, aveva sempre contato di trovare lavoro in paese e ora sembrava disorientato, furioso con Michael, il quale invece, con un tempismo offensivo, si apprestava alla fuga.

L'ambizione era stata il grande progetto dei suoi: una bella casa in una strada privata, vacanze in Spagna e addirittura in Florida, cene danzanti con il sindaco, assidua frequentazione della chiesa e del municipio, e adesso il primo Bradshaw iscritto all'università. Eppure, perfino facendo le valigie, Michael si sentiva come uno che sgomitava per salire su una scialuppa. Durante una festa o quando andava a rimorchiare nei bar degli studenti, capitava che d'un tratto gli venissero in mente i suoi, e allora cercava di rincuorarsi: magari possono andare in pensione.

Ma suo padre aveva appena quarantadue anni quando rimase senza lavoro, la stessa età di Michael adesso. Né vecchio né giovane, troppo tardi per ricominciare, troppo presto per fermarsi, il futuro che da un lato era una colossale fetta di tempo, dall'altro non bastava. *Magari possono andare in pensione.* Ora rabbrividiva pensando alla leggerezza con cui aveva liquidato le ansie dei suoi, ma sapeva che almeno in parte era il motivo per cui aveva scelto il proprio mestiere. «Il mondo avrà sempre bisogno di insegnanti» diceva suo padre, un uomo di cui non sempre il mondo aveva avuto bisogno. All'epoca credeva che fosse orgoglioso di lui, ma almeno in parte era semplice sollievo.

Intanto continuavano a camminare. Più tardi lo avrebbe chiamato e gli avrebbe raccontato che giro stavano facendo e a che punto erano – ovunque lui andasse, suo padre c'era già stato, aveva fatto più strada e con un clima più avverso. Avevano smesso di chiedergli se avesse sentito Natasha, ma poco male, meglio limitarsi a parlare di cosa avrebbero mangiato a cena. Al padre avrebbe chiesto: come va l'artrite di mamma? E alla madre: come vanno i piedi di papà? Così avrebbero evitato qualsiasi argomento pregnante.

Adesso erano di nuovo nei boschi, conifere industriali tutte uguali, una vera e propria coltivazione di alberi in batteria, ma in fondo al tunnel dei rami si ergeva luminosa, come inscritta in una cornice, una grande collina dorata, qualcosa di simile ai dipinti nelle chiese. Michael si girò per rivolgersi agli altri con il suo miglior sorriso da capogruppo. «Allora, come va?»

«Si sale ancora?»

«Quanto manca?»

«Perché io un'altra salita non la reggo».

«Qualcuno ha un po' d'acqua? Io l'ho finita».

Sentì la voce di suo padre: *Che incubo, questi.* «Okay, ciurma» disse, «una breve tirata fino in cima e poi si scende di nuovo verso il Lake District. Un paio d'ore».

«Ho una cosa sullo scarpone. Gialla. Oh. Oh, che puzza».

Michael si ritrovò di fianco a Anthony e gli mise una mano sulla spalla. «Come va, giovane? Tutto bene?» Il ragazzo si coprì la fronte e annuì sconsolato. «Stai andando forte» e in testa al gruppo attraversarono l'ombra del bosco in direzione della collina dorata lì avanti.

# Cinque estintori legati alla testa

Promemoria per il futuro: ricordati che c'è un abisso tra come ti vendono l'attività fisica e cosa si prova nel praticarla. Sui cartelloni pubblicitari, negli spot in tv dei marchi sportivi, nei film, niente sembrava più entusiasmante, addirittura inebriante, dei muscoli che guizzavano e bruciavano, del cuore che pompava, del sangue che ribolliva, dei pugni al cielo, poi arrivava il momento in cui gli atleti erano piegati in due con le mani sulle ginocchia, il sudore che gocciolava sulla pista. Le analogie con il sesso non erano certo un caso. Chi non avrebbe voluto essere al loro posto?

Peccato che la realtà fosse fatta di disagio e progressiva agonia. Respirare, un atto normalmente inconscio, adesso sembrava un'impresa impossibile per Marnie, come se il reggiseno sportivo le venisse stretto intorno al busto con un verricello. A metà salita le pareva di respirare attraverso un cuscino, i polmoni scossi da enormi grumi di catarro, il cuore che si ribellava e cercava di uscire squarciandole lo sterno. Erano i sintomi di un infarto? Una volta durante una lezione di spinning aveva vomitato nell'asciugamano, ed ecco di nuovo quella sensazione di stress, disagio e imbarazzo. Aveva il naso tappato, eppure uno strano liquido – un indefinibile mix dolce-salato di muco e sudore – le colava lungo il prolabio fino alla bocca aperta. Avrebbe potuto chiudersi una narice con un dito e soffiare con l'altra, come i calciatori, ma esisteva un modo civettuolo per farlo, per raschiarsi la gola e sputare con eleganza, per vomitare con un certo sex appeal? Se fossero andati in un locale con formula aperitivo a Clapham, adesso non avrebbe quella smorfia, la smorfia di Stallone quando faceva braccio di ferro, i denti scoperti, gli occhi a fessura innaffiati dal sudore che insieme al mascara e alla crema idratante aveva creato un miscuglio di sale, acido e olio, in pratica una vinaigrette, che le bruciava gli occhi. Si stropicciò le orbite con le nocche, vide gli aloni di trucco, pensò: ottimo, due buchi neri.

Erano ancora alla sezione «Hobby e interessi» e Conrad da un po' le stava parlando con passione e competenza della Formula Uno – era un errore ritenere che fosse tutto merito della vettura, i piloti erano veri e propri atleti. «La gente pensa che basti guidare in cerchio, ma duecentosettanta chilometri orari sono cinque g, abbastanza per spezzarti il collo».

Il collo di Marnie si sarebbe spezzato? Non lo escludeva, e forse non sarebbe stato un male. Il peso dello zaino era come una mano gigantesca che la strattonava all'indietro, in mezzo al seno le era spuntata una grande W maiuscola di sudore, a ogni passo c'era qualcosa – il tacco delle scarpe da sera o lo spigolo di *The Central Fells* di Wainwright – che le pungolava il fegato, e intanto...

«La frequenza cardiaca di un pilota raggiunge i centottantacinque battiti al minuto, *bam-bam-bam*, tre al secondo. Te lo immagini?»

«In realtà sì». Perché lui non aveva il fiatone? «Continua».

Marnie era abbastanza indifferente alla Formula Uno, la inseriva nella categoria «cose che gasano gli uomini» insieme a mute da sub, spade da samurai e orologi enormi. Quello di Conrad era grande come il posacenere di un pub. Il suo ex marito Neil ne aveva uno simile, solo che era un'imitazione da dieci dollari presa in Canal Street a New York durante la loro luna di miele. Come il matrimonio, aveva smesso di funzionare quasi subito, e anche se Neil l'aveva acquistato per scherzo Marnie sapeva che avrebbe tanto desiderato l'originale. Una volta lo aveva preso in giro – bonariamente, credeva, quella era l'intenzione – perché aveva comprato una rivista per il benessere maschile e si era messo a seguire una routine che prometteva addominali d'acciaio in trenta giorni. Lei ogni mattina faceva il countdown alla loro comparsa, meno ventitré, meno ventidue, meno ventuno, finché lui non era sbottato: «Ti spiacerebbe non prendermi per il culo almeno un cazzo di minuto?» Marnie ancora si stupiva del livore che era riuscito a infondere alle parole «Ti spiacerebbe». Lei ovviamente si era scusata, ma le scuse sarebbero state più contenute se avesse saputo che si stava rimettendo in forma per l'amante al lavoro. Non seppe mai se gli addominali fossero comparsi, perché Neil se n'era andato al giorno quindici. Di certo la prima volta che lo rivide aveva un aspetto migliore, più sano e felice, quindi qualcosa di buono lo aveva ottenuto.

«Con il peso del casco, le sollecitazioni sul collo a quella velocità, è come avere cinque estintori legati alla testa».

«No, aspetta. Cosa se ne fanno di cinque estintori legati alla testa?»

«Non ce li hanno davvero, era solo un modo per descrivere le sollecitazioni».

«Scusa, ho perso il filo... Possiamo...?»

Marnie si fermò un attimo e si piegò in due. C'erano varie domande che avrebbe potuto fare sulla Formula Uno – è uno sport o una gara ingegneristica? Ci sono donne? – ma sembravano tutte ostili, ed era importante non ironizzare sulle cose che piacevano agli altri. Però era sveglia da dodici ore, a una distanza incalcolabile da casa, e l'unica cosa che voleva era sdraiarsi in una stanza buia. Guardò la vetta strizzando gli occhi irritati.

«Stai bene?»

«Sì, sì! Chiama il mio psicologo dello sport! Andiamo. Non voglio morire qui» rispose lei e cercò di farsi venire in mente una battuta. Avrebbe potuto mettere le mani sui fianchi con sdegno, espirare e proclamare: «Be', se la montagna non va da Maometto, Maometto va alla montagna!» Ma sarebbe stata in anticipo sui tempi. Meglio tenersela per la cima. Adesso si limitò a chiedere: «Quindi nelle vetture di Formula Uno il cambio è manuale o automatico?»

«Semiautomatico. Con otto marce!»

«Otto! Wow. E c'è anche la retro?»

«Ti stupirà, ma c'è».

«Per parcheggiare da Sainsbury's?»

«Ah ah. Esatto».

«Sei ferratissimo sui motori, Conrad».

«Un po', forse. A te piacciono le macchine, Marnie?»

«No, ma sono ferratissima sui mezzi pubblici. Gli autobus, per esempio. Dalle mie parti passano il tre e il centonovantasei. Lungo South Lambeth Road l'ottantotto può raggiungere una velocità di quasi venti chilometri orari». Ma sembrava di nuovo che sfottesse e le era pure tornato il fiatone. «E dimmi, qual è stata la gara più bella che tu abbia mai visto?» chiese, giusto per tergiversare mentre arrivavano in cima.

Una volta in vetta si radunarono vicino a una pila di sassi. Marnie lanciò via lo zaino e si asciugò la vinaigrette dagli occhi. Quello, immaginava, era il momento dei pugni al cielo e lei di certo avrebbe voluto prendere a pugni qualcosa, o meglio qualcuno, il ragazzo che le aveva venduto gli scarponi o Jenson Button. Bevve un po' d'acqua, riprese fiato e da brava guardò il panorama. A ovest, una pianura verde divisa in appezzamenti si srotolava fino al mare, dove il sole basso si rifletteva verso di loro, lei però si rifiutava di restare a bocca aperta. Le cose grandi da lontano sembrano più piccole, punto, fine della storia.

«Bellissimo» disse Conrad.

Era la sua occasione: Marnie si mise le mani sui fianchi. «Be', se la montagna non va da Maome...»

«Laggiù c'è la Scozia, dall'altro lato dell'estuario del Solway». Il modello di maglieria era entrato a gamba tesa sulla sua battuta. «Quella è l'Isola di Man. Lì è dove siamo partiti. E adesso guardate là...»

Piena di astio Marnie si voltò, ed ecco i Lumps, i famosi rilievi che si innalzavano di colpo dalla pianura, ripidissimi e d'un tratto a un tiro di schioppo, come se si fossero avvicinati quatti quatti. «Ci andiamo domani» proseguì il tizio «su quella catena, dopodomani tocca a quelle montagne e martedì c'è la salita più impegnativa».

«Non per me, amico» intervenne Conrad.

«Quando te ne vai, Conrad?» chiese Marnie, con tutta la disinvoltura di cui era capace.

«Lunedì mattina».

«*Fnuh*» mugugnò lei.

«Martedì si torna al lavoro».

Marnie provò un pizzico di panico. «Tu quando te ne vai, Cleo?»

«Eh, lunedì mattina pure io».

«Ah. Ah. Pensavo che stessi di più».

«Anthony ha degli impegni, vero?» Anthony annuì. «E tu?»

«Martedì sera» rispose Marnie. Era una sua impressione o l'altro tizio aveva avuto un sussulto? «Ma il biglietto è flessibile, perciò...»

Il biglietto non era flessibile. Pensava che sarebbero rimasti di più. Tutti quei costosissimi cerotti, le sacche di gomma per l'acqua. Si era portata dietro dodici paia di pantaloni.

«Altrimenti puoi venire in macchina con noi e prendere il treno da York».

«Okay. Okay. Va bene. Vediamo. Vediamo».

L'altro tizio stava di nuovo perlustrando il terreno in cerca di un sasso, un patito di rocce e minerali. «Dobbiamo muoverci se vogliamo arrivare prima di sera» disse Sasso-Man, selezionando un ciottolo e adagiandolo con ossequio in cima al cairn neanche fosse la stella dell'albero di Natale. Raccolsero gli zaini, ripresero a camminare e Marnie chiese a Conrad se esistesse una Formula Due. Lui rispose che, sì, strano a dirsi, ma esisteva, e le raccontò tutto al riguardo.

# La valle

Non sempre la discesa è la parte più facile. Michael sorrideva sentendo gli strilli e i gemiti alle sue spalle, mentre la mano che frenava la salita ora al contrario li spingeva. Alla fine la strada spianò, attraversarono un ruscello gonfio per le recenti piogge e lo costeggiarono fino a una valle a forma di falce, incassata tra i monti, superba nelle sue sfumature verde pallido e marrone ruggine, come una mela perfetta. Il sentiero era battuto, eppure avevano l'impressione di essere incappati in un regno segreto, i migliarini di palude guizzavano al loro fianco come sassi che rimbalzavano sul pelo dell'acqua. Ora gli adulti erano tutti insieme e anziché unirsi a loro Michael rallentò per ritrovarsi accanto a Anthony.

«Com'è la camminata? Non troppo lunga, vero?»

«Un po' sì. Ma siamo quasi arrivati, no?»

«Tra un'oretta».

«E domani?»

«Non dirlo a nessuno» rispose Michael, «ma domani è tosta». Anthony si portò le mani alla faccia, poi le lasciò scivolare verso il basso. «I ragazzi amano camminare nella natura con gente di mezza età. Giusto?» Si sentiva più a suo agio a parlare con Ant. Nei corridoi della scuola aveva lo strano ruolo dell'alunno che era anche figlio di un'insegnante, quindi era sia privilegiato sia vulnerabile, come un giovane principe in una corte piena di insidie. Michael lo teneva d'occhio, lo conosceva da quando era nato, erano stati in vacanza insieme, aveva applaudito ai suoi saggi di chitarra in prima elementare, gli aveva insegnato a giocare a carte e a calcio (il padre non era il tipo da correre dietro a un pallone). Lui e Natasha gli avevano fatto da baby-sitter per interi weekend nel periodo in cui cercavano disperatamente di avere un figlio, e il suo rientro a casa li lasciava sempre taciturni e storditi, senza parole per quella specie di amore surrogato nei suoi confronti.

Da allora Anthony aveva assistito alla separazione e al crollo nervoso, era anche andato a trovarlo in ospedale, e Michael si chiedeva che effetto potesse fare vedere un adulto all'indomani di una catastrofe, spogliato dell'illusione di autorevolezza e controllo. Si chiedeva cosa gli avesse raccontato Cleo. *Per un po' i nostri amici Michael e Natasha staranno ognuno per i fatti propri.* Gli interessava o era roba da adulti, irrilevante quanto mutui e pensioni? Qualunque cosa sapesse, a Michael premeva assicurargli che era tutto a posto, ma la domanda era sempre quella: come comportarsi? Più i ragazzini crescevano, più era difficile impressionarli, e pur non avendo alcuna ambizione a diventare un esempio da seguire, gli conveniva cercare di non essere troppo strano.

«Lo vedi quell'uccello lì tra gli alberi? Quello con la striscia nera sulla guancia? Si chiama "migliarino di palude"».

«Okay» disse Anthony senza alzare lo sguardo. Avrebbe anche potuto dirgli che si chiamava Steve, sarebbe stata la stessa cosa. Meglio lasciar perdere i migliarini, ma come spesso accadeva si ritrovò a domandarsi che padre sarebbe stato. Lo desideravano entrambi, forse non c'era neppure stato bisogno di dichiararlo, e ci avevano provato per anni. Non riuscendoci, lui aveva fatto i test, e a quanto pareva – senza colpevolizzare nessuno, stavano attentissimi a evitarlo – c'era un problema di conta e motilità spermatica. Nulla di insormontabile, gli avevano assicurato: gli spermatozoi c'erano, ma erano timidi, o pigri, o fiacchi, perciò si attenne ai consigli su sellini e boxer, spinaci e bagni caldi, e lui e Natasha fecero tutte le battute stoiche che la gente si aspetta da una coppia nella loro situazione.

Niente, però, spegneva quella crescente... voglia di paternità? Non sapeva come altro chiamarla, ma sembrava una definizione frivola e imprecisa per uno stato d'animo che un tempo, quando Anthony se ne andava, lo costringeva a piangere di nascosto in fondo al giardino. Fecero il possibile per migliorare le loro probabilità e fu a quel punto che Michael ebbe l'incidente, che avvenne la rissa, lui finì in ospedale e da allora nulla, ma proprio nulla, andò nel verso giusto. Adesso era un anno e mezzo che Natasha se n'era andata. Michael aveva quarantadue anni, un'oligospermia idiopatica: ora cosa doveva farsene di quella voglia di paternità?

Concentrati. Su col morale. «Com'è il manga?» chiese a Anthony, un turista che si prendeva la briga di imparare qualche termine in una lingua straniera. «O è un *anime*? Mi confondo sempre». Sapeva la differenza, ma Anthony si mise comunque a spiegargliela, riacquistando l'entusiasmo toccante della preadolescenza. Michael faceva domande le cui risposte non gli interessavano, si godeva piuttosto il suono della parlantina sciolta del ragazzo ormai prossima ad abbandonare il registro acuto, e intanto senza troppo sforzo macinarono chilometri fino a riapprodare all'asfalto, una stradina ombreggiata che digradava verso il paese dove avrebbero trascorso la prima notte.

## La porta d'accesso al Lake District

Come insegnavano i romanzi Regency, il galateo del viandante imponeva di conversare con tutti i presenti, e ora che la giornata volgeva al termine, a Marnie sembrava un buon momento per spuntare la casella dell'uomo che le aveva rovinato la battuta.

«Ah, Ennerdale Bridge!» disse leggendo il segnale di località. «La porta d'accesso al Lake District!» e accennò un sorriso senza smettere di guardare avanti. «Mi pare che fossimo sullo stesso treno».

«Ci davi dentro con il lavoro. Volevo suggerirti di guardare il panorama, ma temevo che non mi avresti ringraziato».

Lei digitò su tasti immaginari. «Ragazza di città impegnata, un sacco di pressione, scadenze da rispettare».

«Che lavoro fai, se posso...?»

«Sono una editor. Di fiction, soprattutto, revisiono i libri prima della pubblicazione».

«Un po' come correggere i compiti in classe».

«Più o meno. Sei un insegnante?»

«Sì».

«Fammi indovinare. Geografia».

«È la barba o tutto l'insieme?»

«Il maglione, il feticismo per i sassi».

«Non è feticismo. Si chiama "geologia"».

«Non so, raccogli davvero un sacco di sassi. Quando siamo arrivati a quel cumulo di pietre, ne hai preso uno da terra, l'hai accarezzato, l'hai annusato...»

«Non l'ho annusato, ovviamente».

«... L'hai messo in cima con cura».

«Quello era un *cairn*, un antico segnavia. Bisogna fare così perché si conservi».

«Ah. Ora mi sento in colpa. Non sono mai stata molto brava in geografia. Mi spiace».

«Non siamo vendicativi». Raggiunsero il vecchio ponte e per un attimo si fermarono a guardare i mulinelli di acqua nera. «Questo è il fiume Ehen» disse Michael, come se presentasse qualcuno a una festa.

«Si fanno ancora le gite di geografia? Sono ancora così estreme?»

«Non sotto la mia responsabilità. E non per gli insegnanti».

«Me lo auguro. Dio mio, noi una volta siamo andati sull'isola di Wight e, giuro, sembrava che fossero arrivati i barbari. È questo che ti ha attirato?»

«I pranzi al sacco? Gli ostelli?»

«I ragazzi che vomitano sul pullman?»

«Non solo quello. Cosa mi ha attirato?» Ci pensò su, come se non si fosse mai interrogato prima sulla questione. «Volevo sapere perché le cose fossero dov'erano. Andavo a camminare con i miei, mi piaceva stare all'aria aperta, mi interessava l'ambiente, i suoi meccanismi. In tutto il resto facevo pena. Tu cos'hai studiato all'università?» chiese.

«Ah, non sono andata all'università».

«Pensavo che tu e Cleo vi foste conosciute lì».

«Esistono anche altri posti per conoscersi». Lo stava un po' punendo. «Scusa, è che quando la gente scopre che lavoro con i libri ma non sono laureata, la reazione è sempre: "Davvero?" Come se fossi un'impostora, una cardiochirurga autodidatta o che so io».

Lui sembrò rifletterci per un attimo. «Non mi pare di aver reagito così».

«No. Hai ragione. Tu no» disse, ed era vero. Ripresero a camminare.

«Quindi dove vi siete conosciute tu e Cleo?»
«Nel posto in cui lavoravo. Un'agenzia pubblicitaria».
«Lavoravi nella pubblicità?»
«Suona molto glamour, vero? Ebbene sì. Pura manovalanza, vendita degli spazi, amministrazione, segreteria, ogni tanto scrivevo qualche testo. Cleo è arrivata come stagista durante le vacanze, per arrotondare mentre studiava, parlavamo di libri, quindi la conosco da, quanti anni? Diciotto. Mi faceva un po' da mentore, mi incoraggiava a riprendere gli studi. Ma non ho mai seguito il suo consiglio. Questo ben prima che diventasse super mega preside».
«*Vice*preside».
«Sì, vice. Tu invece l'hai conosciuta a scuola?»
«Sì, io e mia moglie...»
«Ah, sei sposato?»
«Separato. A Cleo piace tenermi d'occhio».
«Ho presente la sensazione» replicò Marnie. Quelli che si definivano separati anziché divorziati erano come quelli che si ostinavano a dire che il pomodoro non era una verdura ma un frutto: affermazione corretta dal punto di vista tecnico, ma abbastanza controversa. Nessuno mangiava il gelato al pomodoro. «Io sono divorziata» disse Marnie con enfasi, da professionista a dilettante. «E sono anche la madrina di Anthony».
«Sei la madrina di Anthony! Allora ci conosciamo!»
«Tua moglie si chiamava...»
«Natasha. Nat».
«Natasha! Carina, ben vestita. Siete una bella coppia. O insomma, eravate».
«Oh, be', grazie» rispose lui. «Anch'io lo pensavo».
Ecco un innegabile incidente di percorso, a meno che non tirasse dritto. «Scusa. Scusa, ho... Non mi ricordo come ti chiami».
«Michael, Michael Bradshaw».

«Quindi ci siamo conosciuti al battesimo».

«Per forza».

«Devo aver proprio lasciato il segno».

«Mi spiace».

«Non preoccuparti. Non riesco a lasciarlo nemmeno sul mio materasso in *memory foam*. Magari però ti ricordi del mio ex marito, c'era anche lui. Ricordi di aver parlato con uno stronzo?»

«No».

«Uno che ti trattava con sufficienza, che attaccava briga, che ti parlava sopra?»

«Sembravano tutti molto gentili».

«Allora te lo sei perso. Beato te».

«È stato un matrimonio *felicissimo*, suppongo».

«*Flah*» mugugnò lei, poi lo prese per un braccio. «Fatti guardare meglio». Si fermarono in mezzo alla strada e lei lo scrutò in volto mentre lui lanciava occhiate imbarazzate qua e là. Aveva un bel viso, forte, per quanto un po' sciupato, nessuna traccia di grazia o delicatezza. Le increspature intorno agli occhi potevano essere rughe del sorriso, anche se nessuno sorrideva così tanto. Eppure quando sorrideva, come adesso, trasmetteva un che di rassicurante, di solido, la sensazione di essere in buone mani. «Ai tempi non avevo la barba» precisò, girandosi di profilo. «E neppure questa» e si passò il dito lungo la mandibola, scoprendo il segno chiaro di una cicatrice, «ma sono certo che ci sono altri motivi per non ricordarsi di me. Comunque» disse, dandole le spalle come per rimettere qualcosa in una scatola.

Marnie ricordava quel pomeriggio estivo, un battesimo laico, una specie di grigliata elegante: famiglie in ghingheri, bambini che scorrazzavano, prosperità, legami forti. Un gazebo, un castello gonfiabile imponente quanto quelli veri. Ricordava Natasha come una persona gradevole, solo un po' competitiva, ma il marito lo aveva rimosso. Nel periodo «chi-me-l'ha-fatto-fare» del suo matrimonio, le principali emozioni che associava a quel pomeriggio erano l'affetto per l'amica e un'invidia altrettanto profonda. Un errore molto diffuso nei manoscritti era la confusione tra «invidia» e «gelosia»: la prima significava volere ciò che avevano gli altri, la seconda alludeva invece alla paura che ti portassero via ciò che era tuo. Lei non era gelosa. Neil non andava d'accordo con Cleo, non gli piaceva uscire con persone che non conosceva, né stare in compagnia, né essere lasciato da solo, e aveva un'opinione molto aspra sulle grigliate. Ricordava di essersi avventurata sul castello gonfiabile con Cleo, lui che scuoteva piano la testa, le scarpe di lei appese al suo indice.

Avevano ripreso a camminare. «Perciò, in teoria, se succedesse qualcosa a Cleo e Sam – Dio non voglia – Anthony verrebbe affidato a me».

«Uhm, be', suppongo di sì. Immagino che ci sarebbe da discutere con gli esecutori testamentari. E poi ci sarebbe il padrino».

«Non ho idea di chi sia. Qualche amico di Sam. Dovrei fare a botte?»

«Non credo che padrini e madrine facciano a botte per gli orfani, no».

«Be', ottimo, perché capitolerei subito. Secondo te riuscirei a vincere?»

«Se dovessi fare a botte? Lui non lo conosco, però sì, sono certo che con la giusta determinazione potresti battere il padrino di Anthony».

«Oh, che gentile. Grazie!»

Ora Michael sembrava di nuovo serio. «Speriamo solo che non ce ne sia bisogno».

«Scommetto che è molto più bravo di me. Ho sempre pensato che avrei ricoperto Anthony di regali, pastelli di cera, biglietti per il teatro, ma è già tanto se infilo dieci dollari in una busta ogni due anni. In effetti non sono nemmeno sicura, mano sul cuore, di poter rinunciare a Satana».

«Neanche a tutte le sue opere?»

«Ad alcune sì» rispose. «Quelle giovanili». Lui rise in modo così carino che Marnie quasi lo perdonò per averle rovinato la battuta sulla montagna. «Già che ci siamo, "Michael" o "Mike"?»

«Michael. Stranamente quasi nessuno mi chiama Mike».

«So io perché. È la K, fa lo stesso effetto della X, un po' ammiccante. Mike è un nome da dj, Michael da santo».

«Be', non sono certo un santo».

«Non credere che in aula docenti non si sia sparsa la voce» disse e pensò: placati, per ora, non dare tutto subito. Conrad era tormentato dalla sua assenza? Si fermò, si girò e lo vide confabulare con Cleo – stava parlando di lei? *È irresistibile, il modo in cui si raschia la gola.* I loro sguardi si incrociarono: le aveva fatto l'occhiolino o stava solo strizzando gli occhi per il sole basso? No, era senz'altro un occhiolino, al che si girò e riprese a camminare, cercando di infondere un'oscillazione alla Monroe allo zaino. Osservava la natura in maniera generalizzata e presto si ritrovarono in fila indiana su un sentierino che attraversava un bosco ancestrale, umido e pacciamato, con un tanfo di vegetazione che in un frigorifero sarebbe stato pessimo, ma lì era accettabile, il cerchio della vita, eccetera eccetera. Poi, tra gli alberi, un lago.

«Ci siamo, gente!»

Un tramonto ambrato illuminava la locanda Trout Inn e tutti accelerarono il passo. Marnie si strappò lo zaino di dosso prima ancora che varcassero la soglia. Nel bar c'era odore di birra e carbone, e a consegnare loro le chiavi fu un albergatore esausto, il viso un reticolo di vene varicose, gli occhiali appesi a una catenella intorno al collo che sembrava reggere il peso del mondo. Esiste un'antica regola non scritta che impone a tutte le locande di campagna di avere le camere a tema, e lì erano i pesci d'acqua dolce. Marnie era nella Gobione. «Tu cosa sei, Cleo?»

«Mmh, Tinca?»

«Conrad?»

«Spinarello».

«Oh, vorrei starci io nella Spinarello» disse Marnie.

«Basta che ti giochi bene le tue carte» mormorò Cleo, al che Marnie arrossì e pensò: è fatta, è decisamente fatta.

«E tu, Michael?»

Stava compilando il modulo di registrazione. «Eh?» Guardò il portachiavi. «Ah, io Scazzone». Scoppiarono a ridere, lui fece un sorriso tirato. La password del wi-fi era wainwright2017, tutto minuscolo.

«Ci sarebbe un'altra camera» disse l'albergatore.

«Sì, era della mia amica Tessa, ma non è riuscita a venire. Abbiamo disdetto».

L'albergatore sospirò, preparandosi allo scontro, e Marnie afferrò lo zaino e salì di corsa le scale strette fino alla sua camera, per andare in bagno e caricare tutti i dispositivi.

# Kintsugi

Solo, finalmente. C'era un aroma artificiale, acre, di detersivo al limone, e le luci erano un po' crude, ma Michael si sbarazzò dello zaino, si lasciò cadere sul letto e trangugiò senza ritegno i biscotti di benvenuto, ascoltando le briciole che gli scricchiolavano nelle orecchie e fantasticando su Tessa.

Di informazioni ne aveva già a sufficienza. Nelle settimane prima del viaggio, Cleo aveva inanellato commenti sistematici su quanto Tessa fosse bella, in forma (triathlon, pareva), realizzata, una dentista con uno studio avviato. Ma soprattutto, sosteneva Cleo, era una tipa molto «ruspante», anche se nemmeno lui sapeva bene cosa volesse dire: che non si truccava? Grazie alle lezioni di storia e ai film in costume di Nat, Michael aveva scoperto che spesso nei tempi antichi, affinché un matrimonio venisse approvato, agli artisti di corte venivano commissionati ritratti dei futuri sposi molto lusinghieri, non sempre corrispondenti alla realtà. Se provava a visualizzare la Tessa di Cleo, la immaginava in una brughiera, con l'alito mentolato, che si scrollava di dosso l'impermeabile bianco per correre, poi andare in bici, poi nuotare. Era quella la donna che voleva, secondo Cleo? Lui non voleva nessuna donna.

E anche volendola, non riusciva a vedersi a cena con lei alla Trout Inn, a flirtare davanti a *pie* e patatine tra sguardi, sorrisi e aneddoti rivelatori. Il suo ultimo appuntamento era stato quindici anni prima in un ristorante italiano, con Natasha, e non era forse proprio quella una delle grandi gioie di una relazione consolidata, essere liberi da pressioni del genere? Ora immaginarsi a un appuntamento era come immaginarsi a fare bungee jumping: possibile, in teoria, ma in quali circostanze? No, era meglio che non fosse venuta. Sulla parete lì di fronte c'era un televisore pericolosamente inclinato sulla propria staffa, Michael afferrò il telecomando e si mise a fare zapping. Ma da quando i televisori nelle camere d'albergo avevano iniziato a sembrare così pittoreschi e anacronistici? Durante i loro viaggi era quasi la prima cosa che facevano, accendere...

Eccola di nuovo, come se fosse entrata nella camera. Michael si sedette, scosse la testa per non sentire più le briciole e si spogliò, dandosi una sbirciata allo specchio. Il corpo nudo di un uomo di mezza età. Poteva andare peggio. Si era sempre preso cura di sé, corsa, trekking, calcetto, non per vanità, ma per lo stesso motivo per cui si lavava i denti e rimetteva i tappi alle penne, però non c'era dubbio che si fosse un po' lasciato andare da quando Nat se n'era andata. In quel periodo abbondava con la salsa chili e, doveva ammetterlo, non sempre usava i piatti per mangiare. Era ingrassato in alcuni punti, dimagrito troppo in altri, e anche se le ferite erano quasi completamente alle spalle, si sentiva ancora vulnerabile e pieno di crepe, come una tazza con il manico rincollato. C'era bellezza nelle crepe, dicevano, perché era da lì che entrava la luce, ma in verità era da lì che usciva il liquido. Nessuno vuole una tazza che perde.

Il getto della doccia era come un bollitore svuotato sulla collottola, Michael uscì in fretta e asciugò la condensa sullo specchio, smascellandosi, muovendo la bocca da parte a parte. La sua faccia. All'epoca del tirocinio era una preda piuttosto ambita, anche se ormai era passato un po' di tempo. A Natale, sua madre aveva l'abitudine di raccogliere la carta da regalo e spianarla, in modo da poterla riutilizzare: la pelle di Michael aveva assunto quell'aspetto, specie attorno agli occhi, come di carta velina usata più e più volte. Si era fatto crescere la barba, così non avrebbe dovuto spiegare la cicatrice sulla mandibola, e aveva sperato di ricavarne una bellezza che richiamasse in qualche modo i quadri rinascimentali, non per forza un soggetto in primo piano, anche un discepolo nascosto sullo sfondo. L'idea era quella, ma cos'erano quei nuovi filamenti in alto sulla guancia, simili alle setole di una scopa? Tessa o non Tessa, li avrebbe eliminati. Sbatté le palpebre e serrò le mascelle. Se non altro aveva ancora i capelli, li ravviò con la punta delle dita per creare un look finto-spettinato. Ruspante.

Il segreto per sopravvivere a trecentodieci chilometri di trekking era viaggiare leggeri. Avrebbe dovuto lavare e asciugare la biancheria ogni sera, e mentre riempiva il lavandino, ci spruzzava dentro il sapone e strizzava calze e pantaloni – mungendoli, in pratica – si rese conto che esisteva una possibilità molto reale che tutto ciò venisse considerato deprimente. Sorrise e si chiese se il quadro che Cleo aveva dipinto per Tessa includesse anche questo. È un tipo ruspante. Non brutto come uomo, sempre preciso. Ha ancora i capelli. Lo avrebbe definito timido? Timido no, voleva solo essere lasciato in pace.

Dalla Spinarello arrivò il suono della musica di Conrad, il generico *tuz-tuz* di una lezione di aerobica, e Michael pensò: che razza di fighetto devi essere per andare a fare un trekking con una cassa Bluetooth? E poi, va bene principiante, ma i jeans? Okay, non essere ipercritico. Sentì il crescendo della musica e Conrad che urlava: «Prontiii!», preparazione completata. Testando il calorifero, ci stese sopra calze e mutande come se fossero pancetta adagiata nella padella. La sua unica camicia «da sera» era sul piumone lucido color porridge, tutta logora sui polsini. Con le maniche all'infuori, sembrava dirgli: senti, questo è. Questo è.

# Scena del crimine

A parte «gobione», Marnie non avrebbe saputo quale altra parola associare alla propria camera. Un armadio monolitico, una trapunta color sangue rappreso, piumone e cuscino con un'imbottitura fibrosa, forse amianto: era il genere di posto dove avresti alloggiato la notte prima del funerale di un parente. Accese il minuscolo bollitore e guardò il lago fuori dalla finestra nell'ultimo sprazzo di luce. Quello se non altro era splendido, chilometri di acqua nera, sponde rocciose, e in fondo la valle immersa nella nebbia, l'avventura del giorno dopo. Marnie sentì un brivido di trepidazione, poi si ricompose. Vacci piano, Frodo.

Quella sera intendeva portare in quell'umile locanda agreste il suono argentino delle risate da cocktail bar. Sapeva che Conrad aveva un'Audi elettrica, ma non aveva ancora capito se avesse senso dell'umorismo, perciò quella sera sarebbe stata spiritosa, frizzante, l'ospite di un talk show degli anni Settanta che faceva il suo ingresso al bar come una che sale su uno yacht. Una spontanea vivacità come quella richiedeva uno sforzo, uno stato di massima allerta, ma senza tensione, il tipo di concentrazione che cercano i nuotatori prima di tuffarsi. Servivano tempismo, agilità verbale e mentale, pronuncia chiara, un po' di alcol, ma senza eccedere. In compagnia, spesso le sue battute migliori passavano inosservate, oppure qualcuno ci parlava sopra, colombe bianche liberate nell'aria mentre tutti guardavano altrove – ma non quella sera. *Non è fantastica?* avrebbe bisbigliato Conrad. *Quasi fin troppo vivace. Ma dov'era nascosta?*

Attenta a non scivolare giù dal copriletto, Marnie si trascinò in bagno e si tolse i vestiti umidi. Lo specchio confermò i suoi timori: sbavature nere intorno agli occhi, un quadro dell'Espressionismo tedesco. Cleo l'aveva attirata promettendole lusso rurale, vasche freestanding e pavimenti in rovere grezzo, invece c'erano un box doccia pericolante che sembrava opera di un bambino alle prese con le costruzioni, lo scaldabagno che rombava come il generatore di una fiera e l'acqua gelida o ustionante senza vie di mezzo. Il set di cortesia non era in flaconcini, ma in bustine, che Marnie dovette strappare con i denti come la maionese nei pub. *Docciashampoo*, c'era scritto, quando era evidente che si potesse essere solo l'una o l'altra cosa, docciaschiuma o shampoo. All'interno, un liquido che andava bene giusto per lavare i piatti.

Tornata in camera si vide costretta ad affrontare un altro problema: un'essenza purissima di insilato, potente e concentrata come gas nervino. Indossò la sua biancheria più bella e il suo terzo abito più bello, ma anche con la finestra aperta l'odore era così pungente che avrebbe davvero rischiato di vomitare nel sonno. Fu facile risalire alla fonte, i suoi scarponi, e si chiese se la locanda avesse uno stanzino apposito in cui lasciarli, ma non sapeva se una cosa del genere esistesse sul serio o se fosse solo una reminiscenza di *Downton Abbey*. Immaginò l'albergatore lanciarle un'occhiataccia al di sopra delle lenti e decise di sciacquare le suole nel lavandino, ficcandole sotto il rubinetto e pulendo le scanalature con carta igienica arrotolata. La sostanza era appiccicosa come il catrame, la carta igienica si disintegrava al primo tocco, pertanto in pochi secondi lo scarico si otturò, e si formò uno spezzatino di materiale fibroso e putrefatto nei toni della curcuma. Non andò meglio con un bastoncino cotonato, che si ripiegò su sé stesso come in preda alla repulsione, al che Marnie fu costretta a ricorrere al manico dello spazzolino prima di arrendersi a infilare le mani nello sporco e far vorticare il dito, ripetendosi: non toccarti gli occhi, non toccarti mai più la faccia.

Dall'altra parte del muro, nella Spinarello, sentì la musica da discoteca di Conrad e con rinnovata urgenza lanciò gli scarponi nella doccia, chiuse l'anta, si lavò le mani sfregandole per bene e pulì con altrettanta cura il manico dello spazzolino; si accorse, però, che lo sporco era schizzato sulle pareti azzurre come sangue arterioso (sospettava di una certa mucca, forse in un confronto all'americana avrebbe saputo individuare la colpevole) e se era finito lì, di sicuro ce l'aveva anche addosso. «Prontiii!» urlò Conrad, mentre lei strofinava un lembo del tappeto sull'abito, ma il tanfo rimaneva, anzi, era anche peggio ora che era stato atomizzato e vaporizzato nell'aria, il bagno la scena di un crimine efferato.

Sarebbe diventata la storiella stravagante da portare giù a cena. D'un tratto il bar era pieno di quella che si poteva definire «una clientela anziana», schiene maschili ricurve in capi verde oliva, e lei si sentì decisamente esagerata con quell'abitino nero, Audrey Hepburn che incontra il sindacato degli agricoltori. Ordinò un gin tonic, doppio, il bicchiere grande quanto il casco di un astronauta, e bevve un sorso così abbondante che quasi se lo versò in faccia. Era giunto il momento di sfoderare il suo fascino metropolitano. Pulì con il pollice il segno del rossetto sul bordo del bicchiere. Il resto del gruppo era già seduto e lei avvicinandosi, ancora troppo lontana dal tavolo, urlò: «Mi sa che puzzo di merda di mucca», briosa, seducente, un enigma per il mondo.

# La pastella

Michael si chiese cosa le fosse saltato in mente di urlare «merda di mucca» da una parte all'altra del bar. La gente la guardò mentre si infilava nel posto vuoto tra lui e Conrad. «Ciao a tutti! Scusa per la parolaccia, Anthony. Promettimi che non le dirai mai». Aveva bevuto in camera? «Il proprietario dice che dobbiamo ordinare subito» annunciò e tutti strizzarono gli occhi per leggere il menu alla lavagna, un tripudio di carboidrati, piselli e patatine in ogni dove. Michael la sentì informarsi sul pescato del giorno, come se potessero esserci l'halibut o gli scampi.

«Merluzzo» la avvisò.

«Okay. Allora vada per merluzzo e patatine. Perché no? Fish & chips» disse con un lieve accento del Nord, abbastanza perché Michael pensasse: non farlo. Iniziarono a discutere di tutti gli acciacchi e le vesciche che si erano procurati, solo Anthony era silenzioso, spaesato come lo sono a volte i ragazzini davanti alla versione da pub degli adulti, le voci più stridule, gli atteggiamenti amplificati. Michael ricordava ancora i nervosi esperimenti dei suoi genitori con le «cene in piedi», quando lui stava lì ad ascoltare insieme al fratello e pensava: ma perché parlano così? Presto arrivarono i piatti, il cibo era croccante e marroncino come le foglie autunnali, tutti ridevano e chiacchieravano, e lui si compiacque, come se in qualche modo fosse merito suo. A sinistra percepiva il flirtare di Marnie, la schiena tesa neanche stesse disinnescando una bomba. «Farmacista, quindi. Laurea in farmacia o in chimica farmaceutica?» chiese lei con voce fin troppo entusiasta. «Vanno bene entrambe, no?»

«Sì» rispose Conrad, che adesso indossava una felpa mimetica. «Sono discipline affini».

«Un po' come ottica e optometria. Ma quindi cosa cambia? Tra farmacia e chimica farmaceutica, intendo».

Michael notò l'espressione di Conrad, il sorriso di chi è con le spalle al muro, lo spettatore scelto nel pubblico da un mago. «Be', non saprei. Io ho studiato farmacia, su chimica farmaceutica non sono molto preparato». Poi, per cambiare discorso: «Tu invece cos'hai studiato all'università, Marnie?»

«Ah, non sono andata all'università».

«Non sei andata all'università?!» disse Conrad, un po' troppo scioccato. «Wow. Perché?»

Marnie scrollò le spalle. «Non ero abbastanza intelligente».

«Sì che lo era» intervenne Cleo, sbattendo la mano sul tavolo. «Si sarebbe potuta iscrivere anche dopo, il mondo è pieno di studenti adulti».

«Un perfetto ossimoro» commentò Marnie.

«Le ho spiegato che volendo il modo c'era. Se Neil non glielo avesse impedito...»

«Non me lo ha impedito Neil. Ero io che non volevo, tutto qua».

«Un vero peccato» disse Conrad.

«Perché?» ribatté lei brusca.

«Non lo so. Tutte le esperienze».

«Ho fatto anch'io le mie esperienze» obiettò lei dentro al bicchiere. «O almeno credo, una o due. Sì, due esperienze, credo. Vi va se chiudiamo l'argomento?»

Sembrava improbabile che non fosse abbastanza intelligente. Era spiritosa, e il senso dell'umorismo non era forse una forma di intelligenza? Che fosse per paura dei debiti, scarsa autostima o difficoltà nel preparare gli esami, molti dei suoi alunni più brillanti rinunciavano all'università, una delle sue più grandi frustrazioni come docente, e pensò che avrebbe potuto dirglielo. Ma era meglio evitare di essere presuntuosi o pedanti, oltretutto si era già rigirata verso Conrad. E se al posto di Marnie ci fosse stata la mitologica Tessa? Era una triatleta, perciò avrebbero avuto almeno tre cose di cui parlare. Le avrebbe chiesto: tra le discipline del triathlon, qual è la tua preferita e qual è la più difficile?

Si rese conto che stava escogitando battute di dialogo per una persona che non era nemmeno lì. In compenso c'era Marnie, e pur essendo inevitabilmente ruotata verso Conrad, la sua gamba e il suo braccio nudo premevano contro la gamba e il braccio di Michael. Pensò a quanto le donasse l'abito e, neanche l'avesse detto ad alta voce, lei di colpo si girò dalla sua parte e chiese: «Com'è la tua *pie*?»

«Buona. Cioè, ci sono dei pezzetti nella salsa».

«Pezzetti di che?»

«Qualcosa di granuloso, tipo caffè istantaneo, solo che sa di carne. Vuoi...?»

«Sono tentata, ma credo di no».

Michael notò che aveva tolto la pastella dal pesce, squarciandola e aprendola per estrarre la carne bianca. «Non dirmi che non mangi la pastella».

«La pastella non si mangia» affermò categorica.

Lui rise. «Ma piantala!»

«Piantala cosa?»

«Chi te l'ha detto?»

«L'ho letto da qualche parte. La pastella serve solo a evitare che il pesce si sfaldi nella friggitrice».

«Che fesseria! E chi l'ha stabilito?»

«Quelli che l'hanno stabilito. È vero! La pastella è solo un contenitore».

«Sì, come la pasta sfoglia nella *pie*. La pasta sfoglia però la mangi».

«Sì...»
«E allora. La pastella è la parte più buona!»
«È farina fritta...»
«Con aceto e sale!»
«È una roba del Nord? Stai facendo la parte di quello del Nord?»
«Non ho intenzione di litigare con te per questo» disse e lei rise.
«Serviti pure. Goditi queste succulente pepite dorate di farina bisunta». Si sorrisero e dopo un po' lei disse: «Davvero, però, puzzo di merda di mucca?»
Lui si avvicinò, e restò sorpreso quando anche lei si avvicinò, la testa d'un tratto sopra la sua spalla. L'aria intorno a Marnie: aceto e fritto, gin e granuli della salsa, docciaschiuma di qualità infima. «Hai un ottimo profumo» disse, e lo pensava davvero.

GIORNO DUE:
*Da Ennerdale Water a Borrowdale*

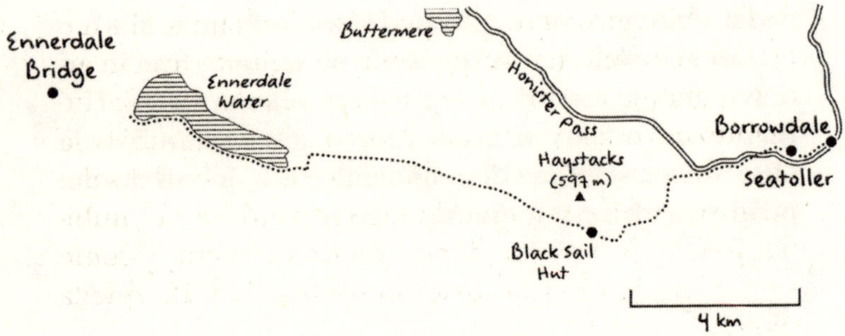

# L'after-party

Il nubifragio cominciò poco dopo le quattro. Marnie era abituata allo scrosciare della pioggia sui tetti in ardesia, era un suono che addirittura le piaceva, perché di rado doveva avventurarsi fuori, la classica londinese che evita la pioggia come un vampiro la luce del sole. Sulla superficie del grande lago, il rumore del nubifragio le ricordava un grande sbuffo esasperato, come se perfino la pioggia fosse infastidita da tutta quella pioggia.

Aveva passato la notte in bianco. La pittoresca locanda scricchiolava e gemeva, e dalle pareti sottili i bevitori di birra russavano e scoreggiavano, i piumoni in fibra di vetro che si gonfiavano come vele. Una pinta era una quantità assurda da bere, ma lei aveva fatto il suo gioco e se n'era scolate ben tre, un secchio, in pratica, l'addome teso che sciabordava come una boule dell'acqua calda. Non era paradossale bere così tanto e avere così sete? Il fritto, il sale, il gin e la birra avevano assorbito tutti i liquidi nel suo corpo, perciò stava lì sdraiata a schioccare le labbra, a sentire l'alito diventare sempre più fetido, intrappolata in una ciclica rassegna della serata.

Il brandy era stato un errore. Al bicchiere della staffa, le aveva proposto: «L'ultimo?» e poi: «Lo portiamo su?», cioè all'after-party nella Spinarello, e poco dopo eccola lì, appoggiata alla testiera imbottita del letto di Conrad, il bicchiere incuneato nella scollatura. Sì, dei cinque della comitiva loro erano decisamente i più fighi, più del genietto della matematica e di sua madre, molto più del professore di geografia. Conrad aveva messo della musica suadente, una playlist di un genere che Marnie riteneva di poter definire «soul-R&B», e lei si era sentita ripiombare nell'adolescenza – sgattaiolare in una camera durante una festa casalinga con il tipo dell'ultimo anno a cui tutte morivano dietro. Doveva saltare sul letto, dare il via a una battaglia di cuscini? Aveva fatto una battuta stupida sulla felpa mimetica di Conrad («Ehi, dove sei finito?»), ma quando aveva provato a fare discorsi profondi sulla vita, sulle relazioni, eccetera, lui era sembrato distratto, aveva cambiato musica, si era spostato dal letto alla sedia e poi di nuovo al letto, aveva appeso i vestiti sulle grucce, tanto che le era parso di stare nel backstage di una sfilata. A un certo punto si era tuffato sul letto, sdraiandosi vicino a lei con la testa appoggiata su una mano («Oh, ciao!»), Marnie si era messa nella stessa posizione a specchio, e aveva pensato: potrebbe essere questo il momento? Invece, ubriaca e con la lingua gonfia, lo aveva bombardato di domande superficiali, reagendo alle sue risposte senza alcun nesso logico, tanto che lo scambio assunse un po' quel carattere ingessato e a senso unico delle interviste sui red carpet.

«Allora, sei uno che dorme in pigiama o...?» gli aveva chiesto, un rivolo di brandy sul mento.

«Mmh. Mi sembri un po' indiscreta, Marns!»

Mmh. Non era convinta di «Marns». «Scusa. Sto solo cercando di farmi un'immagine mentale...» Chiuse gli occhi strizzandoli forte.

«No, niente pigiama. Dormo in costume adamitico».

«Ah, non *conraditico*?» Riaprì gli occhi, sperando di vederlo sorridere, ma lui era già passato oltre.

«E tu?»

«Dipende. Da ottobre a maggio indosso una palandrana bianca della collezione "Sudario" di M&S, una roba enorme, un tendone da festa nuziale riconvertito, poi in estate, se fa caldo, un perizoma che ho trovato sul pavimento di un'agenzia di scommesse...»

Era eccitato? Non sembrava, infatti rotolò giù dal letto per armeggiare con i cavi dei caricatori, e lei poco dopo aveva dovuto abbandonare ogni speranza di misteriosa seduzione. *Si è fatto tardi, a mezzanotte mi trasformo in zucca, grazie per la serata, ops, bacio sull'orecchio, buonanotte.* Tornata nella propria camera, aveva sentito il mormorio della voce di Conrad, basso e serio, probabilmente una chiamata alla ex, e aveva preso in considerazione l'idea di accostare l'orecchio alla parete, magari con un bicchiere come nei film. Perché no? Tanto a furia di battute si era già presa il due di picche.

Le battute. Una volta la ragazza più famosa della scuola le aveva detto che era simpatica, uno di quei complimenti *en passant*, un po' sinceri e un po' no, capaci di rovinarti l'esistenza: *Potresti fare la modella, Hai una magnifica voce da cantante, Sei simpatica.* Suo marito le aveva detto la stessa cosa, sostenendo di trovare «sexy» le donne simpatiche. Aveva anche dichiarato che gli piacevano le sue «curve» – «curve seducenti», in alcuni casi, testuali parole – ma poi sia il primo sia il secondo aspetto erano entrati a far parte dell'elenco di cose che non gli piacevano più, in particolare l'autoironia, tanto che a ogni battuta di Marnie sbuffava e sospirava. «Se dici a tutti che fai schifo» diceva, «perché non dovrebbero crederti?» Ma se non poteva ridere né di sé stessa né di lui, di cosa doveva ridere? Per molto tempo aveva smesso di farlo.

Acqua passata. Ormai era libera da tutto questo, ed era anche libera di stare lì sdraiata alle quattro, alle cinque, alle sei, a fissare la spia intermittente del rilevatore di fumo, ascoltare la pioggia, sperare che fosse vero che di notte pioveva di più. Era vero? E se sì, per quale motivo? Lo avrebbe chiesto al professore di geografia mentre camminavano.

Nuovi suoni a partire dalle sette, un coro crepuscolare di scarichi del wc, scoppi di tosse grassa simili a spari di piccole armi da fuoco, sembrava di vivere con dei troll. Dopodiché si accesero i televisori, brutte notizie dalle pareti sottili, e Marnie afferrò il computer. Era troppo presto per i sex club di Los Angeles, e si era ripromessa di evitare i social finché stava nella natura, ma pensò che magari avrebbe potuto seguire una lezione di yoga online nel pertugio tra l'armadio e lo stirapantaloni.

A quel punto, però, sorse un nuovo problema. Era come se nella notte caviglie, ginocchia e anche si fossero saldate in un unico blocco, cosicché aveva la parte inferiore del corpo paralizzata, tipo le bambole di plastica da quattro soldi con le spalle snodabili e tutto il resto no. Scese dal letto a gambe tese e arrancò fino al bagno come sui trampoli, si sedette sul water a gambe dritte e fece roteare il collo dove il peso dello zaino aveva schiacciato le ossa, provando l'orrenda sensazione di distinguerle una a una, ne percepiva addirittura lo stridio, neanche fossero noci frantumate in un pugno. Rialzatasi, si accorse che la pelle sulle piante dei piedi sembrava essersi separata dalla carne, creando una specie di calzino troppo largo. Lo yoga era fuori questione.

Allora si mise alla finestra. Le sembrava di guardare una stanza dietro a tende pesanti, la pioggia sollevava così tante goccioline dal lago che era impossibile distinguere dove finisse l'acqua e cominciasse il cielo. Il sole doveva essere lassù da qualche parte, ma lei vedeva solo pesanti festoni di grigio da cui non c'era modo che sbucasse un fascio di luce. Non aveva mai perso l'abitudine di prendere gli eventi atmosferici sul personale. Se lavare le finestre o lasciare l'ombrello a casa erano metodi infallibili per attirare la pioggia, che cosa poteva fare, al contrario, perché il sole splendesse?

Forse con una semplice scrollata di spalle avrebbe posto fine all'autocommiserazione, ma pure le spalle le facevano male, ed eccola insinuarsi di nuovo, la solitudine, come una macchia di umidità sulle pareti, presente anche in compagnia. Che fine aveva fatto la speranza che sentiva alla stazione di Euston? Non erano passate neanche ventiquattr'ore e già provava nostalgia di casa, della sua casa asciutta e sicura, con i libri, la radio, le coperte, nessuna incognita nella giornata. Dalle pareti sentì i titoli delle otto, ma dalla Spinarello ancora niente. La partenza era prevista per le nove e mezzo, se si fosse sbrigata sarebbe riuscita a fare colazione da sola. Si lavò, si vestì come se mettesse gli abiti a un manichino e scese le scale di profilo, poggiando i piedi con cautela un passo alla volta, una specie di marionetta, fino ad arrivare al bar, intriso dell'odore di birra e pesce.

Lui ovviamente era già lì, a un tavolo nell'angolo. Marnie non era in vena di chiacchierare, ma le pareva brutto sedersi da un'altra parte. Se non che, per fortuna...

«Non sei obbligata a stare al mio tavolo» disse Michael. «È troppo presto per parlare».

«Ah. Davvero?» Era grata, ma anche un po' risentita.

«Non sono molto affabile di mattina».

«Nemmeno io». Trovando un compromesso, scelse il tavolo opposto al suo in diagonale e si accomodò con un gemito.

«Com'è stato il risveglio?»

«Tipo Gregor Samsa» rispose, un azzardo, ma lui rise.

«Com'è andata la festa privata?»

«Che festa?»

«Nella Spinarello».

«Ah, scusa, ti abbiamo disturbato?» Per qualche motivo non voleva che pensasse che con Conrad era stato un fiasco. Ma nemmeno che era stato un trionfo, qualunque cosa significasse. «Un delirio. Stile isola di Wight». Michael sorrise e aprì una scatola monoporzione di cereali. «Sembri un gigante». Parve confuso. «Con quella scatoletta. Proporzioni».

«Ah. Certo, chiaro».

«Frutta & Fibre» proseguì lei, «finalmente insieme!»

«Abbinamento classico».

«Come Lennon e McCartney».

«Presi da soli nella media, ma in coppia...»

«Infatti, chi mai mangerebbe latte e una cosa che si chiama "Fibre" e basta?»

Lui ci pensò un secondo. «Be', io in tutta onestà lo farei».

Marnie rise. «Non avevo dubbi» replicò, come se lo conoscesse. «E insomma».

«Tu invece cosa...?» Michael accennò con la testa al buffet continentale.

«Ah». Lei si alzò facendo scorrere la sedia sul pavimento. Succo d'arancia color ittero, uno yogurt alla nocciola che galleggiava in una ciotola di ghiaccio sciolto come se fosse stato a mollo per tutta la notte. «Ah, Parigi» commentò. «Be', sono troppo sofisticata per i Frosties».

«Non lo dirò a nessuno».

«No. No, Frutta & Fibre anche per me, andata».

Michael sollevò la propria scatola mignon a mo' di brindisi.

Lei tornò a sedersi e l'albergatore, un fantasma rabbioso, arrivò a prendere il suo ordine, uova e bacon, che Marnie, ancora in preda alla nausea, bramava e al tempo stesso temeva. Il tintinnio del cucchiaio nella tazza, lo scrocchio gargantuesco dei cereali. Per mascherarlo, chiese: «Cosa leggi?»

Lui le mostrò il libro. «Parla della pastorizia ovina, di come sta cambiando volto».

«Cioè, la pastorizia ovina sta cambiando volto?»

«Eh, lo so, di nuovo! Tu?»

Lei gli mostrò *Cime tempestose.* «Lo conosci?»

«Solo la colonna sonora».

«C'è tutto, qui dentro. Anche le pecore, credo, se per caso volessi...»

«Sono a posto, grazie».

«È la seconda volta che lo leggo. La prima è stata a quindici anni».

«Ti sta piacendo?»

«Heathcliff è più coglione di quanto ricordassi. Alzo gli occhi al cielo molto più spesso della prima volta, ma c'è tanta natura selvaggia e tanto Nord».

«Lato sbagliato dei Pennini, temo».

«Ma alla fine è tutto uguale, no? Una volta superata Coventry».

«Non cominciare. La storia della pastella è stata già abbastanza ignobile».

Il tempo passò, colpetti, scrocchi, tintinnii. «Oggi è senz'altro tempestoso là fuori!» disse Marnie, un commento da idiota.

«Credo che tecnicamente "tempestoso" implichi la presenza del vento, che però non c'è. Quindi».

«Grazie, Branwell». Michael sembrava servirsi soprattutto delle mani per mangiare la portata calda, piegando un pezzo di pane come un burattino fatto a guanto e usandolo per pinzare la salsiccia e raccattare i fagioli. Lei avvertì un forte rimescolio nello stomaco, e forse lo sentì anche lui, perché sfoderò forchetta e coltello.

«Scusa. Che zotico. Mi sono proprio lasciato andare. Mangio troppo spesso da solo».

«Non dirlo a me. A casa affondo gli artigli direttamente nell'hummus» e mimò il gesto di tirare su qualcosa con le mani a coppa.

«Piatti? *Tzè!*»

«A chi servono? È che ho anche un po' di postumi».

«Sì, pure io», massaggiandosi la sommità della testa.

«E la facciamo lo stesso la camminata?»
«Certo! O almeno, io sì».
«Okay. Allora anch'io!»
«Davvero?» disse lui e Marnie, offesa, replicò: «Certo!»
«Be', la visibilità è pessima, ma vento non ce n'è. Sono tutti sentieri aperti e ho un navigatore satellitare, anzi, due, e sai come si dice».
Tra masticare e deglutire, passò un po'. «Continua».
«Non esiste il cattivo tempo...»
*Crunch, crunch.* «Continua».
«... Esiste solo l'equipaggiamento sbagliato».
«E chi lo dice?»
Michael ci pensò un attimo. «I norvegesi?»
«Okay». E dopo un po': «Okay, Norvegia, scopriamolo!»
«A me personalmente la pioggia non dà fastidio».
«A te no, ovvio».
«C'è troppa nebbia per i panorami, ma tirando su il cappuccio ti crei intorno questo piccolo mondo privato, silenzioso, e... te lo porti dietro».
«Un "piccolo mondo privato" freddo e umido».
«Freddo no, se continui a muoverti. Altrimenti puoi chiamare un taxi e andare dritta in hotel».
Pensava che non fosse all'altezza? «Vediamo come si sentono gli altri» propose Marnie. Arrivò la sua colazione, le stesse tonalità marroncine della sera prima, uova comprese, e lei mangiò quello che poté, poi andò su a prepararsi e a riflettere su cosa dire a Conrad.

# Pioggia incessante

Al riparo del portico, Cleo lesse ad alta voce il messaggio di Conrad. «“Mi spiace abbandonarvi ma non ho i vestiti adatti per la pioggia e mi fa male la testa parentesi brandy punto esclamativo. Vado al prossimo hotel in taxi, ci vediamo stasera”».

Michael lanciò un'occhiata a Marnie, che trafficava in maniera ostentata con cerniere e bottoni dei suoi capi impermeabili. «Alla faccia della psicologia dello sport».

«Che pappamolla» disse Cleo, rivolgendo il commento alla camera lì sopra dove presumeva che Conrad stesse ancora dormendo. «Amen. Noi possiamo andare comunque!»

«Sì! Noi... Diamoci dentro!» disse Marnie, schiena dritta, petto in fuori. Nessuno però si mosse e dal tetto del portico scendeva ancora un muro d'acqua. Era come stare dietro una cascata, perfino Michael sembrava diffidente. Un percorso lineare con una salita ripida e una discesa insidiosa, nessuna via di fuga o scorciatoia. Guardò Anthony, che scrutava fuori dal cappuccio con gli occhi sgranati, e gli vennero in mente i film d'azione in cui ragazzini in preda al terrore vengono costretti ad attraversare ponti tibetani sgangherati. «Okay, ecco il piano. Noi partiamo, ma se vediamo che è grigia potete fare il giro dall'altra parte del lago e in un'ora essere di nuovo qui, asciugarvi e andare in taxi con Conrad. Che ne dite?» Anthony parve rassicurato, sistemarono gli zaini e si avviarono.

Michael aveva dormito male, all'inizio lo avevano disturbato la musica da marpione di Conrad e i rumori attutiti del corteggiamento. Perfino attraverso la parete aveva riconosciuto la cadenza delle battute di Marnie, e da un lato avrebbe voluto origliare, dall'altro l'insegnante che era in lui ebbe l'istinto di andare a sequestrare ogni forma di alcol e fumo. Conrad era più taciturno, cambiava di continuo la musica come se cambiasse argomento, finché un improvviso silenzio spinse Michael a chiedersi: oddio, si stanno baciando? Se avessero fatto sesso, avrebbe dovuto tossire o tapparsi le orecchie, ma poi la voce di Marnie tornò e poco dopo sentì i suoi passi nel corridoio. Provò uno strano sollievo, cosa che decise di non analizzare, e si appisolò finché la pioggia non lo svegliò alle quattro.

E adesso pioveva ancora. Il segreto per camminare sotto la pioggia battente era tenere la schiena dritta, perché era impossibile rimanere asciutti stando gobbi. Proseguire spavaldi. Ben presto il ticchettio sul cappuccio divenne una specie di rumore bianco e Michael si ritrovò sulla soglia di uno stato dissociativo – si diceva così? – libero dal ribollire dei pensieri. Ogni tanto gli capitava nelle sue passeggiate solitarie, su una spiaggia del Northumberland o nel folto di un bosco, con la luce che si affievoliva, attimi in cui riusciva a trovare una temporanea serenità. Era come camminare in una bolla trasparente, tipo la gelatina intorno al puntino nero delle uova di rana. Poi però c'erano anche attimi – su un'altura anonima, mani e piedi intorpiditi, profondamente solo, preso dal panico con chilometri di strada ancora da fare – in cui si sentiva un fuggiasco.

Per il momento, se non altro, era felice nel suo piccolo mondo privato, ogni tanto controllava che i compagni non fossero rimasti troppo indietro, e dopo un'ora videro spuntare l'estremità del lago. Sguazzarono cauti in una golena, un bel posto per un picnic, per quanto difficile da considerare terraferma ora come ora, poi si radunarono vicino a un ponte dove il fiume sfociava nel lago, tutti gobbi, le facce provate.

«Allora, volete proseguire o...?»

«Torniamo indietro!» urlò Anthony.

«Ovvio, torniamo indietro» confermò Cleo.

«Mi pare una saggia decisione» disse Michael. «In pratica, seguite questo sentiero...»

«Io resto» intervenne Marnie, «se non è un problema».

«Davvero?» disse Michael. Era seria?

Cleo rise. «Non essere ridicola. C'è un clima infame!»

«Non sono venuta fin qui per starmene chiusa in una camera d'hotel. Quanto manca all'arrivo?»

«Una ventina di chilometri, ma...»

«Be', cinque chilometri all'ora, per pranzo ci siamo».

«Però è dall'altra parte di una montagna, quindi...»

Marnie farfugliò qualcosa, poi soffiò via una goccia dalla punta del naso. «Ho gli scarponi apposta. Diamoci... Diamoci dentro!»

«Ottimo. Ottimo» disse Michael e sentì crollare il suo sogno di solitudine. Era facile camminare davanti a tre persone, molto più difficile di fianco a una sola. Cleo e Anthony si erano già rimessi in marcia, pregustando bagni caldi e calze asciutte, la madre con il braccio stretto intorno alle spalle del figlio quasi a strizzarlo dall'acqua. Michael e Marnie restarono a contemplarli per un attimo, poi si girarono e si guardarono dal tunnel dei loro cappucci.

«Sei sicura?» disse lui.

«Prima partiamo» rispose lei, «prima finiamo. Togliamocela dalle scatole», il che, pensò Michael, era in totale contraddizione con la filosofia del trekking.

## Ancora pioggia

Marnie riconobbe in lui lo sguardo dei ragazzi che sceglievano i compagni di squadra durante l'ora di educazione fisica. *Ah. Sei con me.* Be', peggio per te, mister maglioni giganti. Erano tornati sull'asfalto, il tipo di terreno che le piaceva, percorribile anche da un taxi. La strada era addirittura abbastanza ampia da riuscire a camminare affiancati, perciò sincronizzarono il passo, alzando la voce per farsi sentire sopra lo strepito della pioggia.

«Allora, clima a parte» esordì Michael, «come va fin qua?»

«Molto bene» rispose lei, ma faticava a trovare altro da dire. Era una persona di poche parole sui paesaggi e considerava lo scenario per quello che era, uno sfondo collegato a documentari o film naturalistici, cosicché la nebbia sulle acque nere del lago era un richiamo ad Artù ed Excalibur, mentre il grande fiume turbolento alla sua destra le ricordava i grizzly che brandivano salmoni nell'aria.

«Il fiume Liza» disse Michael, facendo le presentazioni.

«Liza. Avevo un'amica di nome Liza. Secondo me dovrebbero esserci più fiumi con nomi normali, tipo quelli dei vecchi compagni di scuola. Il fiume Claire. Il fiume Martin Fletcher. In Egitto c'è il Nilo». Stava sproloquiando. Non sproloquiare. «L'impetuoso Gemma Bostock, lanciato verso il mare...»

«Questo non arriva al mare. È solo un immissario del lago».

«Okay».

«Classico fiume nastriforme».

«Infatti, l'ho pensato anch'io. Classico».

Avanzarono un po'. «Scusami» riprese Michael. «Parte da sola, ogni tanto. La geografia. Come il vento».

Lei rise. «È bello imparare cose nuove. Ripetimi il tuo cognome?»

«Bradshaw».

«Classico cognome da insegnante! Sono certa che se ti avessi avuto come professore...» disse, ma la frase le morì in bocca. «Ricordo che da piccola avevo un atlante del mondo mastodontico, grande come un tavolino, potevo tirarlo fuori solo in occasioni molto speciali, come il giradischi e il SodaStream. Ricordo che ogni volta mi venivano quasi le vertigini, c'erano un mucchio di cose diverse, enormi spazi vuoti, o al contrario roba fin troppo ammassata. Era l'unico libro a farmi sentire così. Un po' sopraffatta».

«Quindi in cosa eri brava? A scuola, intendo».

«Quasi in niente. Cercavo di non dare nell'occhio».

«In inglese sarai stata brava».

«Nella media. Voti non altissimi. Quando ho iniziato a prenderci la mano, è finita. I libri erano la mia tv, con la differenza che ero davvero ossessionata. "Esci" mi dicevano sempre i miei. Per me uscire non aveva senso. Tutto quello spazio e nessun posto dove sedersi. La storia dell'aria fresca è una leggenda. È la stessa aria, non me la bevo».

«Niente gite fuori porta in famiglia?»

«Ai parchi naturali, in macchina, giusto per prendere un gelato. Uscivamo, ma solo per spostarci in un altro luogo chiuso».

«Guardati ora, invece!»

«Già, guardami!»

«Non esiste il cattivo tempo».

«Norvegia, mi permetto di dissentire».

«Ehi» disse Michael fermandosi di colpo, con il palmo proteso. «Hai visto?»

«Oddio» rispose lei, «hai ragione». Non aveva smesso di piovere, ma c'era stato un cambio di intensità, come se qualcuno si fosse lamentato del rumore. Guardinghi, abbassarono i cappucci, simili ad astronauti che si tolgono il casco. Perché no? Marnie era già fradicia, sentiva una grande macchia umida sulla schiena, l'acqua si stava insinuando fino all'imbottitura del reggiseno sportivo, le sarebbero affiorati due triangoli di bagnato sulla felpa, un bikini su una spiaggia greca, e se da un lato gli scarponi ancora reggevano, dall'altro le calze convogliavano l'acqua ai piedi, dove la pelle iniziava a scorticarsi. Solo i pantaloni resistevano alla pioggia, intrappolando il sudore, tanto che sul lato interno del tessuto si era formata una condensa come quella del vapore sul coperchio di una casseruola.

Eppure era decisa a proseguire. Meglio questo che stare lì a bighellonare, annoiata e irrequieta, in più le premeva resettare i rapporti con Conrad. Se fosse rimasta alla locanda, avrebbe solo speso soldi. Voleva bene a Cleo, però anche lei, come molti dei suoi vecchi amici, dava per scontato un certo benessere economico: il conto diviso in parti uguali al ristorante, il taxi, un viaggio in treno improvvisato. Niente era più umiliante che confessare a un amico: non me lo posso permettere, e da quando era freelance poteva permettersi ben poco. L'unica libertà che la vita da freelance single le aveva donato era quella di farsi prendere dall'angoscia in qualsiasi momento, specie di notte, e buona parte della giornata lavorativa la trascorreva a mandare mail passivo-aggressive ai reparti contabili, chiedendo se fosse possibile, eccetera eccetera, o a coreografare movimenti di somme tra carta di credito, scoperti, bollette e affitto.

Chissà se Conrad si era accorto che era... Be', non

povera, ma comunque precaria? Sembrava condurre una solida vita cittadina, mensole cariche di libri, bei vestiti, una puntatina al cinema ogni tanto, ma aveva i polsini del cappotto logori, e il pezzo forte del suo guardaroba risaliva a una svendita di Whistles del 2016. Cosa sarebbe successo se, Dio non voglia, il lavoro fosse calato o ci fosse stato dall'oggi al domani un aumento insostenibile dell'affitto? Quanto tempo restava prima che l'intelligenza artificiale imparasse a editare *Notti contorte* in un nanosecondo? La pensione del suo vecchio lavoro prometteva un'entrata di due sterline e venti alla settimana e lei covava un astio furente per il fatto di appartenere a una generazione la cui sicurezza futura dipendeva dalla morte dei genitori, cosicché solo gli orfani potevano permettersi una vacanza.

Tutte quelle ansie erano condite da rabbia, anche e soprattutto per la disputa sulle quindicimila sterline trattenute dalla vendita dell'appartamento suo e di Neil, se le era intascate lui a titolo di «spese legali». Avevano avuto una lite al riguardo l'ultima volta che si erano parlati, due anni prima, lite durante la quale Neil sospirava e lasciava intendere che, essendo padre, ripagare il debito l'avrebbe in qualche modo costretto a vendere scarpe e giocattoli della prole. Avrebbe visto «cosa poteva fare», anche se «non era un buon periodo». Ovviamente le futili esigenze di una donna single impallidivano davanti alle necessità di una giovane famiglia, e lei non aveva avuto le energie – il coraggio? – di chiedere di nuovo, ma la questione faceva sempre imbestialire Cleo, furiosa tanto con lei quanto con Neil, *Ti stai facendo mettere i piedi in testa pure adesso, pezzo di merda, fatteli ridare, prenditi un avvocato,* dimenticando che gli avvocati li devi pagare se vuoi che recuperino i soldi necessari a pagarli.

Ansie cicliche, antichi rimpianti, non c'era montagna in tutta l'Inghilterra che potesse oscurarli. Sentì la pioggia far breccia nel colletto e pregò che il computer fosse ancora asciutto – non avrebbe mai potuto permettersene uno nuovo. Una perdita da mille sterline a fronte del costo di una corsa in taxi: quante decisioni sbagliate aveva preso con quel genere di calcoli?

Troppo deprimente pensarci. Il trekking si era trasformato in una sfacchinata tra ettari di alberi di Natale miserelli, in alcuni punti gli abeti giacevano a terra marci e affranti, come calpestati da un gigante. Camminavano e camminavano, e Marnie pensò: almeno sul tapis roulant si possono guardare i video musicali. La pioggia si intensificò di nuovo e loro rimisero i cappucci, il sentiero salì e si inasprì, finché non raggiunsero una casetta in fondo alla valle, le montagne che di colpo incombevano da ogni lato, le vette celate dalle nuvole. Marnie era un ragno in una vasca senza via di uscita.

«Siamo in un cul-de-sac?» chiese. «Si dice così?»

Lui rise. «Suppongo di sì. Solo che adesso ci arrampichiamo e scendiamo nella prossima valle».

«Okay. Okay. Davvero?»

«Temo di sì».

«Ci arrampichiamo? Con le corde?»

«Più una scalata a mani nude. Ce la prendiamo comoda. Andrà tutto bene».

«Quanto si sale?»

«Circa seicento metri».

«Ne so quanto prima».

«Be', meno di un chilometro».

«Chiaro, ma...»

«In verticale». E indicò l'aria. «Bisogna inerpicarsi parecchio. Prima mangiamo qualcosa».

La casetta era disabitata, perciò si sedettero sulla panca lì fuori, l'acqua scendeva a cascata dalla grondaia, i loro corpi emanavano vapore neanche fossero patate bollite. Michael si abbassò il cappuccio, bevve il caffè da un thermos, mangiò una mela e snocciolò i nomi delle vette con la sua bella voce. Se non altro Marnie poteva dirsi in mani sicure.

Ma ogni sollievo dalla pioggia era orribilmente temporaneo e la banana che aveva prelevato dalla fruttiera di Herne Hill e trasportato con cura si era ammaccata e annerita. Mangiò la purea dolce a ditate. *Costa Rica* recitava l'etichetta appiccicosa. Cosa ci faceva lì una banana della Costa Rica? Cosa ci faceva lei lì?

Michael le porse una tazza di caffè e lei la alzò a mo' di brindisi. «Alle vacanze!»

«Alle vacanze!»

«Sai» disse, «ci ho pensato e credo di non essere mai stata così lontana da altri esseri umani in tutta la mia vita».

«Be'...»

«A parte te, ovvio» precisò e gli tirò una gomitata. Mentre stavano lì a emanare vapore in quel riparo temporaneo, scrutando tutta la maestosità nascosta al di là della cortina di pioggia, Marnie sperò in un'apparizione, la luce gialla di un taxi di passaggio.

# Salire su una scala mobile in discesa

Che fosse l'altitudine o un dispetto dell'universo, fu proprio lì che la pioggia cominciò a cadere sul serio, il sentiero ormai invisibile sostituito da un torrente che scorreva parallelo al ruscello che schizzava e gorgogliava prima alla loro sinistra, poi alla loro destra, mentre saltavano avanti e indietro per trovare la rotta più agevole.

Ma non esisteva una rotta agevole e a ogni salto dall'altra parte del torrente il peso sulla schiena spingeva la faccia di Michael contro rocce frastagliate, o minacciava di farlo ribaltare, e per la prima volta si chiese: qual è il senso, davvero, qual è il senso di tutto questo? Nessun esorcismo, nessuna purificazione, nessun alleggerimento della mente, nessun senso di conquista. Non era nemmeno masochismo, perché per quello, a quanto ne sapeva, doveva esserci un elemento di piacere, invece c'era solo profonda miseria mentre la pioggia cadeva ancora più forte, come se qualcuno cercasse di buttarli giù dalla montagna innaffiandoli con un tubo di gomma. Non serviva chiedere a Marnie come stesse andando, visto che era tutto un «cazzo», «merda», «porco cazzo» e «porca merda» rivolti all'acqua e alle rocce. Michael sentì l'antico panico montargli nel petto, una sensazione di terrore, visioni di ossa rotte e teste sanguinanti, e si disse, come avrebbe fatto con i suoi studenti: stai calmo, suddividi il compito in piccoli obiettivi, venti passi, poi altri venti. Ma quando strizzava gli occhi doloranti, la vetta non sembrava più vicina, era come salire a quattro zampe su una scala mobile in discesa, e ora Marnie stava dirigendo la sua rabbia contro di lui.

«Mi hai MENTITO!»

«In che senso ti ho mentito, Marnie? Ti ho detto che c'era da arrampicarsi!»

«Sto letteralmente gattonando! È un supplizio, punto, un supplizio e basta».

«Ci siamo quasi! Non mollare! Non manca tanto!» Ma Michael a ogni passo perdeva un anno di vita, ansimava, rantolava, ginocchia e anche gemevano, era zuppo di pioggia e sudore e al tempo stesso disidratato per il bacon scadente, la bile gli risaliva in bocca per la fatica. Ora si era messo pure lui a sbraitare contro rocce e acqua, più pacato nei termini, «maledetta», «crepa», «infame», ma con non meno livore.

«Sei un bugiardo, Bradshaw!» urlò Marnie.

Adesso erano in mezzo alle nuvole e avrebbero riconosciuto la cima solo una volta arrivati, eppure: «L'ultimo sforzo, giuro» mentì Michael.

## Nella nuvola

Per la luna di miele erano andati a New York, per Marnie era la prima volta, e Neil fu così generoso da cederle il posto finestrino in Premium Economy, anche se tecnicamente era suo sulla carta d'imbarco, e tutti dovrebbero sempre sedersi nel posto assegnato. A venticinque anni, un volo transcontinentale era una novità per lei, stava lì con la fronte schiacciata contro il vetro spesso, meravigliandosi della solidità delle nuvole, della compattezza dei loro contorni sullo sfondo azzurro. Se fossero precipitati, le nuvole li avrebbero presi? Come si stava dentro una nuvola?

La risposta, scopriva ora, era «di merda» e, no, le nuvole non li avrebbero presi, perché erano delle infide bastarde, idem le rocce e la pioggia, e i torrenti di montagna non è che mormoravano, li sfottevano, come tutto là fuori, la natura intera.

«Cosa mi è saltato in mente!» ringhiò Marnie nella pioggia. «Non ho nemmeno uno sponsor!»

«Ah!» abbaiò Michael. «Ci siamo! Ce l'abbiamo fatta!» Poi, raddrizzando la schiena: «Quasi!» Anche la montagna mentiva, infatti Marnie dovette gattonare ancora un po' prima di riuscire finalmente a rialzarsi, e a quel punto emerse un altro elemento bastardo: un vento pungente e feroce che le schiaffava addosso i vestiti bagnati e le martoriava la faccia con qualcosa che sembrava il ghiaccio raschiato dalle pareti del freezer.

«Così è tempestoso, professor Bradshaw? Siamo abbastanza tempestosi adesso?»

«Sì, così è tempestoso».

«Mi sta venendo la tubercolosi, lo sento. Tubercolosi ai polmoni».

«Ma guarda dove siamo!»

Niente. Non vedeva niente e Michael stava indicando il nulla. «Lì c'è il colle Haystacks!» Il grigio del letto di un malato. «Alle nostre spalle, il Great Gable e il Green Gable». Il grigio della neve sporca e dell'acqua nella vasca dopo aver fatto il bagno. «E laggiù, in teoria, c'è lo splendido lago Buttermere!» Il grigio del colletto lurido di una camicia. «Invece lì in fondo – senza nebbia si vede – c'è l'Innominate Tarn, il laghetto dove hanno disperso le ceneri di Alfred Wainwright, l'uomo che ha ideato questo trekking».

«Bene!» gridò lei. «Bene! Sono contenta che sia morto!»

«Marnie!» disse lui, un po' scandalizzato. «Sei senza pietà».

«Grigio chiaro, grigio scuro, nero, grigio e marrone. Potrebbe esserci il Golden Gate, potrebbe esserci il golfo di Napoli, non ce ne accorgeremmo!»

«Non è colpa mia se piove, Marnie!»

«Ah, no, non è mai colpa di nessuno, vero?»

«Scendiamo? Magari in hotel ti passa».

«Mi passa? Ma se sono incazzata... come una biscia. Non ridere!» disse Marnie, anche se pure a lei veniva da ridere. «Portami giù e basta».

Michael asciugò le gocce di pioggia dallo strano dispositivo che aveva in mano, una specie di GPS, un accessorio di scena di *Star Trek* – radiazioni in aumento, tempesta di silicio in arrivo. «Di qua!» annunciò, indicando il grigio anonimo, ed ecco una nuova presa per il culo della natura con cui fare i conti: la cima del promontorio era in realtà un altopiano e la pioggia aveva allagato e sommerso il sentiero, così furono costretti a zampettare tra piccole isole di erbacce rosse appuntite, marziane e infide, che spesso si rivelavano non essere affatto isole, tanto che gli scarponi nuovi di Marnie affondavano di continuo nel fango, e in un attimo il liquido si insinuò da sopra, il che scatenò una nuova bufera di improperi.

«Vaffanculo, *National Geographic*!»

«Eh?»

«Non mi piace qui. Non è un posto in cui dovrebbe venire la gente». Ormai sguazzava nel pantano, il rumore era inequivocabile, i denti le battevano come una dentiera giocattolo mentre saltavano a mo' di campana e lei trafiggeva con gli occhi la schiena di Michael, decidendo però di restare in silenzio stavolta. Aveva già visto quel genere di film, quello dove la ragazza di città snob e nevrotica viene introdotta alle gioie della natura dall'avventuriero rude e taciturno, prima sconvolta, poi sedotta dai suoi modi spicci. Be', col cazzo. Non sarebbe caduta nel cliché e avrebbe dimostrato che anche lei era sveglia, capace e granitica – il che era esattamente ciò che succedeva nei film.

# Barare con sé stessi

Dopo aver attraversato l'acquitrino ed essere scesi sotto la linea delle nuvole, adesso, con la visuale di nuovo sgombra, si addentravano in una valle del tutto diversa da quella precedente, incuneata tra i rilievi, cupa e color grigio canna di fucile, ampie strisce nere incise lungo i versanti come tatuaggi. Erano riusciti ad arrivare in cima, ma il paesaggio era talmente brullo che sembrava ci fosse ben poco da festeggiare, era il tipo di luogo che un *location scout* avrebbe proposto per un film ambientato su un pianeta alieno ostile. Anche il nome aveva un che di fantascientifico.

«Honister Pass» disse Michael.

«Bellissimo» disse Marnie senza alzare gli occhi.

«Be', almeno guarda!»

«No» ringhiò lei, «non gli darò questa soddisfazione».

«Guarda quanta ardesia!»

«Ce l'abbiamo anche a Londra, l'ardesia, sui tetti, dov'è giusto che stia, è piatta e grigia come... Come te, Michael, francamente».

Lui decise di considerarla una battuta, per quanto forse un po' più aspra di quanto fosse abituato. «Ah, quindi non vuoi sapere dell'insediamento minerar...»

«Michael, non mi interessa, non-mi-interessa, non mi interessa se in questa valle estraevano ardesia, oro o delle cazzo di caramelle, voglio solo arrivare alla fine, okay?»

Imboccarono un altro sentiero, drittissimo, nero e sdrucciolevole. «Questa era una tramvia funzionante nel...»

«Adesso funziona? C'è un tram che ci porti in hotel?»

«Non più, da centocinquant'anni».

«Allora non-mi-interessa».

I resti di un edificio abbandonato, con cataste ordinate di ardesia su entrambi i lati, marcavano l'inizio del sentiero. «Questi sono i resti della Drum House. Vuoi sapere perché si chiama così?»

«Michael, tu spiegamelo e io ti butto giù dalla collina».

«Questa evidentemente non è una collina».

«Facciamo... Facciamo che arriviamo in hotel e basta, okay? Quanto ci vuole ancora?»

«Uhm, più o meno un'ora e mezza?»

«Cazzo! Super mega cazzissimo cazzo».

«Magari se ti guardassi intorno passerebbe più in fretta».

Lei strinse gli occhi a fessura. «Senti, vedi di andartene a... costruire un muretto a secco».

Iniziarono a scendere più veloci, ma anche l'acqua cercava il percorso più agevole, rendendo l'ardesia infida e scivolosa come il ghiaccio, e quando lui le offrì la mano, lei la respinse. Si trascinavano giù, ogni passo un mignolino sbattuto contro una cassettiera. «Ahi, ahi, ahi» mugolava Marnie, la voce grondante di rabbia, finché non comparve la strada, l'asfalto sotto le suole era un lusso per i piedi.

Ormai anche l'ultima parte di Michael rimasta asciutta aveva capitolato da un po'. C'era una certa libertà nell'essere bagnati fino al midollo, come quando ci si butta in piscina completamente vestiti, e aveva rinunciato da un pezzo al cappuccio. Ma sembrava ancora incauto provare a chiacchierare e proseguirono a grandi falcate verso la valle, con Marnie in mezzo alla strada come se sfidasse qualcuno a investirla. Michael sentì il rumore di un motore dietro di loro e urlò: «Guarda!»

Gli occhi di Marnie si spalancarono. Una visione, un pullmino, il miracolo del trasporto pubblico, al che si mise a ridere. «Grazie, Signore!» Li aveva quasi raggiunti e lei iniziò a cercare con urgenza la fermata più vicina. «Vieni?»

«Penso che continuerò a camminare».

«Ma c'è un pullmino, idiota! Un pullmino!»

«No, sono a posto».

«Ma perché?»

«Voglio farla tutta a piedi».

«Ma guarda! Guardati intorno. Nessuno lo saprà mai! Non andrò a raccontarlo in giro!»

«Io lo saprò».

«Ma guarda, ha un tetto!»

«Sono a posto. Tu vai pure». Nel mentre il pullmino li superò e Marnie corse o cercò di correre, lo zaino troppo allentato che le sbatteva sulla schiena, e urlò: «Pullman! Pullman! Pullman!», come se fosse il nome proprio del mezzo. Michael vide l'autista impietosirsi e Marnie, senza guardarsi indietro, si diede la spinta per salire con entrambe le mani. Lui restò fermo per un attimo, sentendo la pioggia fredda che gli colava lungo la schiena. Dietro il finestrino posteriore appannato vide sedersi una sagoma che poteva essere lei, poi un cerchio chiaro che poteva essere la sua faccia, una mano che picchiava sul vetro, un dito che scriveva nella condensa, le parole al contrario e il pullmino già troppo lontano per leggere il messaggio.

# Chiacchiere

Conrad era alla reception, stava consegnando la chiave magnetica.

«Ehilà!»

Si girò, la vide e sembrò scioccato. «Oddio, tutto bene?»

«Solo bagnata e infreddolita. Tu stai...?»

«Ti hanno dato un passaggio? Chi ti ha conciato così?»

«Il professor Bradshaw. Conrad, stai... facendo il check-out?»

«Ah. Sì. Sì, vado. Ti avrei lasciato un biglietto. Devo tornare per questioni di lavoro».

«Pensavo che ti fossi preso il lu-lunedì libero».

«Sì, ma... il viaggio è lungo, il tempo è orribile, non sono attrezzato, gli scarponi, e...» Fece un passo verso di lei, bisbigliò: «Non riesco a stare in questo hotel». Dopodiché, con voce normale: «E poi mi sono ricordato che odio camminare! Ah, ti servono una coperta o un asciugamano?»

«No, sono a po-posto. Metto tutto a stendere».

«In ogni caso ho chiesto il tuo numero a Cleo, così possiamo vederci nella *city*, eh? Ma stai davvero battendo i denti».

«È un... atto involontario».

«Pensavo che succedesse solo nei cartoni».

«No, no, su-succede».

Lui però stava già adocchiando l'uscita. «Be', il taxi

mi porterà dove ho lasciato la macchina, ovunque fosse. Speriamo che ci sia ancora. È un'Audi elettrica».

«Sì, me l'hai detto».

«Sei molto pallida. Vai in camera! Fattene dare una bella» e a quel punto si avvicinò e la cinse con le braccia senza stringere, come se Marnie fosse un cane appena riemerso da un canale. «Mi sono divertito con te» disse.

«Non ne dubito» rispose lei. «Meglio se fa-faccio il check-in adesso».

«Certo. Certo. Buon proseguimento!» Se ne andò senza guardarsi intorno e lei si avviò al bancone della reception sguazzando nei suoi stessi scarponi. La password del wi-fi era wainwright2014.

In camera si tolse tutti i vestiti e li lanciò in grandi agglomerati fradici sul pavimento del bagno, dove atterrarono con uno *splat* da cartone animato. Tremando, con i capelli e la pelle ancora bagnati, si arrampicò sul letto, buttò giù a pugni i cuscini in eccesso e si tirò le coperte fin sotto il mento, in attesa di recuperare la sensibilità. L'hotel era grande, imponente dal vialetto d'accesso inghiaiato, ma fin troppo luminoso e funzionale all'interno: sale congressi, una cavernosa sala colazioni – un hotel congressuale tra i congressi. La valle di Borrowdale, sosteneva la brochure per gli ospiti, era la più bella del Paese. Al di là della condensa sul vetro, Marnie vide sedie da giardino arrugginite ammassate sotto un telo, un campo da tennis allagato, reti prostrate nelle pozzanghere. Pensò: mi sono depilata per questo?

Recuperata la sensibilità, si trascinò in bagno, attorcigliò furiosamente i vestiti e strizzò l'acqua grigia nella vasca. Era vero che lei e Conrad non avevano trovato l'intesa dialettica, e le era parso attraente solo in teoria, ma era anche vero che a parte i superficiali dettagli biografici non avevano avuto l'occasione di aprirsi sul serio (che orrendo modo di dire), però forse con il tempo ci sarebbero arrivati. Ma anche se non era successo niente, era umiliante essere scaricata così – un appuntamento fallito davanti a un'amica, davanti al suo figlioccio! – e ancora una volta si ritrovò a fare i conti con l'abisso tra aspettative e realtà, zero sole in faccia, zero armonia con la natura, zero risate con gli amici, zero sesso. Per quanto si potesse essere accurati nel preparare i bagagli, non esisteva alcun tipo di equipaggiamento per proteggersi da una cocente delusione come quella. Raccattò i vestiti martoriati e li sistemò sui caloriferi. Un cartello chiedeva gentilmente agli ospiti di non metterci gli abiti ad asciugare, ma cosa doveva fare, soffiarci sopra?

Per fortuna il computer era sopravvissuto e Marnie tornò al suo *Notti contorte*. Un killer mascherato stava uccidendo alcuni partecipanti alle orge hollywoodiane, Marnie però era distratta dai propri piedi. L'attrito delle calze bagnate le aveva esfoliato la pelle morta di città, che adesso si sfaldava in salsicciotti grigi simili ai residui lasciati dalle gomme quando le strofinavi sul foglio, e lei li staccò, sconvolta, e cominciò a sentirsi meglio. Se non altro aveva avuto il piacere di veder annullare un piano. Niente teatrini quella sera, niente numeri da circo alimentati dal brandy, solo i suoi piedi e, più tardi, una cena con una vecchia amica. E Michael, anche se con lui non sentiva il bisogno di metter su dei teatrini. Era un bene o un male? Non le importava. La pelle nuova sotto quella morta era lucida come l'albume sotto il guscio di un uovo sodo, e quello fu di gran lunga il momento migliore della giornata.

Il cellulare fece bip, un messaggio di Cleo.

*Sei viva? C'è la PISCINA! Ci vediamo all'idromassaggio tra 20 min*

Lei rispose: *Devo lavorare. E poi non ho il costume!*, ma mentre premeva invio sapeva già che non aveva scampo.

*Li vendono alla reception. Ci vediamo tra 15 min*

# Calzoncini da bagno

Michael era al bancone della reception in mezzo a una pozza d'acqua, fissava lo schermo del cellulare: un vecchio modello, tutt'altro che waterproof, cercava di non guardarlo mentre camminava, il che significava che il messaggio di Natasha poteva essere lì da tutto il giorno.

«Signore?»

Alzò gli occhi.

«La sua chiave».

«Perfetto, sì, ottimo, grazie».

Era la prima volta dopo mesi che sua moglie si faceva sentire e Michael provava un imbarazzo irrazionale per il proprio aspetto, zuppo, esausto, i capelli appiccicati alla testa, sgocciolante sul tappeto di un hotel congressuale di media categoria. Doveva andare in camera, scaldarsi e asciugarsi, leggerlo lì il messaggio.

«Ce l'hai fatta!» Era Marnie, che si stringeva la cintura dell'accappatoio e sciabattava verso di lui con un paio di pantofole usa e getta. «Sembri un anfibio che fa i suoi primi timidi tentativi...»

«Come va la tubercolosi?»

«Bene. Ho assunto una tintura per la mia paralisi. Quanto a lei, in cuor mio le serbo ancora molto rancore, ma no, tutto a posto».

«E non ti senti realizzata?»

Marnie diede un colpetto alle tasche dell'accappatoio. «No. Zero. Zero spaccato, però volevo scusarmi per tutte quelle urla».

«Nessun problema. Ho urlato anch'io».

«Ma non contro di me».

«Be', il clima era orribile. Puoi anche imprecare, non lo dico tanto per dire».

«Oh, grazie. Però continua a dispiacermi per la mancanza di tatto verso Alfred Wainwright».

«Be', non è nei paraggi, quindi» lanciò un'occhiata al cellulare «poco male».

«Ti lascio alle tue cose. Stiamo andando in piscina, se vuoi bagnarti di nuovo».

«Ah, no, grazie».

«C'è l'idromassaggio, anche se non è necessariamente un incentivo».

«Non ho i calzoncini da bagno».

«I calzoncini da bagno fatti all'uncinetto dalla tua governante edoardiana?»

«"Bermuda"?»

«Anche peggio». Si girò verso la receptionist. «Lei cosa direbbe?»

«Costume?»

*Lui però aveva ricevuto un messaggio, un messaggio di Natasha.* «Scusate, devo... Ci vediamo dopo al bar? Beviamo qualcosa?»

«Certo» rispose lei e gridandogli dietro: «Ah, Conrad se n'è andato. Ha detto di salutarti, che gli spiaceva non vi foste più incrociati. Poi se n'è andato».

Lui si girò. «Okay. Peccato. Noi però teniamo duro, Marnie!» disse, aprendo il messaggio di sua moglie mentre si avviava. «Noi siamo ancora qua!»

# Cloro

La piscina era all'interno di una struttura semicilindrica tutt'altro che solida, simile alle serre a tunnel utilizzate per coltivare la lattuga in inverno. Sulla parete, un murale di palme e un'immensa piña colada sembravano farsi beffe del marrone muschioso oltre il vetro appannato, il cui telaio in metallo era picchiettato di ruggine. Niente olio di cocco o ibisco: l'odore era di asciugamani vecchi e cloro, ma almeno erano soli. Anthony si teneva al bordo della piscina sbattendo pigramente le gambe, mentre da sotto una grande meringa nell'idromassaggio spuntava la testa di Cleo. «Dài, vieni!» gridò.

Marnie si sbarazzò dell'accappatoio e si trascinò lungo il bordo della piscina con le gambe rigide e i piedi piatti, le piante scorticate troppo sensibili. Se Conrad fosse rimasto, forse si sarebbero spinti l'un l'altro dentro la piscina, si sarebbero schizzati l'acqua a vicenda. Forse era un bene che se ne fosse andato. C'è una particolare intimità nel vedere una persona in costume, e quello che aveva comprato lei alla reception era solenne e castigato, il tipo di costume che potresti indossare a un funerale, eppure tirò il bordo inferiore in modo da coprirsi ulteriormente mentre scavalcava per immergersi nelle bolle.

«Che te ne pare della spa di lusso?» disse Cleo.

«Club Tropicana. Ma con le birre. Mi piace» rispose Marnie, dando colpetti alla schiuma, venata di una linea di marea di un grigio incommentabile, come la neve vecchia. Chiuse gli occhi, ascoltò il ribollio della pompa e dopo un po'...

«Mi spiace che Conrad se ne sia andato» disse Cleo.

«Pazienza» replicò Marnie, secca e noncurante.

«Il lavoro, il viaggio in macchina e tutto quanto» proseguì Cleo. «Mi ha detto che gli ha fatto molto piacere conoscerti». Marnie mugolò. «È vero! Me l'ha detto lui!»

«Infatti se l'è data a gambe».

«Ti chiamerà a Londra. Si è reso conto che il contesto non faceva per lui». Marnie non disse nulla, si limitò ad allontanare la schiuma dal viso. «Allora, com'è andata?» chiese Cleo e lei le raccontò della pioggia, del fango, della scalata.

«Ma Michael com'è stato?» chiese Cleo.

«Carino. Abbastanza taciturno. Cioè, non potevamo parlare molto perché la pioggia faceva troppo rumore, e io urlavo e lo insultavo, ma mi è sembrata una brava persona».

«Lo è» confermò Cleo.

«Lo è» ripeté Marnie, «proprio una brava persona» e si zittì, perché le brave persone erano rare, ed era anche difficile parlarne.

«È un periodo tosto per lui» disse Cleo in maniera allusiva. «Molto tosto».

Marnie aprì gli occhi. «Non abbiamo parlato granché di questioni personali».

«Dovreste. Gli farebbe bene parlare con qualcuno, credo».

«Di cosa?» chiese Marnie.

«Solo che io e Anthony domani mattina torniamo a casa» annunciò Cleo, e Marnie le spinse la schiuma in faccia.

«Ma non dovevamo camminare per tre giorni?»

«Sì, però sai, la pioggia, è tanta strada, poi Anthony è stato invitato a una partita di paintball...»

«E io cosa faccio? Ho il biglietto da Penrith per martedì!»

«L'hotel è comunque prenotato. Un posto di classe. Rimani!»

«Macché, con uno sconosciuto?»

«Adesso non è più uno sconosciuto. E non alloggiate mica nella stessa camera».

«Volevo stare con te. Sono venuta per passare del tempo con te!»

«Okay, allora vieni con noi fino a York. Parliamo in macchina».

«Fai sempre così, Cleo, mi obblighi a partire...»

«Aspetta un attimo! "Mi obblighi"?»

«Dici sempre: "Dovresti uscire di più! Sei sola! È ora di rimontare in sella..."»

«Non è che ti obbligo, è che mi preoccupo per te».

«Be', smettila, ti prego, smettila di preoccuparti per me!»

«Allora diciamo che ci tengo a te. Sei una donna brillante. Ti trovo una donna brillante e mi fa impazzire che tu non... Non pensi un po' di più a te stessa e non metti mai il naso fuori».

«Fuori dove? Fuori qui?»

«Ovunque purché fuori di casa! Non eri così. Gli amici dicono che non ti fai sentire, non ti fai vedere, tiri un bidone dopo l'altro. È passato un bel pezzo da quando Neil...»

«Adesso cosa c'entra Neil?»

«Ti ha rovinato, ti ha davvero rovinato, ha distrutto la tua autostima...»

«Ti prego, puoi smetterla di... interferire?»

Si zittirono, restando in ascolto del motore della pompa. «Cleo, sto benissimo da sola. Cioè, guarda!» Raccolse una manciata di schiuma e se la piazzò sulla testa. Cleo sorrise, ma non disse nulla e i loro occhi vagarono verso la piscina, dove Anthony nuotava piano avanti e indietro, con calma.

«Ho sbagliato a portarlo, mi sa. È una noia mortale per lui».

Marnie sentì un altro accesso di sdegno e pensò: chi se ne frega di cosa vuole un ragazzino! Quando lei andava in vacanza con i suoi, era scontato che si annoiasse. Ma quella sua convinzione – che il parere di un ragazzino dovesse contare di meno, che l'infanzia di Anthony dovesse assomigliare di più alla sua – era una posizione difficile e anche scomoda da difendere in una vasca idromassaggio. Così coperta di bolle, era difficile anche tenere il broncio, ma fece del suo meglio, lasciandosi scivolare addosso la schiuma sporca come una teglia sciacquata male.

Marnie era una brava nuotatrice. Durante il matrimonio e all'indomani della separazione usava l'acqua a mo' di punching ball, e infatti dopo qualche vasca cominciava a stare meglio. Era stupido rovinarsi l'ultima sera mettendo il broncio. Mentre nuotava, a ridosso del fondo, vide il retro delle gambe magroline di Anthony sbattere nell'acqua e, commossa da quella visione, puntò verso di lui, avvicinandosi da sotto come uno squalo e afferrandogli le caviglie. Riuscì a sentire i suoi strilli anche con la testa sott'acqua.

«Scusa! Scusa! Volevo solo farti un salutino!»

Aggrappato al bordo, Anthony aveva gli occhi sbarrati.

«Che succede?» urlò Cleo dalla schiuma.

«Niente, stavo solo... Era uno scherzo!»

«Mi hai tirato giù!»

«Non è vero! Non fare la spia, Anthony, era solo un salutino. Un salutino. È tutto a posto!» urlò a Cleo, che si reimmerse nella schiuma. Marnie si strizzò il naso per liberarlo dall'acqua. «Ti ho visto nuotare prima. Sei molto bravo».

«Non è vero. Sono scarsissimo».

«Per niente. Fammi vedere! Fammi vedere qualche bracciata».

«Adesso sono troppo stanco».

«Okay. L'idromassaggio non ti attira?»

Lui arricciò il naso. «L'idromassaggio è per i vecchi».

Marnie rise. «Hai ragione. È perché non sei ancora né stressato né squallido. Ma vedrai tra un po'». Per un attimo restarono in silenzio, gli avambracci appoggiati sul bordo. *Vedrai tra un po'.* La goffaggine la dava per scontata in una conversazione schietta con gli adulti, ma con un ragazzino avrebbe dovuto essere più semplice. Un tempo erano legati, lei dopo il divorzio lo ospitava a Londra per le vacanze, e se c'era qualcosa che guastava quelle occasioni era la presunzione di invidia da parte dei genitori, come se Cleo le stesse prestando un giocattolo raro e amatissimo con cui intrattenersi per un po', purché alla fine glielo restituisse. Marnie invece gli voleva bene senza alcun malanimo e sperava che le cose sarebbero rimaste così, se non che Anthony di lì a poco sarebbe stato in piena adolescenza e lei sarebbe diventata solo un'adulta come le altre, ridicola e imbarazzante, una da evitare agli eventi sociali.

«Non sono stata una brava madrina negli ultimi anni, eh?» riprese. «Penso di essermi disabituata a frequentare le persone, la tua mamma e il tuo papà, gli amici, e da lì ho faticato a rimettermi in carreggiata, un po' come quando si inizia una nuova scuola. Il che è assurdo a trentotto anni». Perché lo stava dicendo ad alta voce? Lo sguardo di Anthony rimase fisso in avanti. «Però è bellissimo vederti crescere, sono tutti molto fieri. E se mai volessi fare quattro chiacchiere al telefono o venire di nuovo a trovarmi a Londra... Lo so, la casa è piccola, ma...»

«Sì. Okay, mi piacerebbe» disse Anthony.

«Davvero?»

«Sì. Mi piaceva casa tua».

«Ah. Be', fantastico. Organizziamo! Possiamo andare da Forbidden Planet, al cinema».

«Figo».

Marnie provò un'improvvisa urgenza sentimentale di afferrargli la testa e baciargli l'adorabile fronte brufolosa, ma Anthony era già sott'acqua e lei sentì il suo corpo magro e freddo sfiorarle le gambe mentre si dava la spinta contro la parete, per poi lambire il fondo fino all'altro lato della vasca.

# Sperotuttobene

*Ciao! Un uccellino mi ha detto che stai facendo il Coast to Coast. Wow! Sperotuttobene :)*

Non c'erano grandi margini di interpretazione. L'«uccellino» era Cleo. Sua moglie sperava che andasse tutto bene, il che, immaginava Michael, voleva dire esattamente quello, né più né meno.

Ma era pur sempre qualcosa. Da Natale, il loro principale mezzo di comunicazione erano stati gli account delle piattaforme di streaming che ancora condividevano, un diario assurdamente intimo delle serie in costume che Natasha aveva divorato, dei film pseudoartistici che aveva abbandonato. Era un diario scritto in codice: doveva preoccuparsi dei documentari sui serial killer? Se Natasha guardava le sit-com, era triste o era felice? Lui, dal canto suo, curava la cronologia dei contenuti visualizzati andandoci piano con zombie ed erotismo, privilegiando documentari sugli abissi marini e sulla vulcanologia. Se guardava *Master & Commander* significava che stava bene, avrebbe pensato Natasha.

Lei ogni tanto si faceva sentire per sondare il terreno in merito alla casa. Se n'era andata in fretta, promettendo di tornare a prendere il resto della roba non appena avesse trovato un posto dove stare, ma lui avrebbe preferito che sparisse del tutto anziché lasciarlo nel limbo. Era ovunque in quella casa, nei mobili e nelle foto alle pareti, nei piatti della lista nozze, nella spazzola con i suoi capelli ancora impigliati, nel rullo che usava per togliere i pelucchi dalla gonna (il movimento ampio e rapido verso il basso, la torsione dei fianchi), un tubetto di Canesten che lui non si decideva a buttare. Lì dentro ci avevano vissuto in due, ma era difficile riconoscere l'influenza di Michael, perfino il suo orologio, semplice ed elegante, portava la firma di Nat, un regalo per i quarant'anni. Quante volte al giorno guardava l'orologio? Non poteva sapere che ora fosse, senza di lei. Senza di lei, mangiava in piedi. La polvere si accumulava nella fruttiera vuota. Faceva andare la lavapiatti una volta alla settimana e guardava la tv, ma c'era sempre troppo silenzio, nessuno scricchiolio delle assi del pavimento, l'aria immobile, ogni stanza una stanza vuota. Una volta, tornando da scuola, aveva trovato un agente immobiliare che mostrava a una giovane coppia la casa famigliare dei loro sogni con spazio per espandersi, e la sensazione di vedere una vecchia versione di sé fu tale da rispedirlo in macchina a correggere i compiti fin quando non se ne furono andati. Il villino era una casa modello per una vita che a loro era sfuggita, e lui voleva sia sbarazzarsene sia che le cose tornassero come prima.

Per ora l'impersonalità di quell'hotel a tre stelle era quasi un sollievo. Lanciò il cellulare sul letto e osservò l'ambiente circostante, ancora in piedi con i vestiti zuppi, poi li tolse strato dopo strato con una smorfia, e si sedette sul bordo del letto per rileggere il messaggio. *Sperotuttobene*, come certi paesini di montagna dai nomi assurdi. Cosa doveva rispondere?

Gli cadde l'occhio su uno scambio precedente.

*Per un po' evitiamo di sentirci. È troppo*

La battuta conclusiva di una conversazione turbolenta, il post mortem di un'orrenda telefonata in cui lei gli aveva confessato che stava uscendo con uno, erano agli inizi, niente di serio, un collega, Frank. Strano come si possa sentire un nome per tutta la vita per poi vederlo assumere un significato inaspettato, tanto da non riuscire più a nascondere il fastidio ogni volta che lo senti. Questo Frank era un insegnante di inglese suo collega e Michael li immaginava sdraiati testa-piedi sul divano a citare Wilfred Owen, a chiacchierare di *Un ispettore in casa Birling*. «Ti trasferisci da lui?» le aveva chiesto e lei aveva risposto che, no, figurati, siamo agli inizi, niente di serio, poi la terribile frase: «Pensavo solo che fosse giusto dirtelo». Michael aveva captato il tono da professoressa nella sua voce e lui per contro era stato scostante e sbrigativo, ponendo domande banali sul suo nuovo lavoro, sul paese, sulle condizioni di salute dei suoi, sforzandosi di rimanere educato. I cliché di un matrimonio finito erano nell'aria, *nessun rimpianto, siamo stati bene, andiamo oltre ma teniamoci in contatto*, se non che i rimpianti c'erano eccome, erano stati male, e andare «oltre» dove? Si erano parlati sopra, cogliendo solo a tratti la voce l'uno dell'altra, fraintendendosi, lui si era zittito, lei si era sentita in dovere di riempire i vuoti, ed era tutto così diverso dalla naturalezza che avevano un tempo, come se saltasse di continuo la linea.

Erano quindi ricorsi al moto lento dei messaggi: quelli di lei – gentili e premurosi – incolonnati in riquadri grigi sulla sinistra, quelli di lui – stringati monosillabi – in blu sulla destra, *sì, no, non ancora, lo farò*, una rappresentazione visiva della sua stizzosa ritirata. Adesso era terribile vederne la trascrizione, un piccolo duetto rancoroso, e sapeva che se avesse scrollato in basso con il pollice avrebbe trovato ulteriori scambi, asciutti e rancorosi, relativi ad avvocati, addebiti diretti e moduli da firmare, e poi *mi manchi, odio anch'io tutto questo, ti prego rispondi.* Rabbia, confusione, burocrazia.

Riappoggiò il cellulare. Perché proprio ora? Senz'altro Natasha sapeva che nel giro di qualche giorno sarebbe passato dalle sue parti. Voleva vederlo? Il messaggio era scarno, ma non lo si poteva nemmeno ignorare, come quando per strada incroci lo sguardo di una vecchia conoscenza. Fermarsi o tirare dritto?

Michael grugnì, affondò le mani nei capelli e si alzò tirandosi su per la chioma, poi cominciò a districare l'ammasso fradicio dei vestiti. Un cartello sul calorifero chiedeva gentilmente agli ospiti di non metterci gli abiti ad asciugare, così li appese all'asta della doccia attaccati alle grucce. Si tolse l'orologio e lo depositò a faccia in giù sul lavandino. Sul retro: *A Mike, con tutto il mio eterno amore.* Quasi nessuno lo chiamava Mike.

Provò a sorridere allo specchio, una volta, due volte, nello stesso modo in cui si testano i freni della macchina prima di una discesa molto ripida. Perlomeno non avrebbe dovuto pensare a cosa indossare.

# Aceto

Marnie scese al bar con il suo secondo abito più bello. In *Notti contorte*, il detective era stato sedotto dall'indiziata numero uno, neanche a farlo apposta in una vasca idromassaggio, ma con meno cloro. A furia di passare al vaglio letteratura erotica, Marnie aveva finito per sentirsi una provocante femme fatale, perciò indossò l'abito nero con le rose rosse, una vedova sospettata di aver ucciso il marito. Conrad sarebbe stato sull'autostrada M6 a quel punto, ma peggio per lui, e comunque non era un buon motivo per non perlustrare il Wainwright Bar in cerca di qualcosa da sgranocchiare e un po' di sano divertimento. Martedì, annunciava un cartello, era la serata *pie*. Ci sarebbe stata una selezione di otto *pie*. Sotto al cartello, Michael – con la stessa camicia del giorno prima – studiava le sue cartine dell'Ordnance Survey*. In filodiffusione, una playlist anni Ottanta, *Sweet Dreams* degli Eurythmics.

«*Sweet dreams are made of this* sul serio» disse Marnie.

Lui alzò lo sguardo: «Cosa?»

Lei indicò il cartello. «Non pensavo nemmeno che esistessero otto tipi di *pie*».

Lui si girò a leggere. «Suppongo» rispose «che intendano sia dolci sia salate, quindi...»

«Vedi, è per questo che fai l'insegnante» disse. «Vuoi qualcosa da bere?» Lui indicò la propria pinta

* Organo cartografico dello Stato Britannico (*N.d.T.*).

piena. «Stuzzichini? Una mini *pie*?» Era a posto, perciò Marnie si avvicinò al bancone immaginando gli occhi di Michael su di lei, o forse sulle cartine. Concettualmente, la sala era un mix sconclusionato di antiche sedie inglesi con bottoni trapuntati e arredi modulari da aeroporto, ma a lei non importava: si sentiva ammiccante e seducente mentre si sporgeva sul bancone e si ravviava i capelli davanti al giovane barista che le elencava i gusti delle patatine, e allora, che fosse l'effetto della lettura soft-porn o della nuotata, le venne da pensare all'atmosfera erotica che avevano tutti gli hotel congressuali, persino quelli con le peggiori recensioni. La sua prima notte con Neil era stata in un posto simile, un team building nelle Cotswolds, costruire ponti con assi e fusti come complicato preliminare, sguardi e tocchi elettrici, fino alla sera, dopo il karaoke, un messaggio di lui con il numero della sua camera. Il cuore che le batteva all'impazzata. Alla fine, a letto, ci avevano riso su: anche quello era team building? Magari era meglio non dirlo in giro...

«E da bere?»

Voleva un vodka martini, molto secco ma con un guizzo, se non che i superalcolici in lista erano Shepherd's Finger e Peaty Glen. Ordinò un gin tonic e – perché no? – un pacchetto di patatine all'aceto di chardonnay, rigate, poi afferrò il bicchiere dall'orlo come una coppa di champagne e infilò sotto un'ascella le patatine, sotto l'altra *Cime tempestose.* Michael era a testa bassa, perciò Marnie si accomodò a un tavolo vicino e cercò di leggere, ma era come se i Frankie Goes to Hollywood dicessero «relax» a Heathcliff, perciò...

«Qual è l'itinerario di domani?»

Lui alzò lo sguardo con aria allarmata. «Vieni anche tu?»

«No, non preoccuparti, ho chiuso con le camminate. Torno a York con gli altri».

«Peccato. Non dovrebbe piovere. Patterdale è a

due valli da qui, il che significa due salite, ma non come oggi... Tutto okay?»

Marnie stava arricciando le labbra. «Wow. Queste patatine sono veramente acide. Ne vuoi una?»

«Ehm, no. Tanti torrenti da attraversare, ma la discesa verso Grasmere è...»

«Uff!» Marnie sbatté il palmo sul tavolo. «Mi sa che c'è un difetto di produzione. Ho come l'impressione che mi sanguini la bocca».

«Be', se c'è un difetto di produzione...»

«... Tipo l'acido delle batterie...»

«... E se sanguini, forse dovresti smettere di mangiarle».

Lei rise. «Ma figurati. Continua».

«Il punto è che nel pomeriggio devi ripetere tutto, sali per oltre cinquecento metri fino al Grisedale Tarn...»

Marnie sentì l'interesse abbandonarla. «Com'è stata l'ultima volta?»

«Non ci sono mai andato, sto solo leggendo la cartina».

«Spiegami» disse lei «come si legge una cartina».

Sapeva benissimo come si legge una cartina, ma era divertente vedere l'entusiasmo di Michael, e Marnie si ritrovò a lanciargli occhiate furtive mentre parlava di isoipse, della differenza tra strada e mulattiera e di come calcolare le tempistiche con l'articolazione del pollice. Ovviamente era tutto di una noia incredibile, o meglio, l'argomento era noioso, l'oratore no. A Marnie piaceva la sua voce rassicurante, quel genere di voce che usavano per vendere servizi funebri in tv al pomeriggio («sia dolci sia salate»). Le piaceva anche il suo profilo, bello in una maniera antica, un uomo in una foto seppiata sposato solo con il mare, ed era gradevole star lì a sorseggiare il gin con il fianco e il gomito a contatto con quelli di lui, distratta solo dalle ulcere sulla lingua.

«Questo cosa significa? "*Hic sunt dracones*"?»

«Ti sto annoiando, vero?»

«No. Sul serio, no».

D'un tratto comparvero Cleo e Anthony. Marnie allontanò la sedia.

Essendo un hotel a tre stelle, le *pie* venivano servite con anelli di peperoni verdi e il buon vecchio crescione. Marnie aveva deciso di non indispettirsi per le partenze anticipate, perciò parlarono di scuola e presero bonariamente in giro Anthony per la sua secchionaggine. Cleo gli arruffava i capelli, gli baciava la testa, gli accarezzava il braccio, con quegli esagerati modi materni che ogni tanto adottava per dimostrare quanto fossero intimi e moderni, e Marnie pensò che, pur essendo molto affezionata a entrambi, in alcune occasioni avrebbe voluto ribaltare il tavolo. A volte passare il tempo con altre famiglie somigliava a un indottrinamento, neanche fosse stato un simposio su come avrebbe potuto essere la vita famigliare. Ecco cosa avresti potuto avere se avessi fatto scelte migliori, ecco dove avresti potuto riversare il tuo amore. Anche lì, la presunzione di invidia la irritava più dell'invidia stessa. I suoi momenti di sconforto li aveva, ma non avere figli implicava anche tanti aspetti positivi. C'era forse da meravigliarsi se era sparita dalla circolazione, quando i suoi amici molto spesso si ponevano con lei con l'autocompiacimento ostentato di una famiglia ricca che invitava la cugina povera per Natale?

Anche Michael la viveva così? Forse avrebbero dovuto parlare di quello anziché di isoipse. Per il momento mangiavano dolci industriali sormontati da panna spray, poi i maschi andarono a giocare a biliardo, lasciando le due amiche sole a far roteare i bicchieri.

«Pensi di rivederlo?» chiese Cleo.

«Conrad? Ha detto che mi avrebbe chiamato, ma...»

«Se no potresti chiamarlo tu».

«Credo» disse Marnie sorseggiando il suo cocktail «che l'etichetta parli chiaro: dovrebbe essere la persona scappata, non quella da cui si è scappati, a...»

«Non è scappato. E lo stai facendo di nuovo».

«Cosa?»

«Lo sai». Arrivò un urlo dal tavolo da biliardo, Anthony aveva messo a segno un colpo improbabile e Michael ondeggiava in preda a una finta indignazione. Erano a loro agio insieme, Michael disinvolto, per nulla paternalistico, Anthony visibilmente affezionato.

«Posso chiederti, e non ho secondi fini, ma posso chiederti perché pensavi che non sarei andata d'accordo con Michael?»

«Uhm, be', a volte sa essere molto serio, riservato».

«Anch'io so essere seria. Sono capace di parlare con le persone riservate».

«Lui però è incasinato, sai, ha avuto un piccolo esaurimento, ha dovuto prendersi una pausa, e la separazione lo sta mettendo a dura prova».

«Ma in ogni caso...»

«Non so, pensavo che avresti preferito un tipo più londinese, più estroverso, pensavo che ti avrebbe fatto bene divertirti per una volta».

«Ma io mi diverto».

«A riordinare il cassetto delle posate?»

«Mi diverto!»

«Sei uscita a malapena di casa negli ultimi tre anni!»

«Nessuno è uscito di casa! Era contro la legge!»

«Non per tre anni, e comunque la cosa era iniziata molto tempo prima».

«E invece la tizia che doveva venire? Cos'ha di diverso?»

«Tessa? Non so, è più ruspante».

«Anch'io posso essere ruspante! Gesù, solo perché non so distinguere gli alberi. E comunque li so distinguere».

«Li sai distinguere dai fiori».

«Non solo! E poi abbiamo tanti argomenti. Andiamo molto d'accordo, in realtà. È simpatico, vero? Ha senso dell'umorismo?»

«È... caustico».

«Caustico. Be', caustico va bene, pane per i miei denti».

«Fantastico. Dacci dentro, allora! Buttati!»

«Non voglio "buttarmi"! Mi stavo solo informando, c'è qualcosa di... male?»

«No!» rispose Cleo. «Mi pare non ci sia proprio niente di male» e Marnie si sentì rassicurata, anche se avrebbe preferito che lo dicesse con più convinzione.

GIORNO TRE:
*Borrowdale, Grasmere, Glenridding*

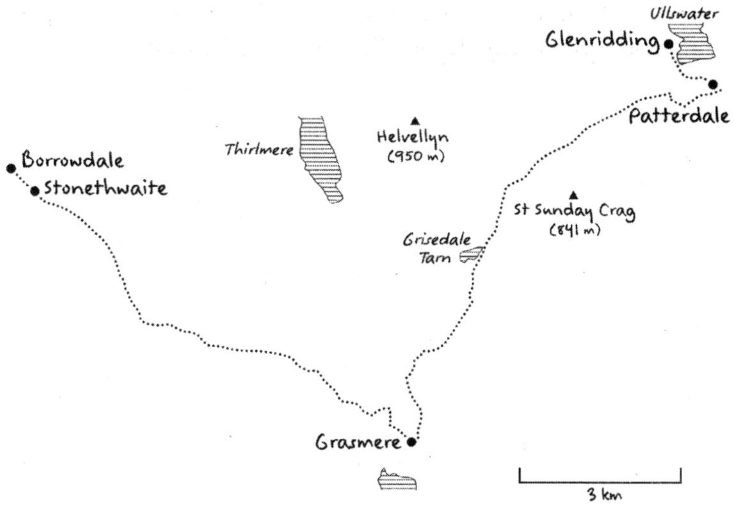

# Voto di silenzio

Sonno profondo. Si era dimenticato che goduria fosse e si scoprì di ottimo umore, solo nella grande sala colazioni. In cucina gli avevano preparato il pranzo al sacco, nel thermos c'era il caffè, e tutto era così sano e alla vecchia maniera che avrebbe potuto trasportare le vettovaglie in un fazzoletto a pois annodato a un bastone.

In linea d'aria la meta era a quindici chilometri scarsi da lì, ma lui si muoveva via terra e avrebbe dovuto zigzagare per almeno ventisette chilometri, anche di più se il clima fosse migliorato e avesse deciso di passare dalla strada alta. Aleggiava una nebbiolina, torrenti e cascate scorrevano ancora con l'impeto dato dalla pioggia del giorno prima, e Michael doveva fermarsi spesso per attraversarc i ruscelli che gli tagliavano la strada, architettando un percorso su rocce sdrucciolevoli e sassi sommersi, cercando lo slancio per saltare dall'altro lato, sforzandosi di essere leggiadro. C'era sempre un momento, tra il distacco del piede dalla sponda e l'atterraggio sulla scivolosa roccia nera, in cui avvertiva una fitta di panico, ma ogni volta trovava l'appoggio e procedeva sicuro verso il Lining Crag, guardando la valle dietro di sé, intrisa di tutto il potenziale della primavera, dell'odore di terra bagnata e foglie ammaccate, un giardino dopo un violento nubifragio.

Così era meglio, no? Con gli altri si preoccupava

troppo del loro benessere e della loro felicità, di cosa dire e come comportarsi. Ora poteva tornare al progetto originario, le riflessioni a oltranza, il trekking guaritore. A parte camerieri e receptionist, non avrebbe parlato con anima viva per otto giorni e, vista così, provava una certa trepidazione. «Capisco che ti serva del tempo per pensare» aveva detto Cleo, «ma non potresti semplicemente pagare qualcuno per farti chiudere una settimana nel suo garage?»

«I panorami, Cleo!»

«I panorami non sono persone. Laghi e fiumi sono solo cose da indicare. E poi l'uno non esclude l'altro. Ricordo che un tempo le persone ti piacevano».

«Mi piacciono ancora, a piccole dosi».

«Mmh. Be', prima o poi dovrai far entrare qualcuno». Era un discorso troppo cupo per un'ultima sera. «Ehi, Michael» aveva detto afferrandogli il gomito, «fammi entrare!» e avevano riso. «Be', non me, qualcuno».

«Ah, hai detto tu a Nat del viaggio?»

«Non mi riferivo a lei».

«Non è per quello, ero solo curioso».

«Sai che non posso parlarti di Nat. Mi riferivo a qualcuno di nuovo».

«Ormai sono troppo vecchio, temo».

«Hai quarantadue anni!»

Quarantadue, prodotto di sei per sette, tecnicamente mezza età, ma la soglia degli -anta l'aveva superata da pochissimo, e poi quarantadue non era un numero speciale? Anzi, sottraendo l'infanzia – altri sedici, no, diciott'anni – era entrato nella vita adulta solo da ventiquattro anni, e grazie a quel mix di aritmetica e numerologia si convinse con l'inganno di essere in una temporanea giovinezza dove saltava di roccia in roccia, perdendo slancio solo nello scatto finale verso Grasmere Common. All'orizzonte vide un puntino rosso, il berretto di lana di un altro escursionista, e cominciò ad accelerare in modo da riuscire a superarlo facendo meno conversazione possibile. *Va a Grasmere?* o *Speriamo che si apra più tardi!*, quel genere di commenti che mettono al riparo da qualsiasi interesse o coinvolgimento. Avvicinandosi, però, riconobbe la postura, una sagoma piegata in due, che a quanto pareva stava dando della bastarda alla montagna. Non c'era modo di evitarla, e ormai in ogni caso lo aveva visto, adesso era lì in cima con un sorriso a trentadue denti come se le fosse riuscito uno scherzo pazzesco.

Avrebbe dovuto essere infastidito, ma non lo era, non proprio. Poteva pure posticipare di qualche chilometro il suo voto di silenzio.

# Dorothy Wordsworth

Nel paese, su un ponte di pietra, lungo il tracciato del fiume, l'atmosfera nebbiosa e ovattata come se neanche la valle fosse ancora del tutto sveglia. Marnie percepiva il suono del suo stesso respiro, un cinguettio sconosciuto, l'acqua che gocciolava e schizzava, zaffate di petricore ovunque, e quando la sinfonia della natura la stufò, si mise gli auricolari e ascoltò un podcast. Sembrava sacrilego ascoltare ciniche voci urbane in mezzo a tanta bellezza, ma non c'era nessuno a giudicarla o a farle girare la testa per guardare un albero piegato dal vento o una roccia insolita, e lei provava un senso di autosufficienza, perfino di soddisfazione.

Il piano aveva preso forma di notte, mentre si rigirava e si dimenava in un letto estraneo al pensiero dell'imminente giornata. Il taxi per St Bees avrebbe avuto il sapore della sconfitta, poi ci sarebbe stato il lungo viaggio in auto fino a York, le insistenze di Cleo perché cambiasse la sua vita. Tutt'altro che una vacanza, e di sicuro c'erano modi migliori per trascorrere la giornata. Le cartine online abbondavano e Marnie le aveva screenshottate per poi mandarsele sul cellulare via mail. Cielo coperto, ma con prospettive di schiarite, probabilità di pioggia del venti percento. Ventisette chilometri sembravano tanti anche in piano, tre pollici almeno, ma non sarebbe stato divertente battere Michael, farsi trovare nel bar dell'hotel a Patterdale? *Sì, sì, un po' insidiosa la discesa verso il lago Easedale, ma poi che vista fantastica sull'Eagle's Crag!*, o qualunque cosa dicessero quelli come loro. Si era lavata, aveva indossato i vestiti rigidi e si era intascata i biscotti di benvenuto in caso di emergenza. Nella luce fioca della sala colazioni aveva mangiato una grossa ciotola di spicchi di pompelmo sciroppati, una confezione monodose di pane croccante e fragole pallide dure come mele, scrivendo con una sola mano un messaggio a Cleo.

*Io cammino, partite pure senza di me! Ci sentiamo presto e grazie :)*

Alla reception aveva allacciato strettissimi gli scarponi, come se si preparasse a un'amputazione, poi si era messa il berretto rosso sulla testa e la bussola intorno al collo a mo' di medaglia di San Cristoforo*.

Era ovvio che l'autocompiacimento non sarebbe durato. Saltare i torrenti cominciava a perdere quel fascino alla Christopher Robin man mano che i corsi d'acqua diventavano più pericolosi, e Marnie era conscia dei piccoli drammi che stavano iniziando ad avvenire dentro gli scarponi – dita che sfregavano in modi inediti, un principio di vescica, un'unghia che scavava nella carne. La batteria del cellulare si stava scaricando e si immaginò mentre spiegava alla squadra di soccorso che si era persa per colpa dei podcast. Ansimando e poi imprecando in cima alla salita, controllò la cartina. Mezzo pollice. Piena di astio, guardò il panorama alle sue spalle, riconobbe la figura solitaria e si scoprì inaspettatamente contenta. Scelse un masso comodo, puntò i piedi, si tolse il berretto e si sistemò i capelli. C'era tutto il tempo per inventarsi un saluto spiritoso, ma...

«Che sorpresa incontrarti qui!» disse.

Tra i rantolii, Michael riuscì a rispondere: «Che coincidenza».

* Protettore dei pellegrini e dei viaggiatori in generale (*N.d.T.*).

«Stavo pensando di tenderti un agguato, come un brigante dandy. Per rubarti il thermos e le barrette ai cereali».

«O le caramelle gommose o la vita!»

«Aspetta, hai delle caramelle gommose?»

Lui guardò il cielo. «Può darsi di sì, come può darsi di no» rispose con aria da finto innocente e per un attimo rimasero lì a sorridere e basta, finché: «Pensavo che saresti tornata a casa».

«Non me la sono sentita. Ed è contro la mia religione sprecare una camera d'hotel già pagata. Ma non voglio disturbarti se ti stai sintonizzando con la natura».

«No, no, mi sintonizzo con te».

«Possiamo camminare a una certa distanza, come se avessimo litigato».

«Non c'è bisogno. A meno che tu non sia ancora arrabbiata con me».

«No, no. Ti ho perdonato».

«Okay. Vediamo se andiamo d'accordo».

Ci fu un attimo di trambusto mentre si disponevano sul sentiero stretto. «È come in metropolitana? Devo tenere la destra?» e alla fine si incamminarono fianco a fianco.

«Carina quella» disse Michael, indicando la grossa bussola che le penzolava inutile dal collo.

«Questa? È per stappare le birre» spiegò lei mimando il gesto, poi se la portò all'orecchio come se fosse un cellulare. «Pronto? Pronto? Non c'è campo!» e dopo questa, pensò Marnie, poteva anche dichiarare chiuso il gioco dei mimi.

«Come facevi a sapere la strada?»

«Il sole, la luna, le stelle. No, mi sono mandata la cartina sul cellulare. Pensavo di riuscire a batterti» disse. «Ma niente da fare».

«Com'è stato camminare da sola?»

«Ci vuole un po' ad abituarsi. Cioè, se cammino da

sola a Londra di solito tengo le chiavi strette in mano per essere pronta a sferrare un colpo, qui invece, be', sei un po' tesa comunque, ma almeno li sentiresti arrivare. A parte che ascoltavo un podcast. È consentito? O il National Trust ti butta giù dall'Helvellyn?»

«Per me puoi fare quello che vuoi».

«Cioè, mi piace la natura, ma ce n'è pure troppa. Scommetto che perfino William Wordsworth ogni tanto pensava che fosse tutto un po' eccessivo. Scommetto che a volte lui e Dorothy erano tipo: okay, abbiamo visto i fringuelli, i castori e il riparo ombroso, ora però dimmi quali sono le tue cinque parate preferite».

Michael rise di nuovo e Marnie si rese conto di quanto le piacesse farlo ridere. «La tua top five delle incisioni satiriche» disse lui.

«Sì, la tua top five delle odi sulla Rivoluzione francese. Dorothy, qual è la tua top five dei sintomi della sifilide?»

«O della gotta?»

«E dimmi, William, qual è stata la tua esperienza più imbarazzante sotto l'effetto del laudano?»

«Dubito che Wordsworth abbia mai scritto di castori, però».

«Io invece sono certa di sì. Innanzitutto fa rima con tante parole».

«La loro casa è a Grasmere, se vuoi fare un salto».

«No, sono a posto. Mi piace leggere, leggerei qualsiasi cosa, ma la poesia non mi ha mai preso davvero. In un romanzo è tutto lì, mentre con una poesia devi cercare altrove e ho sempre questa voce nella testa che dice: "Oh, ma guardati, con il tuo libriccino!" Capisco le singole parole, ma non mi arrivano in profondità, restano in superficie. Ricordo di aver letto a scuola quella dell'abbazia di Tintern, ma non l'ho proprio capita, tutta la storia dell'estasi».

«Il sublime».

«Esatto, il sublime. In pratica l'amore per la vita ruspante, no?»

«Credo sia più di così. Lo senti il sublime a Londra?»

«Sì, ma solo entro certi codici postali. È come la presenza di scuole nell'area, fa lievitare i prezzi. Ma non ho ancora afferrato del tutto il concetto».

«Be', io insegno geografia, perciò non è il mio settore. Ma a scuola abbiamo studiato la poesia sui narcisi e ricordo la fine. Qualcosa-qualcosa la solitudine beata, qualcosa "mi si ricolma il cuore di piacere, e danza con loro"*. Credo che il sublime sia quello. Un cuore ricolmo di piacere».

«Ecco un uomo che senz'altro non ascolterebbe un podcast».

«Magari le cose cambiano quando si invecchia. Metti un adolescente nel posto più bello del mondo, cieli tersi, montagne, mari impetuosi, e lui comunque non riuscirà a schiodare la testa dal cellulare, dal brufolo che gli sta spuntando sul mento, dalla persona per cui ha una cotta. Poi però arrivi a una certa età...»

«E a cosa pensi?»

«Non so. Il tempo che passa, la morte, il tuo posto nel mondo, quanto sei insignificante».

«Io? Intendi me, proprio?»

«Sì, proprio tu».

«Suona un po' deprimente».

«Oppure è l'antidoto alla depressione. Almeno in teoria».

«Funziona?»

Ci pensò un attimo. «Lo scopriremo» e Marnie pensò che avrebbe potuto approfondire il discorso, ma non sembrava il momento giusto. Si godettero invece il panorama. Gli ultimi residui di nebbia si erano dissolti e ora vedevano l'Easedale Valley aprirsi davan-

* W. Wordsworth, *Poesie (1798-1807)*, Mursia, Milano 1997, p. 127, traduzione di Angelo Righetti.

ti a loro, una salita lunga ma dolce, il sentiero che andava di pari passo con il ruscello fino a un patchwork di campi verdi come il panno di un tavolo da biliardo – i margini di un paese. Sopra di loro il cielo era basso e pesante, ma si coglieva un barlume di sole, come una torcia accesa dietro una coperta.

«Vedi, è questo il mio problema. Sono ancora ferma al brufolo sul mento».

«E al ragazzo per cui hai una cotta?»

«Quello non più» e pensò che stavolta avrebbe potuto approfondire lui il discorso, invece ripresero a camminare.

«Quanti anni hai, Marnie? Se non sono indiscreto...»

«Trentotto».

«Davvero?!»

«Come se sembrassi una giovane gazzella. In realtà non me ne frega niente di dimostrare gli anni che ho».

«Mi sa che non sono molto bravo a indovinare le età. A meno che non si tratti di preistoria. Se tu fossi una catena montuosa...»

«Novanta miliardi di anni, dici?»

«Te ne darei al massimo settantacinque miliardi, non uno di più».

«Be', sono le mie creme speciali» disse Marnie e pensò: ma guarda come siamo scoppiettanti. «E tu quanti ne hai?»

«Quarantadue» rispose Michael.

«Posso dire che ne dimostri assolutamente almeno quarantadue?»

«Grazie!»

«Figurati. Il fuori riflette il dentro, sia per me sia per te». Era vero, Michael aveva un'aria tormentata, ma era fastidioso che gli uomini potessero sempre farla franca in quelle cose. Nessuno direbbe mai: «Wow, tizia aveva proprio un'aria tormentata ieri sera». Magari era quella l'impressione che voleva dare, piacevolmente trasandato, ma era difficile ritenerlo capace di una qualsiasi scelta deliberata. La barba, per esempio, avrebbe dovuto conferire uno charme cittadino, lui invece sembrava che avesse passato un anno a filmare pulcinelle di mare alle Ebridi.

«Be', forse ti verrà fuori di botto quando arriverai ai quaranta» disse.

«La depressione?»

«L'amore per la natura. E per il giardinaggio».

«Non ho nemmeno il giardino. Ho un piccolo cactus da anni, ma in tutta onestà non saprei dire se sia vivo o morto. E ho due fioriere sulla finestra, ma in pratica sono diorami in miniatura di terra di nessuno».

«Neanche il minimo desiderio di trasferirsi in una piccola fattoria, quindi?»

«Nella maniera più assoluta. Mi ammazzerei al primo pomeriggio di pioggia. Il vicino verrebbe a portarmi uno stufato o un po' di aglio orsino e mi troverebbe stecchita».

«Sei una ragazza di città».

«Mah, non amo particolarmente neppure la città».

«Qui però non è così male, no?»

Fecero una pausa. Adesso il sentiero era più ampio e solido, il lago occhieggiava tra gli alberi, la fine dell'itinerario mattutino era ormai prossima. Se la giornata fosse stata più limpida, sarebbe stato uno spettacolo, ma anche così... «È questo» disse Marnie, «è questo il sublime?»

«Ti si ricolma il cuore di piacere?»

«È molto bello» disse lei e scattò una foto con il cellulare.

Dai promontori alla loro destra sentirono il suono di un corno, una nota crescente, assurda e strappalacrime, che aveva un che di Robin Hood. «Cos'è?» e quando si fermarono a guardare videro tre figure con la coppola che camminavano in cresta con i bastoni in mano. «Pastori? Pascolano le pecore?» Il corno suonò di nuovo e a quel punto ci fu una scena straordinaria.

Cani, un'intera muta, cinquanta o sessanta cani cominciarono a riversarsi al di qua della cresta. D'istinto Marnie provò il terrore dello sconfinamento tipico delle persone di città, come se la stessero braccando, e si aggrappò al braccio di Michael mentre i segugi si fiondavano verso di loro. Sessanta, settanta cani di ogni foggia e dimensione raggiunsero il sentiero, si riversarono in un torrente fino ad arrivare vicinissimi a loro, poi li superarono, indifferenti, seguiti giù per la collina da figure con fischietti e bastoni, nella mano di una donna un bel corno in ottone, piccolo, quasi un giocattolo. La valle era invasa dai cani, come se sbucassero da gallerie segrete, e Marnie non poté fare a meno di ridere, erano tantissimi, segugi, terrier e meticci, alcuni ispidi e battaglieri, altri lucenti, tutti terribilmente silenziosi mentre fluivano intorno alle loro gambe, esortati dai pastori che in quel momento li stavano a loro volta superando, sicuri e imperiosi con gli scarponi di pelle e i capi in tweed. Marnie restò immobile fin quando l'ultimo di un centinaio di cani non fu passato, poi lei e Michael si guardarono e scoppiarono a ridere. «Sul serio» disse Marnie, «la campagna è una cazzo di follia».

# Stegosauro

I sentieri diventarono mulattiere, i viottoli strade di paese con i pullman turistici parcheggiati davanti alle sale da tè. Michael temeva di perderla nei negozi di souvenir che vendevano pan di zenzero e cartoline con i narcisi, invece furono concordi nel proseguire. Troppi turisti, si dissero, senza avere la piena certezza di cosa li differenziasse da loro. Videro invece un pub, con i muri imbiancati e un'aria pittoresca. «Sete» gracchiò lei sfregandosi una mano sulla gola.

Dentro era buio e accogliente, scelsero tra cose con nomi tipo Goatherd's Moone, Olde Thumb e Foggie Moss. «A queste birre servirebbe un correttore di bozze» disse lei, picchiettando un dito sugli spillatori. Brindarono e bevvero, poi si accomodarono a un tavolo vicino al fuoco. Per un po' controllarono i cellulari e sorseggiarono la birra – nessuna novità da Natasha – finché i loro sguardi non si incrociarono. «Parlami del tuo lavoro» disse lui.

«Davvero? È noiosissimo».

«Non mi pare noioso, sei una correttrice di bozze».

«In realtà sono una editor, ma le due cose sono in parte sovrapponibili».

«Che differenza c'è?»

«Il correttore di bozze dice: "Hai scritto 'improvvisamente' con una sola V", mentre l'editor dice: "Perché non mettere 'all'improvviso'?". Poi ci sono anche altre cose, rientri, paragrafi, uniformità, ma in sostanza bisogna assicurarsi che l'autore dica ciò che intendeva dire».

«Come correggere i compiti».

«Sembra una palla, lo so».

«No, a me piace correggere i compiti. Sul serio. Aspetta un attimo» disse e andò a prendere il secondo giro di birre. Quando tornò, lei aveva estratto il portatile.

«Okay, non dovrei mostrartelo, ma...» Girò lo schermo verso di lui.

Michael passò in rassegna il documento. Il fuoco scoppiettava. «Wow» disse.

«Lo so!»

«Non è per niente come correggere i compiti».

«Lo spero bene».

«Non saprei da dove cominciare».

«Roba forte, eh? Provaci, dài. Sei mai stato in un club per scambisti a Hollywood?»

«Non... di recente».

«Allora, da profano, dimmi cosa vedi».

Michael diede una scorsa al testo. «Be', le virgole...»

«Le virgole sono il minore dei problemi».

«Qui c'è una T di troppo».

«Giusto».

«E non sono certo della logistica».

«Esatto, lei è seduta, ma lui d'un tratto è dietro di lei e...»

«Cioè, lui come fa a...?»

«Esatto».

«E poi non sono certo che questa cosa abbia senso».

«È abbastanza terrificante. Per non parlare della differenza tra accento e apostrofo. Non è difficile, si impara alle elementari, invece a inizio frase ha messo sempre *E'* anziché *È*. Un classico di chi non sa come si digitino le maiuscole accentate».

«Ripetizione di "sculaccia"?»

«Giusto».

«Penso che non farei nulla di tutto questo in un idromassaggio».

«È una questione di sicurezza più che linguistica, ma sono d'accordo».

«E ti capita mai, quando lavori a un testo del genere, di...?»

«Sentirmi coinvolta? No, sono un chirurgo, freddezza glaciale».

«Io invece devo ammettere» disse Michael «che sono abbastanza preso».

«Sapessi lui» commentò Marnie e chiuse il portatile. «Professor Bradshaw, ho l'impressione che uscirebbe del fumo se si allentasse il collo della maglia».

«Be', è l'effetto della birra» si giustificò lui e guardò il fondo del bicchiere. Alcuni dei momenti peggiori con Natasha erano stati dopo la seconda bottiglia di vino, quando l'alcol, anziché accendere la passione o scatenare l'ilarità, li rendeva scontrosi e polemici. Dopo che se n'era andata, si era ritrovato a incespicare sulle scale o a svegliarsi sul divano alle tre del mattino, confuso e derelitto. Adesso invece si sentiva come quando era giovane, addirittura studente, e si accorse che senza volerlo si era lasciato cullare verso il buonumore. Il fuoco era caldo, Marnie era meravigliosa nella luce arancione, gli occhi spalancati mentre con espressione diabolica proponeva un altro giro di birra. «Molto dissetante» proclamò alla fine della terza, ed entrambi scoppiarono a ridere.

Dopo la penombra del loro angolino, perfino una giornata nuvolosa come quella costrinse Michael a strizzare gli occhi, come se uscisse dal cinema in pieno giorno. «C'è un sacco di luce» commentò, scandendo fin troppo bene le parole, il che li fece di nuovo scoppiare a ridere. Più che la luce, fu la combinazione di aria fresca, attività fisica e alcol a produrre un effetto quasi allucinogeno, e adesso il Grisedale Pass sembrava qualcosa di preistorico, come se uno stegosauro potesse scivolare loro incontro lungo la cresta del Great Rigg. «Mi sta salendo la sbronza» ammise e Marnie gli si aggrappò al braccio.

«Anche a me! Sudiamola fuori. Chi arriva primo vince!» e cominciò a correre, lo zaino che ciondolava da una parte all'altra. «Sto facendo un provino per il SAS*!» urlò.

«Non credo che al SAS li chiamino così» disse Michael, ma dovettero fermarsi perché si stavano sbellicando troppo mentre lei faceva congetture su come potesse svolgersi un provino per il SAS. «Marcia notturna con zaino da quaranta chili, sigla di un programma televisivo e allenamento nella giungla. Danza jazz e poi ti fanno un culo così».

Improvvisarono un gioco in cui Michael enunciava nomi di elementi geografici guardando la cartina e Marnie doveva indovinare se fossero veri o inventati. Nethermost Pike! Catbells! Hoghouse Platter! Cold Kaller! Dollywagon! Craggy Crag! Furono raggiunti da altri escursionisti, una coppia di anziani canuti che li superò. «Buongiorno» disse l'uomo con un accento scozzese.

«Buongiorno» rispose Michael con la stessa cadenza e dopo una decina di metri lui e Marnie scoppiarono di nuovo a ridere. Era così che si sentivano i punk? «Siamo pessimi camminatori!» disse Michael.

«Davvero pessimi!» concordò Marnie e lui si rese conto di quanto lei gli piacesse, di quanto fosse felice che le loro strade si fossero incrociate, letteralmente incrociate! Se avesse bevuto la quarta birra, forse glielo avrebbe perfino confessato.

In parte era ubriaco, in parte fingeva di esserlo, un ragazzino che barcollava dopo un sorso di ginger ale, con la strana sensazione di essere sia in sé sia fuori di sé, di trovare tutto stupido, allegro e ilare, pen-

* Special Air Service, corpo speciale dell'esercito britannico (*N.d.T.*).

sando al tempo stesso: idiota, smettila subito. Sarebbe mai riuscito a vivere il primo stato d'animo senza il secondo, a smettere di autosorvegliarsi? *Farò finta di non aver visto. Metti via. Domani è lunga.* Forse un'altra birra avrebbe messo a tacere quella voce. Forse, arrivati in hotel, sarebbero dovuti andare dritti al bar. Dopotutto erano in vacanza. Forse Marnie avrebbe addirittura potuto restare un altro giorno o due.

Che idea ridicola. Al Grisedale Tarn, costeggiarono la riva. «Forse dovremmo fare una nuotata» suggerì Michael, «per smaltire la sbornia» e con i polpastrelli sondarono l'acqua nera ghiacciata.

«Credo che mi ucciderebbe» rispose lei.

«Oppure ti fortificherebbe» replicò lui.

«No, mi ucciderebbe e basta. Ma tu vai, mettiti pure k.o.»

«Non oggi. Però prima della fine del trekking una nuotata la facciamo» disse, se non che lei sarebbe tornata a casa il giorno dopo, quindi che possibilità c'erano?

Ripresero a camminare. Se fosse stato solo e sobrio, Michael si sarebbe inerpicato su un rilievo – il St Sunday Crag o addirittura l'Helvellyn, insieme alle orde di turisti, i Madame Tussauds delle montagne – ma Marnie si stava visibilmente spegnendo. «Non vedo hotel».

«Due ore» annunciò lui e lei gemette. «Okay, ti svelo un segreto. Penso di conoscerti abbastanza bene ormai».

«Ooh, la cosa si fa interessante» disse lei, punzecchiandolo con un dito.

«Lo è, ma dobbiamo sederci». Trovarono due massi, posti l'uno di fronte all'altro sui due lati del sentiero stretto, e lui aprì lo zaino. «Questo ti ridarà le energie».

«Sono metanfetamine?»

«No, meglio» rispose e cominciò a rovistare oltre lo strato superiore finché non trovò... «Calze pulite».

«Ah. Non sono sicura che siano meglio».

«Fidati, cambia le calze. È come avere un paio di piedi nuovi».

Marnie soffiò in alto dirigendo l'aria verso la fronte e cercò con la mano il proprio zaino. «Non posso fingere di non essere un po' delusa».

«Prova. Credo che ti piacerà».

Cominciarono a slacciarsi gli scarponi come se si preparassero ad andare a letto, e c'era un che di provocante nei piedi esposti alla luce del giorno. «Ma tu guarda» disse Marnie. «Un'occhiata dietro le quinte. I piedi degli uomini sono assurdi, no? Delle fette gigantesche».

«Sono piedi normalissimi».

«Non mi meraviglia che i feticisti dei piedi siano sempre uomini etero. Ma guardati, con quegli enormi piedi sbatacchianti da yeti, guarda i peli sulle dita».

«Be', senti chi parla».

«Ah, lo so che fanno schifo» e allungò le gambe al di là del sentiero, appoggiando i piedi nudi – uno e uno due – sulle ginocchia di lui. «Il tipo del negozio mi ha fatto giurare che mi sarei tagliata le unghie, ma guarda lì, guarda quel dito peloso, neanche Rasputin».

Michael guardò. I piedi di Marnie erano pallidi e umidi, infiammati sulle nocche, con pochi residui ancora visibili di smalto rosso scheggiato. «Sembrano zampe di maiale sottovuoto» disse lei, eppure Michael si rese conto di avere tantissima voglia di afferrarli – uno per mano – e tenerli stretti, i pollici pressati sugli archi plantari. Passò qualche istante. Marnie ritrasse i piedi ed entrambi cominciarono a infilarsi le calze pulite.

«Posso farti una domanda?» disse lei. «Come fai a viaggiare così leggero per un trekking di dieci giorni?»

«Ho paura di dirtelo».

«Niente mi scandalizza».

«D'accordo. Tre paia di pantaloni, tre paia di calze

e ogni sera lavo nel lavandino quello che ho usato. A rotazione».

Lei scosse la testa, pensierosa. «Okay. Okay».

«Ti ho scandalizzata?»

«No, è solo che... Perché mi fa sentire così triste? Una tristezza profonda e primordiale».

Lui rise. «In effetti c'è un che di squallido».

«È il concetto di "lavare a rotazione"».

«Sai, la vita on the road».

«Un po' come Jack Reacher».

«Anche lui fa così?»

«Per motivi diversi. Lui è un giustiziere ex militare, tu un membro dell'Associazione Escursionisti».

«*Ex* membro».

«Hai ucciso qualcuno pure tu?»

«Sei simpatica, intanto tra i due quello con lo zaino più leggero sono io, perciò chi ride adesso?»

«Hai ragione. Ho dodici paia di pantaloni qui dentro, per tre notti».

«Perché?»

«Non lo so. Forse temevo di cagarmi addosso quattro volte al giorno».

«È mai successo?»

«Mai più, dopo la luna di miele». Adesso indossavano di nuovo gli scarponi. Lei si alzò e piegò le ginocchia, ballonzolando guardinga sui piedi, quasi a testarli. «È un miracolo!»

Ripartirono e mentre scendevano nella valle successiva il blocco di nuvole cominciò a sfaldarsi in lastre più piccole, lasciando intravedere il primo accenno di azzurro da giorni, e Michael e Marnie iniziarono a sentirsi parte di una processione tutta loro, come se all'arrivo potesse esserci una folla festante ad attenderli.

# Il salmone del matrimonio

Sotto le nuvole che si separavano rivelando un cielo azzurro, Marnie si chiese dove avesse già visto quell'effetto, e si rese conto che era la sigla iniziale dei *Simpson*. Non volendo risultare troppo burlona, si limitò a commentare: «Ecco perché si dice "azzurro cielo"», ragion per cui era lecito presumere che non fosse ancora sobria.

Dopo un po': «Non è successo davvero durante la luna di miele» precisò. «Era una battuta».

«Buono a sapersi».

«Cioè, tutto il resto è andato male, ma quello almeno no».

«Cos'è che è andato male?» chiese Michael.

«Si fa prima a dire cos'è andato bene. Non so, è stato tutto un gigantesco errore».

«La luna di miele o il matrimonio?»

«Entrambi».

«Non devi parlarne se non...»

«Oh, nessun problema. Il mio principale ricordo della luna di miele, e anche del matrimonio, è che continuavo a pensare: pessima idea. Lo sapeva pure lui, lo sapevamo entrambi, solo che non riuscivamo ad ammetterlo, specie dopo aver speso tutti quei soldi. Perfino in luna di miele, era tutta una telecronaca su quanto costasse ogni cosa, come se ci fosse un contatore. Lui aveva studiato ragioneria, anche se gli piaceva chiamarla "economia", perciò era bravo con i calcoli. Per toglierci uno sfizio abbiamo volato in Premium Economy e sapevo quanto ci era costato ogni centimetro di spazio per le gambe, quante sterline avevamo pagato per ogni miglio nautico. Abbiamo preso un cocktail al Rainbow Room, abbiamo brindato e lui ha detto: "Sono tre sterline al sorso. Salute!" Poi abbiamo avuto una lite furibonda per stabilire se gli hamburger fossero tecnicamente un tipo di sandwich, perciò è stato romantico passeggiare nella Fifth Avenue con uno che strillava: "Definisci cos'è un sandwich! Definisci cos'è un sandwich!"»

«Gli hamburger non sono sandwich».

«Esatto, grazie, Michael! Comunque».

«Quanto siete stati insieme?»

«Sposati quasi tre anni, più di una condanna per omicidio colposo. Ma stavamo insieme già da tre anni».

«E dove vi siete conosciuti?»

«Al lavoro. Quando ancora frequentavo un ufficio. Hai presente i cartelloni giganti alle rotonde e nelle stazioni ferroviarie? Vendevamo quelli. Ci sono finita durante uno stage, come receptionist, e mi hanno chiesto di rimanere. Era un bel posto. Colleghi carini. Neil, il mio ex, si atteggiava un po' alla Don Draper. Interpretava quel ruolo. Completi eleganti, a volte un gilerino, sempre molto curato, sicuro di sé, sempre a parlare di pranzi con i clienti, di quello che la giusta posizione poteva fare per le loro aziende. Non riusciva a passare davanti a un cartellone senza dirti visualizzazioni al giorno e costo, senza decantare le meraviglie del digitale rispetto al cartaceo. Se capitavamo in Piccadilly Circus, ti giuro che ti veniva voglia di buttarti sotto il 38. Non dovrei essere così cattiva. L'ho sposato e, sì, ci siamo anche divertiti all'inizio».

«Era...?»

«Bello? Sì, ma di una bellezza dozzinale, il membro più sfigato di una boy band. Era appariscente e sicuro di sé, più snob di me, più grande di otto anni, ed era piacevole lasciarsi... Non so, trascinare, almeno all'inizio. Pensavo: perché io? Perché non scegliere una donna più sicura di sé, più sexy, più sfrontata? Mi sembrava romantico chiederlo a lui, ma poi ho scoperto che si faceva esattamente la stessa domanda. "In effetti, non hai tutti i torti"».

«Quindi come ci siete finiti insieme?»

«Be', lui flirtava, ogni mattina si sedeva sulla mia scrivania, cose molto becere, Bond e Moneypenny, di un viscidume assoluto. E a volte andavamo a pranzo insieme. Era emozionante. È stato il primo uomo che abbia mai visto mangiare sushi, era il 2006, ed ero... sbalordita. Credo che nella sua testa mi stesse educando, non in senso culturale, ma insomma, alla maniera dell'uomo di mondo secondo le riviste maschili di bassa lega, espresso, martini, poker, biglietti per *Stomp*, il glamour, insomma. C'era una tizia delle risorse umane che gli moriva dietro, e che mi odiava, ma proprio mi odiava, una vera bulla che mi mandava messaggi di notte, criticava il mio lavoro, e lui flirtava anche con lei, flirtava con tutte, ma poi siamo andati a questo team building nelle Cotswolds e ci sono finita a letto, di nascosto, sgattaiolando nella sua camera. È così che è iniziata. E, sai, era emozionante per me essere la prescelta, il che non equivale del tutto all'amore, ma è uno degli elementi che lo compongono. Vuole me! Il primo anno è stato eccitante, baciarsi nel ripostiglio e in ascensore, fingere di salutarsi a fine giornata per poi vedersi fuori, roba alla Romeo e Giulietta. Era quella la parte migliore, noi contro il mondo. E anche il sesso, direi, un sacco di sesso, perdona la sfacciataggine».

«Nessun problema».

«Cioè, facevamo *tutto*. Intendo tutte e tre le cose».

«Tutte e tre?» chiese lui e Marnie a quel punto si esibì in una serie di gesti, una specie di *jive* osceno con le mani. «Chiaro» disse Michael. «Tutte e tre».

«Non credo nemmeno che stessimo violando qualche regola, ma pensavamo che fosse meglio così. Cioè, lui lo pensava. "Meglio non raccontarlo in giro". Ma poi qualcuno ha spifferato qualcosa a qualcun altro, la cosa è diventata di dominio pubblico e per me è stato l'inizio di un incubo. La tipa, quella delle risorse umane, era furiosa, *furiosa*, mi addossava colpe, mi ignorava, buttava lì che forse sarei stata più felice altrove, e lui ancora ci flirtava. Così ho cominciato a sentirmi molto triste, non dormivo, ero depressa, e allora ho capito che serviva un cambiamento. Non ero laureata, ma leggevo tanto e veloce, era la parte migliore della giornata, leggevo sul treno, due o tre libri a settimana, ed ero molto brava a sistemare i testi delle campagne, le lettere e il materiale pubblicitario, più dei miei capi. Così nel tempo libero ho frequentato un corso, dopodiché ho scritto a uno stuolo di case editrici e redattori e ho ottenuto qualche lavoro di prova. E alla fine mi sono licenziata. Per diventare freelance».

«E nel frattempo...»

«Uscivamo. Lui era carino. Mi incoraggiava, in parte – mi rendo conto ora – perché voleva che me ne andassi dall'ufficio, ma per un po' siamo stati felici. Siamo andati a convivere. Abbiamo comprato un sacco di mobili a poco prezzo, una macchinetta per l'espresso, e quando le nostre vite erano troppo aggrovigliate, mi ha fatto la proposta di matrimonio. Lì avrei dovuto fermarmi, sul serio, perché nessuno era contento, e intendo nessuno, non davvero. Era come se stessimo annunciando, che so, di voler avviare un allevamento di cammelli, tutti si rabbuiavano e al tempo stesso sorridevano, dicendo: "Buon per voi", ma si capiva che in realtà pensavano: porca puttana, un allevamento di cammelli, che idea del cazzo. L'unica a dirmi in faccia di non farlo è stata Cleo. L'ha sempre odiato, pensava che fosse pacchiano, un seduttore nemmeno così seducente con i suoi gilerini. È venuta da noi una volta, solo una volta, e all'ingresso avevamo una grande locandina di *Moonraker* esposta in una cornice costosissima, lei mi ha guardato e i suoi occhi dicevano: fai le valigie e scappa. Aveva ragione, ovvio, Cleo ha sempre ragione, come sai.

«Per me era una forma di ribellione, per quanto assurda. Cleo continuava a dire: "Non c'è bisogno che ti sposi, aspetta", ma avevo venticinque anni, non era così insolito, tutta quella storia di aspettare i trentacinque mi sembrava un po'... snob. E io non ero una con molte potenzialità, ma lui sì, le cose andavano bene. Ai miei genitori piaceva, perlomeno a mia madre. I suoi pensavano che stesse sposando la donna di servizio, ma non l'hanno mai detto. Si parlava di figli entro un anno o due, lui voleva diventare padre, aveva fantasie paterne, pensava che i figli gli avrebbero fatto mettere la testa a posto. Perché aspettare?

«Ma credo che già lo sapessi. E il giorno delle nozze è stata dura. Cioè, avrei adorato che mi mollasse all'altare. Miss Havisham, sarebbe stato un sogno. La cerimonia è stata orribile – il gelo in quella sala – e i discorsi pure. Il testimone di lui ha raccontato una storia terrificante, lunghissima, su quella volta in cui Neil si è pisciato addosso durante un'assemblea alle medie. Silenzio-di-tomba. Poi mio marito si è alzato e ha detto qualcosa anche lui su quella storia, che pisciarsi addosso era stata la cosa più clamorosa che gli fosse mai successa, che nella vita aveva fatto due cose, pisciarsi addosso e sposarsi, poi ha cominciato a blaterare su quanto fosse costato il matrimonio. Scherzando, ma anche no. E non per sembrare un'egoriferita, ma era il *mio* matrimonio, pensavo che almeno una particina l'avrei avuta. Un cameo, ecco. Abbiamo dovuto anticipare il taglio della torta perché tutti se ne stavano andando, non vedevano l'ora di svignarsela. Al primo ballo era rimasta una decina di persone, giuro. Il testimone ha dovuto dire ai camerieri di smetterla di impilare le sedie almeno finché non fosse finita la canzone. Sposa rossa per l'imbarazzo? Ero mortificata. E la quantità di salmone avanzato! Neil ha deciso che dovevamo insacchettarlo, portarcelo a casa e metterlo nel freezer. So che è tradizione conservare una fetta della torta, ma non il piatto principale. Abbiamo vissuto di quello per anni, neanche fossimo in un rifugio antiatomico. Cosa c'è per cena? Ah, ottimo, il salmone del matrimonio. Ehi, carina quella montagna. Come si chiama?»

«Helvellyn».

«Ah. È lei. Con quella spruzzata di neve in cima, che bella immagine, funziona. Le montagne sono femmine, vero, al di là del genere grammaticale?»

«Penso di sì. Montagne, barche e fiumi per me sono femmine».

«È bella per l'età che ha. Che sarebbe...?»

«Più o meno cinquecento milioni di anni. Ma la luna di miele?»

«Ah, la luna di miele. Penso sia lì che abbiamo realizzato. Era una fatica cercare di mantenere alto l'umore di Neil, di mantenere la leggerezza, la passione, si sentiva proprio l'entusiasmo che... scemava. Siamo andati a vedere la Statua della Libertà e ha detto che se l'aspettava più grande, idem per l'Empire State Building, idem per la camera dell'hotel, idem per il matrimonio.

«Comunque ci abbiamo provato, ma lui continuava a rimandare i figli, il che era sospetto, ed era come se... Sai quando guardi un film che non ti piace, e non piace nemmeno all'altra persona, ma ormai avete pagato il noleggio, siete già a metà, volete vedere come va a finire, senza contare che non c'è altro in tv. Ma, davvero, aspetti solo che qualcuno dica: "Possiamo stopparlo? Fa pena". Eppure nessuno dei due stoppava. Ci sono persone che restano così per tutta la vita. Sperando che la situazione si risollevi, che arrivi la parte bella. Siamo stati fortunati da quel punto di vista. Sarebbe potuta durare molto più a lungo».

«Invece vi siete allontanati».

«Be', "allontanati" non è la parola esatta. Si scopava Miss Risorse Umane, perciò se non si fosse "allontanato" nel letto di quella...»

«Ah. Okay. È stato lui a...»

«Sì».

«Come lo hai scoperto?»

«Ah, me l'ha detto lei. Non poteva lasciarsi sfuggire l'occasione. Mi ha mandato un messaggio come se mi avvisasse di una festa a sorpresa in sala ristoro. *Ciao Marnie, come stai? Ti scrivo giusto per allertarti*».

«Mi spiace».

«Oh, non importa. Adesso ci rido su. Guarda!» Mostrò i denti. «Lei ci ha guadagnato i biglietti per *Stomp*, io qualche aneddoto da raccontare. Una conoscenza enciclopedica dei film di James Bond. Forse due anni buoni, e meno della metà dell'appartamento. Mi deve ancora quindicimila sterline, il bastardo».

«Be', fattele ridare».

«È quello che dice sempre anche Cleo. Penso che nella testa di Neil sia un po' come se avessi disdetto senza preavviso, quindi si è tenuto la caparra. Comunque. Tutti i miei amici sono stati molto carini, "Stai meglio senza", "Peggio per lui", eccetera. "Sei forte, amica!" E ovviamente, mentre noi divorziavamo, tutti gli altri cominciavano a sposarsi. Era come se fossi appena scesa da un giro terrificante sulle montagne russe, coperta di vomito, e dicessi al mondo: "Non fatelo, è orribile!", e tutti rispondessero: "Ma no, andrà bene, per noi sarà diverso, ciao, ci vediamo". E nella maggior parte dei casi avevano ragione. Non li vedo quasi più. Insomma. Beati loro, mi viene da dire».

«E ti sei mai pentita...?»

«Continua».

«Di non aver avuto figli?»

«Con lui? Con lui no, ma... Sto per dire una cosa forte. Ti rivelerò i miei sentimenti più intimi...» Esitò. «Quello che penso adesso, credo, e vorrei che tenessi presente che ho bevuto una o due birre, è che mi sarebbe piaciuto amare qualcuno. Ed essere ricambiata, per un certo periodo, in quella fase della vita in cui ne hai un sacco. Di amore, non di salmone. Penso che sarei stata brava. Ecco cosa volevo, e ci ho provato, sul serio. Ma lui non era... Non so, stavo per dire "il giusto oggetto del mio amore", ma era un oggetto e basta. È stato un cattivo investimento. Avrei dovuto riversarlo altrove, il mio amore».

«Magari lo farai».

«Be', ormai ho dato. Sono troppo stanca, troppo vecchia. Io e l'Helvellyn. Una relazione, in questa fase della vita, è come iniziare a leggere un libro da metà. Proporsi a un estraneo, non per come sei davvero – perché altrimenti chi ti vorrebbe? – ma per come pensi che potresti piacere a lui, pensare a cosa dire, cosa mettersi, come si muove la tua faccia. In tutta onestà, il disagio è tale che potrei esserne risucchiata, come un buco nero che si autoinghiotte. E chi lo vuole un appuntamento con un buco nero?»

«Come fareste a dividere il conto?»

«Dopo esserci mangiati tutto».

«Spero che adesso non ti senta così».

«No, ma è diverso, stiamo solo chiacchierando. Ma laggiù...» Indicò dove pensava che potesse trovarsi Londra. «Perché sottoporsi a una simile tortura? Sono felicissima da sola. Faccio quello che mi pare, guardo la tv, mangio, leggo, ascolto quello che mi pare, dormo. Ora. Possiamo virare su tutt'altro argomento?»

«Solo se vuoi».

«Voglio. Ecco la mia domanda: quanto manca?»

«Ci siamo quasi! Un quarto d'ora».

«Ah. Davvero? Avrei potuto camminare anche oltre».

«Lo vedi? Calze nuove».

«Calze nuove. Con la partecipazione straordinaria del suono della mia voce. Adesso raccontami tu della tua genesi. Per vendetta. Cos'è successo tra te e...?»

«Natasha? Per rispondere dovrei scrivere un saggio breve».

«Magari un'altra volta».

«Magari a cena. Ceniamo insieme, quando arriviamo in hotel?»

«Certo. Volentieri».

«Smaltiamo la sbornia e ricominciamo a bere».

Così camminarono nella valle boscosa, con gli ultimi brandelli di nuvole che si sfilacciavano e si dissolvevano come la condensa su uno specchio. Le storie che raccontiamo su noi stessi non sono mai neutre: sono plasmate e strutturate per fare una certa impressione, e Marnie sperava di non aver esagerato con la negatività. Ma era stupita che ricordare la tristezza non l'avesse intristita. Anzi, era vero il contrario, e anche se più tardi, da sobria, avrebbe potuto pentirsi di essersi esposta così tanto, era felice di abitare nel piacevole stordimento pomeridiano, la bassa luce primaverile, i vari uccelli che davano il la alla sessione serale in quella che per lei era ancora l'ora di punta. Per il momento provava un senso di soddisfazione, non per aver parlato, ma per essere stata ascoltata.

E quello stato d'animo proseguì finché, nel vialetto del grand hotel sulle rive dell'Ullswater, non successe una cosa strana.

Si erano fermati per un attimo al cancello e lui l'aveva presa con delicatezza dal braccio in modo che fossero l'uno di fronte all'altra. «Posso...?» esordì, e buttò fuori l'aria quasi esasperato. «È dalla prima volta che ti ho vista in stazione che volevo farlo», poi le mise le mani sulle spalle e la tirò a sé, lei d'istinto chiuse gli occhi, sollevò il mento e inclinò la testa di lato.

# Hôtel du Lac

«Posso? È dalla prima volta che ti ho vista in stazione che volevo farlo» disse Michael e iniziò a regolarle gli spallacci. «Stavo impazzendo. Prima di tutto ti sbilancia, se penzola libero così...»

Perché Marnie aveva chiuso gli occhi?

«... E poi il peso deve stare sui fianchi, non sulle spalle».

E adesso aggrottava le sopracciglia, perché aggrottava le sopracciglia?

«Permetti?» chiese Michael, lei si umettò le labbra e annuì, lui sganciò la fibbia di plastica sulla clavicola e la avvicinò all'altra fibbia in vita, tirando la cinghia. «Un po' tardi, a fine giornata, ma... Ecco. Che te ne pare?»

Anche il sorriso di Marnie sembrava tirato. «Molto meglio!» Fece roteare le spalle. «È un po' come quando il reggiseno ti calza alla perfezione» disse, cosa strana da dire, ma forse erano entrambi ancora brilli.

Camminarono fianco a fianco sul vialetto inghiaiato, impettiti, come adolescenti che si accingono a entrare in una discoteca. L'hotel era un edificio degli anni Venti con la facciata piatta, tinteggiato di un lussuoso bianco crema e corredato da un rigoglioso prato verde che si srotolava fino alla riva dell'Ullswater. Pontile di legno, raffinati mobili da giardino, addirittura un cavalletto di fronte al lago e una donna china, con un ampio abito bianco scivolato e un cappellino, intenta a picchiettare sulla tela.

«Che posto chic» commentò Michael, consapevole adesso dei propri pantaloni inzaccherati, della bocca impastata di birra, del sale e del sudore che gli tiravano la pelle.

«Anche troppo per noi» convenne lei. «Ci chiederanno di dormire nel gazebo».

Più che chic era romantico, ma in un modo bizzarro, un hotel da luna di miele o fuga d'amore per coppie neonate. «Non ti girare» disse Marnie, «credo che ci sia un membro del Bloomsbury Group». La donna al cavalletto stava sventolando il pennello a mo' di saluto, e quando Michael sventolò il braccio per risponderle sentì l'odore delle sue stesse ascelle.

«In effetti puzzo».

«Sarebbe divertente andare lì a sbirciare il quadro e scoprire che è solo un enorme pene con le palle».

«Birra e sudore. Credo proprio che non ci faranno entrare».

«Cosa abbiamo in meno rispetto ai ricconi?» obiettò Marnie. «E comunque le camere sono già pagate».

«Dobbiamo mangiare qui?»

«Be', io non ho intenzione di muovermi. Ma se vuoi cenare da solo...»

Voleva? «No, figurati, ceniamo insieme. Mi fa piacere».

«Anche a me».

Aspettarono alla reception: boiserie in rovere, parquet, un solitario giglio bianco in una beuta. *Smooth Operator* di Sade sussurrata in filodiffusione. D'un tratto Michael alzò un dito. «Hai sentito?»

«Cosa?»

«Sade. Ha appena cantato "*coast to coast*"!»

«Ma va'».

«Ti dico di sì. Nel ritornello» e accennò la melodia.

«*Smooth Operator* non è una canzone sull'escursionismo».

«Lo so!»

«Lei intende da Los Angeles a Chicago».

«Okay, ma intanto vorrei puntualizzare che Chicago non è su una costa marittima».

«È una tappa tra Los Angeles e Key Largo. Comunque puoi dirglielo tu stesso».

La receptionist, capelli tiratissimi all'indietro, fluttuò verso di loro con una camicia rosa-oro e pantaloni marrone chiaro a vita alta. «Posso esservi utile?»

«Abbiamo una prenotazione».

«Certo. Nome?»

«Walsh».

«E Bradshaw».

«Due camere».

Marnie era nella Shelley, Michael nella Keats. «Sono l'una di fronte all'altra» spiegò la receptionist con aria allusiva, poi parlò loro del bar e della biblioteca, della terrazza dove veniva servito il tè, della brochure con le passeggiate romantiche e dell'elenco dei trattamenti benessere viso e corpo, che potevano essere svolti da soli o in coppia. La password del wi-fi era romanticwordsworth, tutto minuscolo.

Salirono l'ampia scala di legno, Marnie intanto leggeva la brochure. «Massaggio con pietre calde?»

«Almeno saprei riconoscere le pietre».

«Già. Tipo... Ma quello non è il mio vecchio amico basalto?»

Nel corridoio si ritrovarono sui due lati opposti, con gli zaini che strusciavano l'uno contro l'altro. «Pronto?» disse Marnie e aprirono le porte in contemporanea. La Keats era anche peggio di come Michael se l'era immaginata: letto a baldacchino, fiori freschi dal profumo opprimente e carta da parati scura con texture vellutata, come se arredi e suppellettili tramassero tutti insieme un grande atto di seduzione. Forse era l'ultimo scherzetto di Cleo. Forse se Conrad fosse rimasto, se la triatleta Tessa avesse rispettato i piani...

«Fammi vedere la tua». Marnie si intrufolò nella camera di Michael. «Che monnezza. Dove affaccia?»

«Sulle montagne».

«Io ho il lago».

«Vuoi le montagne?»

«No, mi accontenterò».

«Letto a baldacchino?»

«Oh, sì. E vasca gigante con poggiatesta su entrambi i lati. Davvero, se mai ci risposassimo...»

«Sappiamo dove venire» concluse lui e cadde il silenzio.

«Ottimo! Allora. Sono le cinque. Facciamo ognuno le sue cose? Io lavoro un po', ci vediamo giù alle sette e mezzo?»

«Va bene» rispose lui e Marnie, in maniera un po' goffa, gli tirò un pugnetto sulla spalla.

«Oggi. È stato divertente» e sparì.

La mente di Michael si era incagliata su *Smooth Operator*, canticchiava a ritmo di bossa nova mentre toglieva gli scarponi, il testo storpiato per citare diversi itinerari inglesi a lungo raggio. *Coast to Coast, partenza in Cumbria / Pennine Way / Su per lo Yorkshire fino al Northumberland / Io ci andrei.* L'acqua calda rombava nell'immensa vasca in rame con le pareti alte, lui intanto cercava di dare un nome al proprio comportamento, e fu costretto ad ammettere che stava flirtando. In genere la frivolezza non gli apparteneva, ma che male c'era? Dio solo sapeva da quanto non gli capitava. Esaminò i set di cortesia e con un gesto plateale da chef versò nell'acqua corrente il bagnoschiuma al pepe nero e rosmarino. Entrò, si tappò il naso e si immerse con tutta la testa.

Adesso che era più sobrio, ripensò alla loro conversazione. Non era un esperto di natura umana, ma sapeva che a volte l'umorismo nascondeva un dolore profondo, e sperava di aver reagito in maniera appropriata ed empatica, anche solo ascoltando. Il punto era che Marnie si era confidata, che quelle confidenze erano una specie di dono, e che lui probabilmente avrebbe dovuto offrirle qualcosa in cambio. Magari gli avrebbe fatto bene parlare con una persona che gli piaceva di quegli ultimi anni difficili, ma gli sarebbero servite un'altra birra e luci soffuse. La filosofia «un'unica camicia» era valida per i viaggi in solitaria, e a Patterdale non c'erano negozi di abbigliamento. Forse sarebbe bastato stirarla e indossarla con le maniche srotolate, o metterci sopra la felpa verde oliva. Forse Marnie non se ne sarebbe accorta se fosse stata una cena a lume di candela.

L'acqua cominciava a essere fredda. Michael considerò l'ipotesi di masturbarsi, ma temeva che la vasca in rame con le pareti alte potesse creare un effetto rimbombo simile a quello delle possenti campane antiche, il gomito un batacchio, *don, don, don,* l'eco che si diffondeva in tutta la valle e i contadini che scorrazzavano nei campi come se andasse a fuoco un fienile. Si sarebbe trattenuto, metti caso, ma metti caso cosa?

La vasca da bagno era in rame battuto con le pareti alte, larga e imponente come l'Arca dell'Alleanza, e concepita senza dubbio per due. In assenza del secondo corpo, Marnie era costretta a tenersi a galla premendo le ginocchia contro le pareti – una specie di spazzacamino che cerca di non ruzzolare giù per la canna fumaria – e intanto faceva del proprio meglio per non bagnare il cellulare mentre messaggiava con Cleo.

*Com'è l'hotel?*

*Ridicolo. Grazie.*

*Quando sei arrivata?*

*Adesso. Ho camminato!*

*! Con M?*

*Sì*

Poi, per cambiare argomento, scrisse:

*Deve costare un casino qui. Quanto ti devo?*

*Niente. Lunedì in bassa stagione. Offre la casa.*

Doveva insistere? Decise di no, e scrisse:

*Grazie*

Dopodiché lanciò il cellulare su un asciugamano. Smaltita la sbornia, ecco che arrivava il disagio. Era contenta di essere riuscita a metter su un teatrino, ma era pur sempre un teatrino e qualora le fosse stata consegnata – Dio non voglia – la trascrizione del suo racconto, la revisione avrebbe richiesto una caterva di inserimenti ed eliminazioni, correzioni e chiarimenti.

I fatti erano perlopiù fondati, ma nulla di quel resoconto superficiale e raffazzonato lasciava trapelare il dolore di fingere che il giorno delle nozze fosse stato il più bello della sua vita, laddove quel matrimonio non era altro che uno sbaglio. Non aveva mentito se non sulla cosa più importante: come l'aveva vissuta lei, tutta quella storia.

Poi c'erano le omissioni. Dio solo sapeva quanto poco gliene fregasse della figura che ci faceva Neil, anzi, era stata fin troppo gentile a sorvolare sulla cattiveria, sui commenti taglienti, sul suo continuo sminuirla. Ma non aveva neanche parlato dell'amore che un tempo provava per lui, né della scintilla sessuale che era stata molto tangibile, addirittura inebriante. Non aveva accennato nemmeno a come quell'aspetto si fosse guastato, tanto che Neil sembrava respingerla proprio per ciò che un tempo desiderava in lei, la speranza di metter su famiglia che stagnava e si affievoliva, il sesso che spariva insieme a quella speranza, idem la sua autostima nella sfera sessuale. Erano passati sei anni, da allora.

In parallelo alla realtà del matrimonio, esisteva una versione fantasma della sua vita dai venti ai trent'anni in cui era stata più ambiziosa, aveva studiato, viaggiato, corso dei rischi, detto di sì. Quando pensava alla Marnie dell'epoca – cosa che forse le succedeva un po' troppo di frequente – provava poca compassione e molta rabbia, come se battesse i pugni contro una spessa parete di vetro. Ma d'altro canto parlare con schiettezza di rimpianti e umiliazioni del genere con uno che conosceva a malapena sarebbe stato orribile, atroce, come piangere in un supermercato. Nessuno voleva sorbirsi tanta schiettezza durante un trekking pomeridiano, ma trasformare il tutto in aneddoti triti e ritriti non era certo meglio.

Adesso sentiva di non essere stata onesta. Solo una frase era nuova. *Mi sarebbe piaciuto amare qualcuno.*

Sembrava presuntuoso dichiarare che avevi qualcosa da dare, eppure era la cosa più vera che avesse detto, nonché la più imbarazzante. La sua nota a margine sulla trascrizione sarebbe stata: *Troppo?* Ora che era sobria, quella dichiarazione le provocò un sonoro rantolo. «*Glah*» disse, staccò le ginocchia dalle pareti della vasca, si lasciò scivolare sotto il pelo dell'acqua e lì, nelle profondità sottomarine, sentì di nuovo la vibrazione del cellulare. Una chiosa di Cleo:

*Approfittane, tu che puoi. Buon divertimento! :)*

Sembrava un monito. Domani si torna a casa, fine della pacchia. Emerse dall'acqua, oltrepassò la parete della vasca come se stesse scavalcando uno steccato, si asciugò e colse il proprio riflesso nello specchio a figura intera, contrasse alcuni muscoli e si ispezionò, fronte, lato e retro, spingendo il petto in fuori, protendendo un po' le labbra. Era velleitario pensare che tre giorni di attività fisica avessero cambiato qualcosa, eppure – sarà stato l'effetto della morbida luce del crepuscolo – non le importava nulla del suo aspetto, rosea e detersa come una cartolina impressionista che aveva un tempo, una donna che si asciugava dopo il bagno. Se fosse stata in grado di replicare quella precisa illuminazione e portarsela dietro, magari avrebbe risolto il problema. O forse doveva bussare alla porta di Michael. *Ehi, guarda qua.* Invece si mise l'accappatoio e andò alla finestra. *Approfittane, tu che puoi,* aveva scritto Cleo, quindi guardò il lago con molta, moltissima intensità.

Stese sul letto il più glamour dei suoi tre abiti, una manica piegata in corrispondenza del gomito, le scarpe sul pavimento, quasi a valutare l'aspetto che avrebbe avuto se fosse stata investita da un rullo compressore mentre andava a un appuntamento. Non che quello fosse un appuntamento. Il bagno l'aveva stordita, si accasciò vicino all'abito vuoto e aprì il portatile.

Aveva un'ora per lavorare, ma sembrava che i caratteri si fossero trasformati in *wingdings.* Allora controllò online il menu del ristorante e decise cosa avrebbe ordinato. Un buon vino, una piacevole conversazione, una zuppa di gamberi, qualcosa *au jus.* Il baldacchino assunse le sembianze accoglienti di una tana costruita sotto un tavolo da un bambino. Marnie impostò la sveglia del cellulare in modo che suonasse di lì a venti minuti e lo lasciò cadere vicino alla testa. Venne inghiottito da un crepaccio nella catena montuosa di cuscini, mentre lei scivolava in un sonno profondo che sarebbe durato quasi tre ore.

# Di proprietà del modello

Armato di libro, Michael scese in anticipo e si sedette su una panchina lungo l'Ullswater. Sapeva che la camera di Marnie dava sul lago, quindi c'era una certa teatralità nel suo lisciarsi la barba mentre gli occhi sfioravano a malapena la pagina. Molti anni prima, quando era appena arrivato a scuola, si era premurato di farsi vedere nell'aula docenti mentre leggeva, titoli tratti dal programma di Natasha, Orwell e Steinbeck sfoggiati ad arte, perché senz'altro un'insegnante di inglese voleva chiacchierare di quello nel tempo libero, totalitarismo e alfalfa di *Uomini e topi*.

Comunque aveva funzionato, aveva fatto colpo, e ora eccolo di nuovo con le gambe accavallate ad atteggiarsi con un libro. Davvero puerile, quella profondità d'animo ostentata, ma era una sera magnifica e quella sarebbe stata la sua ultima notte nel Lake District. Presto avrebbe attraversato il grande altopiano del Westmorland da solo, e se l'era guadagnata quell'opportunità di passeggiare lungo la riva meditabondo, il libro sottobraccio, le mani dietro la schiena, come se presentasse un documentario sulla Guerra delle due rose.

Alle sette e mezzo rientrò, le portefinestre aperte sulla sera ancora luminosa. Aveva pulito gli scarponi e abbassato i risvolti dei pantaloni, ma anche così si sentiva borioso e sopra le righe mentre accedeva a passi pesanti nella sala ristorante. Gli si avvicinò un cameriere, tutto vestito di nero, magro e affusolato come un'anguilla, e lui d'un tratto ebbe l'impressione di trovarsi a un checkpoint mentre cercava di attraversare una frontiera con un documento falso. Se ci fosse stata Marnie, ne sarebbe uscito con disinvoltura.

«Un tavolo per due, per favore». Lo sguardo del cameriere guizzò oltre la sua spalla. «Sta scendendo. Ma prima che mi sieda, mi chiedevo, so che suona strano, ma... temo di non essere abbastanza elegante».

La cravatta che il cameriere recuperò dagli oggetti smarriti non si abbinava molto alla sua camicia color porridge. Lucida e sottile, era l'unico articolo Prada che Michael avesse mai indossato, e anche se il colletto si rivelò troppo morbido e logoro per tenerla in posizione, era una trovata spiritosa. Ordinò una bottiglia di vino bianco, il terzo della lista, per fare colpo. Il menu era in lingua locale, ma avrebbe richiesto comunque una traduzione. *Au jus* – lo sapeva – indicava un piatto servito con una salsa leggera, i paté qualche volta li mangiava anche a casa, ma cos'erano gli *gnudi* e cos'era la *dukkah* insieme all'anatra? Provò qualche battuta nella testa e si grattò la barba con entrambe le mani nel punto in cui incontrava il colletto, come se fosse il suo stesso cane.

«Il signore è pronto a ordinare?»

«Signore» era come lo chiamavano i giovani. Erano quasi le otto. «Possiamo aspettare ancora qualche minuto?» L'atmosfera era sempre più soffusa, la luce della candela illuminava invano la sedia vuota. Nella sala c'erano altre tre coppie, nessuna delle quali reduce da un trekking, tutte assorte nelle loro fantasie pre-erotiche, e lui si chiese se fosse il caso di togliersi la cravatta. Forse Marnie stava lavorando, o guardando la tv, o era andata a letto presto. Avrebbe potuto mandarle un messaggio, ma non aveva il suo numero. Doveva bussarle alla porta? Provava un forte senso di delusione, come uno che deve portare una torta a una festa ma ha perso l'indirizzo, come uno a cui hanno dato buca a un appuntamento.

«Allora se possibile ordinerei».

Le coppie lo guardarono mangiare da solo. Per prima cosa arrivò un *amuse-bouche*, omaggio dello chef, ossia un bicchierino di spuma verde che sapeva di piselli congelati mischiati con la panna, ed era esattamente quello. Il salmone gli venne presentato in cinque varianti, il che gli sembrò eccessivo, cinque ammassi rosa con un'innaturale lucentezza plasticosa come quella del sushi esposto nelle vetrinette. Se ci fosse stata Marnie, Michael avrebbe potuto alludere alla sua storia del salmone, magari sarebbe stato un modo per introdurre l'argomento Natasha. Per ora sorseggiava il vino e cercava di tenere il libro in equilibrio appoggiandolo al sale e al pepe, ma non ci fu verso, perciò si limitò a mangiare masticando, o meglio, facendo sciogliere il pesce sulla lingua come una pastiglia mentre fissava il vuoto, con l'espressione di chi inciampa su una pietra ma continua a camminare con nonchalance. Se ci fosse stata Marnie, avrebbero potuto stilare una classifica delle cinque varianti di salmone. Su, fallo. Dalla peggiore alla migliore: spuma, affumicato, confit, pelle croccante, mousse. Mastica piano, si disse, altrimenti non avrai nulla da fare. In realtà si aspettava di mangiare solo cibo che potesse essere contenuto in una fetta di pane ripiegata, sembrava stupido consumare un pasto così sontuoso senza compagnia, un bifolco alla corte del Re Sole. Tra un morso e l'altro posava la forchetta e guardava il cellulare. Il messaggio di Natasha. *Sperotuttobene.* In macchina ci voleva pochissimo per andare da casa dei suoi a Richmond, dall'altro lato delle Dales. Ancora quattro giorni e sarebbe stato lì.

Arrivò la portata principale, la terza *pie* consecutiva, ma in quel caso decostruita, da una parte gli straccetti di manzo impilati in un cilindro marrone appiccicoso, dall'altra l'involucro, come se carne e pasta sfoglia avessero litigato. A scuola impazzava la moda delle gomme a forma di cibo, e le carote nel piatto – scolpite, perfette – gli ricordavano esattamente quello. La salsa era servita in una tazzina da caffè, due cucchiaini di melassa alla carne. Le coppie preferivano stare leggere prima di salire, ma lui avrebbe potuto divorare quella roba in quattro morsi, il che significava lasciar passare sette minuti tra un boccone e l'altro se non voleva ritrovarsi a letto prima delle nove. Forse doveva avvisare Natasha che sarebbe passato di lì. Una alla volta, le coppie si dileguarono e mentre i camerieri sparecchiavano lui iniziò a imbastire il messaggio.

*Sì, tutto bene. In effetti sarò dalle tue parti venerdì*

In quel momento Marnie entrò nella sala ticchettando e Michael si alzò di colpo battendo i pugni sul tavolo, si infilò il cellulare in tasca e si appiattì la cravatta sul petto. Lei era tanto elegante quanto concitata, come se si precipitasse verso le scialuppe, e cominciò a scusarsi già da metà sala.

«Mi spiace, mi spiace tantissimo».

«Non preoccuparti».

«Non ho sentito la vibrazione del telefono, con tutti quei cazzo di cuscini».

«Davvero, non...»

«Perché non sei venuto a bussare?»

«Pensavo che volessi rip...»

«No! Per te è come bere acqua fresca. Io ero distrutta!»

Spostò la sedia senza sollevarla e si sedette, e Michael si accorse che, pur essendo strepitosa, il rossetto le usciva dai contorni delle labbra, come se lo avesse applicato correndo giù per le scale.

«Non fa niente».

«Non fa niente per te! È la nostra ultima sera» disse, e poi, quasi a correggersi: «In più sto morendo di fame. Com'è il cibo?»

«Delizioso, a parte le porzioni minuscole».

«Sì, era quello che temevo». Michael le versò il vino e restò sorpreso dalla leggerezza della bottiglia – doveva averne bevuti tre quarti da solo – e proprio in quel momento arrivò il cameriere con il suo budino. «Ah, salve» esordì Marnie afferrandogli il braccio. «Volevo chiederle, potrebbe dirmi qual è il piatto più grande del menu?»

«Mi spiace, la cucina è chiusa».

«No! Oddio, davvero?» Diede una sbirciata al piatto di Michael.

«Sinfonia ai sette cioccolati» disse lui offrendoglielo.

«Me ne servirebbero più di sette».

«Posso portarle una selezione di formaggi?»

«Sì, grazie, ma non li selezioni. Se ce n'è una forma intera, ottimo, la butti dentro. E tanto pane, grazie, mi scusi, grazie» e bevve il vino con avidità.

«Quindi» disse Michael.

«Quindi». Adesso Marnie era lì, ma lui sentiva che ormai la serata era persa, troppo stanchi e ammutoliti per essere frivoli, ubriachi ma senza l'euforia del pomeriggio. Non si era nemmeno accorta della cravatta.

«Quindi» ripeté Michael. «Qual è il piano per domani?»

«Mah, resto un po' qui a bighellonare, svaligio il buffet della colazione. Potrei anche prenotare un massaggio. Cioè, non mi toccano le reni dai tempi, boh, delle Olimpiadi di Londra, ma se pago... Magari riesco a ritardare il check-out. Il taxi è alle cinque e per le nove sono a Londra. Un piatto pronto da scaldare, tv, tedio». Arrivarono i formaggi, freddi di frigorifero, e per un'altra mezz'ora riuscirono a chiacchierare, ma il cameriere stava lì a fare la posta, risentito per quel lunedì lento in bassa stagione. «Manca solo che batta il dito sull'orologio» commentò Marnie, e cedettero. Salirono le scale, mugugnando per i dolori e gli acciacchi condivisi, poi si fermarono davanti alle rispettive porte.

«Ehi, Keats, mi spiace per stasera» disse lei.
«Nessun problema, Shelley».
«Ti ammorbo per tutto il giorno e quando è il tuo turno...»
«Davvero, non ti sei persa niente».
«Ma grazie per la giornata. Mi sono divertita. Non come gli altri giorni infernali».
«Attenta, che poi ci prendi gusto».
«Non esageriamo. Be', buonanotte».
«Buonanotte. E se domani mattina non ci incrociamo, alla prossima».
«Alla prossima. Se mai passassi da Londra...»
«O tu da York».
«Ah, stavo quasi dimenticando, bella questa» disse Marnie, avvicinandosi così all'improvviso che Michael indietreggiò e andò a sbattere contro la porta della propria camera. Lei diede un lieve strattone alla cravatta.
«Ah, questo reperto? È un prestito».
«Quindi non è di proprietà del modello? Non c'entra molto con la camicia, ma apprezzo lo sforzo».
«Prada».
«Prada! Dovresti rubarla».
«E usarla come cintura».
«Be', fa davvero la differenza». Lo guardò con occhio inquisitore. «Ma va' che figurino. Cos'è successo? Hai pulito i pantaloni con un panno umido?»
«Credo sia quello che i giovani chiamano "restyling"» disse Michael, appoggiando il mento sul palmo. Marnie rise e gli posò una mano sul braccio, e lui pensò a quanto fosse bello far di nuovo ridere qualcuno.
«Lo vedi che anche tu sai essere simpatico?» disse Marnie.
«Sembri sorpresa» rispose lui, sfilandosi la cravatta da sopra la testa mentre un orecchio gli restava impigliato.
«Cleo ti ha definito "caustico"».
«Oddio, davvero?»

«Caustico e basta. Almeno non ti ha definito "bizzarro"».

«A nessuno piacerebbe». Si stava avvolgendo la cravatta intorno alla mano come un pugile che si fascia le nocche. Passò qualche istante, poi disse, o si ritrovò a dire: «Domani sarà una bellissima giornata. Sole tutto il giorno, zero vento. Ed è la parte più alta del trekking, sono ottocento metri in cima al Kidsty Pike, ma la salita è lenta, dolce, poi giri intorno all'Haweswater e a quel punto hai attraversato tutto il Lake District, da ovest a est. Modifica la prenotazione del taxi e fallo venire lì, ci arriviamo tranquilli per le cinque. Puoi prendere lo stesso treno».

Mentre parlava, lei lo guardava con la testa inclinata e lui sentì la convinzione affievolirsi. «Be', non devi decidere adesso. Mi trovi alla reception se...»

«No» rispose Marnie. «Volentieri», si girò e aprì la porta della camera.

GIORNO QUATTRO:
*Da Glenridding a Shap*

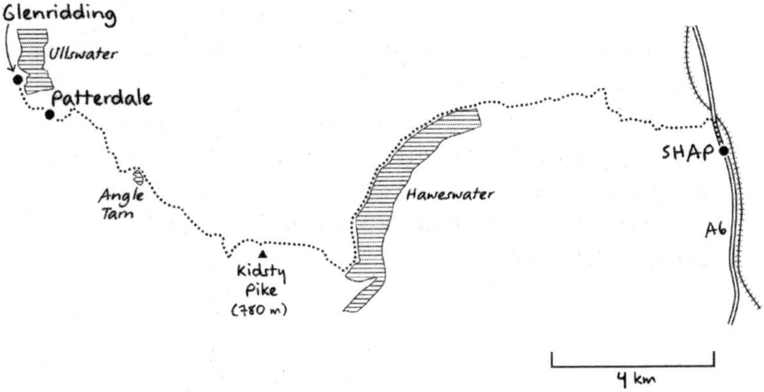

# Gatto-mucca

Si svegliò presto e in un altro Paese, in Svizzera, forse, o su qualche lago del Nord Italia. Non aveva mai visto quei posti, ma aveva letto romanzi i cui protagonisti si rifugiavano nei sanatori alpini per riprendersi da amori sventurati o guerre difficili. Il turchese del cielo, sgargiante e luminoso, rendeva limpida la distesa d'acqua che il giorno prima appariva plumbea e sinistra, un oceano su un pianeta distante. Ora invece luccicava e ci si poteva andare in barca, forse addirittura nuotarci, non subito, comunque entro breve. Forse quel giorno avrebbe fatto meglio a restare in hotel, a vivere le sue fantasie da sanatorio.

Ma aveva trascorso troppo tempo al chiuso, e poi le montagne sembravano invitanti, almeno nella misura in cui potevano esserlo. I dolori intensi si erano placati e lei sentiva di poter spingere, perciò come riscaldamento aprì il portatile e lo appoggiò sul letto per fare yoga online. L'idolatria che aveva sviluppato nei confronti dell'istruttrice era probabilmente la relazione più significativa che avesse avuto negli ultimi due anni. All'inizio era scettica, ma l'istruttrice era così allegra e briosa, così incoraggiante e genuina, che alla fine aveva ceduto, e adesso rideva delle sue battute idiote e si chiedeva che odore avesse, di citronella e orchidee, dentifricio, un deodorante leggero senza zinco. Ci era voluto un po' per superare le sue ansie, ma adesso interagivano con disinvoltura, ridendo entrambe durante le posizioni più impegnative.

«Stai scherzando!» diceva Marnie allo schermo.

«Puoi farcela! Altri tre respiri!»

«No che non ce la faccio!»

«Due, uno. Okay, ora mettiamoci nel cane a testa in giù».

«Okay, mettiamoci!» Senz'altro c'era qualcosa tra di loro, ma non avrebbe mai funzionato. L'istruttrice viveva in un mondo di finestre a tutta altezza, tappeti costosi, candele in cera d'api grandi come una tortiera, e in cuor suo sarebbe inorridita per il tappeto Ikea tarmato di Marnie, i contenitori Tupperware che usava come mattoncini da yoga, i leggings a pois sporchi e con un buco nel cavallo, logori al punto da essere semitrasparenti sul fondoschiena. «Inspira l'amore» diceva l'istruttrice, ma a volte la sua serenità sembrava tradire un certo distacco, come se nemmeno sapesse dell'esistenza di Marnie, cosa del resto assolutamente vera.

No, quel giorno non se la sentiva. Troppo affamata, troppo rigida, troppo distratta, troppo euforica, abbandonò la sessione. Sarebbe stata sbilenca per tutto il giorno, traballante come il tavolino di un bar? Pazienza. Chiuse lo zaino, zoppicò fino al piano di sotto, fece una colazione da sanatorio, riprogrammò il taxi e si mise ad aspettare alla reception, le porte aperte sul mattino abbacinante, l'esterno scolorito come una foto sovraesposta.

Michael, quando si palesò, sembrava gonfio e in preda ai postumi della sbornia, sorrise con un sussulto. «Buongiorno!» disse Marnie e si scambiarono un piccolo abbraccio. (Questa è nuova, pensò lei, un passo avanti, quel piccolo abbraccio, ma notò anche che Michael si era un po' ingobbito per evitare di premerle contro il seno, come se si piegasse su un camino.) Lui insistette per pagare la cena e restituì la cravatta alla receptionist, grazie, arrivederci, torneremo, quindi uscirono nel bagliore. In paese, i turisti si preparavano al pellegrinaggio verso l'Helvellyn, ma Marnie aveva la sensazione che fossero loro i veri pionieri mentre attraversavano il fiume e imboccavano un sentiero aperto, in salita, sì, ma niente di drammatico, non più della rampa del supermercato. Camminarono e chiacchierarono, talmente a loro agio che la valle – quando si ricordarono di guardare indietro – sembrava già un costoso modellino di legno, blocchi dipinti su feltro verde intorno a un lago in cellofan. Come avevano fatto ad arrivare così in alto senza accorgersene?

Ora invece iniziavano ad accorgersene, il sentiero si inaspriva, il sole splendeva senza impedimenti. Marnie non andava all'estero da anni, non sentiva il sole sulla pelle in quel modo da anni, ed era una gioia, ma anche una fatica immane. A metà mattina stavano già razionando l'acqua, cosa tragica ma al tempo stesso esaltante; un altro momento topico fu quando Michael si sedette su un masso, si tolse gli scarponi e cominciò a far scorrere la cerniera dei pantaloni all'altezza del ginocchio.

«Mi sento come se stessi vedendo cose che una donna non dovrebbe vedere».

«Troppo provocante?»

«Hai presente gli spogliarellisti quando si strappano i pantaloni? Ecco, se non fossi completamente diverso saresti uguale».

«Ta-da!» Adesso era in bermuda.

«Hot pants!»

«Troppo?»

«Che fine ha fatto il tizio con i pantaloni lunghi?»

«Oh, è andato». Proseguirono la scalata e intanto Marnie lanciava occhiate furtive agli stinchi di Michael, no, ai polpacci, quelli dietro erano i polpacci. Invece come si chiamava la parte posteriore del ginocchio? Cavo... ? In ogni caso la distraevano mentre salivano verso l'Angle Tarn, dove fecero una sosta. Il lago era splendido, un susseguirsi di insenature e penisole, perfino un paio di isolette da cartone animato, e Marnie sapeva che c'era un motivo se era così anziché un semplice cerchio, ma non osò chiedere, casomai Michael glielo spiegasse. Si sdraiarono vicino alla riva, in silenzio, gli occhi chiusi, le teste appoggiate sugli zaini in modo da rivolgere la faccia al sole. Un altro momento topico, pensò Marnie, quel silenzio senza imbarazzo, e si rese conto di quanta strada avevano fatto in appena tre giorni. Una conoscenza così condensata non era priva di pericoli e lei non riusciva ancora a spiegarsi cosa fosse quella cosa, un interrogativo che le era costato una certa dose di sonno e che le era sconosciuto come il sole sul viso. Per il momento era piacevole stare sdraiati, tranquilli e in silenzio, a guardare il caleidoscopio di luci dentro le palpebre.

«Mi fa male la testa» disse Michael. «Non dovrei bere da solo».

«Nemmeno io. Durante il lockdown era un vero problema. Il goccetto delle sei e zero tre in un martedì qualsiasi. Quanti goccetti».

«Ah, anch'io. C'era da impazzire, chiusi in casa. Finché stavo con Nat aveva senso, mangiare insieme, guardare un film, ma sbronzarsi da soli...»

«Parlare con la radio, sbattere contro i mobili. Spesso la gente dice di non sapere come si è fatta certi lividi, ma lo sanno tutti chi è stato: o il tavolino o la cassettiera».

«Ti preoccupa?»

«Bere da sola? Sì. Ma faccio tutto da sola, quindi...»

«E non ti dispiace?»

«Bere? Quando la cosa mi è sfuggita di mano ho smesso. Ora sono sobria quasi tutti i martedì».

«Molto saggio da parte tua».

«Dovresti vedermi nei miei venerdì sera solitari».

«Se ti vedessi» obiettò, «non sarebbero più solitari». Lei tenne gli occhi chiusi.

Cadde il silenzio, la luce ardeva arancione sulle palpebre di Marnie, il calore stava diventando minaccioso e radioattivo. «Tornerò a casa abbronzata» disse, «o bruciata». Il tempo passò, il sole una mano calda che le premeva sulla faccia, il sudore che le imperlava il petto e la fronte. Si appisolò, finché un improvviso scricchiolio di sassi la fece sobbalzare.

«Mmh?» mugugnò. «Stiamo andando?»

«Dormi pure» bisbigliò lui. «Vado a fare una nuotata».

Adesso era sveglia.

# Selvaggi

«Non proprio una nuotata» disse Michael, «una rinfrescata. Un tuffetto».

Ora Marnie era seduta. «Non farlo!»

«È un metodo scandinavo. Devo liberarmi di questi postumi. Tu continua a dormire».

«Ma se dormo chi chiama l'ambulanza?» Lui rise, anche se il pensiero gli era balenato. «Sul serio, Michael, è neve sciolta». Ce n'era ancora una spolverata sulle montagne più alte, ma lui si stava già dirigendo verso il laghetto.

«Posso farcela!» urlò, sfilandosi la maglietta da sopra la testa. Aveva letto articoli al riguardo, il brivido, il potere purificante dell'acqua gelida, un defibrillatore liquido per il cuore, la mente, il sangue, la libido. Sudando sotto il sole gli era sembrata un'idea elettrizzante e aveva già i bermuda calati al ginocchio prima ancora di finire di slacciarsi gli scarponi, mentre piegato in avanti sentiva il ventre accartocciarsi e sistemava la posizione di conseguenza. «Ti consiglio di non guardare!» urlò senza girarsi, ma se avesse contratto ogni muscolo e fosse rimasto di schiena non avrebbero dovuto esserci problemi. Rammaricandosi di non avere le spalle più larghe, impilò i vestiti su un masso, ci mise sopra gli scarponi e cercò di camminare deciso su forasacchi e carici. Arrivato alla sponda coperta di ghiaia, sondò l'acqua con le dita.

«Che gesto è?» urlò Marnie con una risata nella voce. «Pensavi che potesse essere calda?»

Il sole gli bruciava le spalle, ma non c'era calore che potesse rendere l'impresa meno atroce, e quando anche solo le dita dei piedi toccarono l'acqua sentì il sangue ribollirgli nelle orecchie, il cuore pulsargli contro lo sterno con un ritmico *brutta idea brutta idea brutta idea.* L'acqua era screziata d'argento e viscosa come gin appena estratto dal freezer, lui si piegò, ne prese una manciata, se la fece sgocciolare sul collo e sentì la pelle bruciare, le budella contrarsi come se schizzassero su fino alla gabbia toracica, seguite dai genitali. Tutto per mettersi in mostra. Esaurita la spavalderia, era la perfetta caricatura di una crisi di mezza età, ma ormai non c'era modo di uscirne, non aveva altra scelta se non avanzare nel bagno acido. Aveva i piedi completamente intorpiditi. E se si fossero spezzati alle caviglie? Alle sue spalle sentì Marnie scattare verso la riva. Voleva spingerlo in acqua? Avrebbe contato fino a tre e sarebbe andato prima che lei avesse modo di farlo. Buttò fuori l'aria, respiri brevi e rapidi, uno due tre quattro cinque sei sette...

«Che idiozia» disse Marnie, Michael si girò e rise. Se la ritrovò di fianco in completo intimo nero, le braccia incrociate sul petto, le spalle ingobbite, la pelle diafana e chiazzata tranne per il bavaglino di rosa dove aveva preso il sole. «Non posso lasciarti morire da solo». Michael si concesse giusto un'occhiata da scolaretto, ma la trovò magnifica. D'istinto incrociò anche lui le braccia e cercò di contrarre tutti i muscoli del corpo insieme.

«Okay. Come facciamo?» chiese lei.

«Contiamo fino a tre e andiamo, suppongo».

«Io non so tuffarmi».

«Basta che ti lasci cadere in avanti, come un albero abbattuto».

«Testa sotto?»

«Direi di sì».

«Completamente immersi, quindi?»

«Altrimenti non ha senso. Farà male come uno schiaffo, ma solo per un attimo».

«Gli schiaffi fanno male per un bel po'. E poi in realtà non voglio essere schiaffeggiata».

«Ma dopo ti sentirai una meraviglia, quasi in botta, come con le droghe».

«Non possiamo vedere se troviamo delle droghe?»

«Questa sarà una botta di vita naturale».

«O di morte, una botta di morte naturale».

«Scopriamolo».

«Okay».

«Okay».

«Cos'è quell'uccello? Laggiù, con il becco curvo?»

«Non cambiare argomento, Marnie. Sei pronta?»

Contarono insieme: «Uno... due... tre!»

Nessuno si mosse.

«È un chiurlo» rispose lui.

«Okay, riproviamo» disse lei. «Uno... due... tre».

Di nuovo, nessuno si mosse.

«Non sento più le dita dei piedi» disse Marnie.

«Avanziamo un pochino» suggerì Michael e si trascinarono sui piedi pietrificati finché l'acqua non superò le caviglie.

«Okay, riproviamo. Pronta?»

«Uno... due...»

«Conta alla rovescia».

«Pensi che sia quello il problema, l'ordine dei numeri?»

«È l'unica cosa che mi frena. Tre, due, uno, via».

«Al "via"?»

«Al "via" andiamo».

Cantilenarono insieme – «Tre, due uno, via» – ma ancora una volta rimasero immobili.

«Okay, non contiamo» propose Marnie. «Andiamo e basta. Andiamo e basta insieme! Cogli l'attimo. Facciamolo. Fallo! Coglilo!» e gli prese la mano. «Pronto? Adesso!»

«Adesso!»
«No... adesso!»
«Andiamoooo... ADESSO!»
«Okay, stavolta niente scuse. Andiamo... adesso!»
«Adesso!»
«Adesso! No, adesso!»

«Mi sa che la stiamo affrontando con troppa delicatezza» disse Marnie dopo un po'. «Credo che dovremmo solo...» e d'un tratto cercò di farlo oscillare dalla mano, torcendogli il polso – «Ahi!» – e lui incespicò, ballonzolando con la pianta dei piedi sulla ghiaia, ma afferrando l'altro braccio di Marnie e tirandola a sé, cosicché per un attimo l'intero corpo di lei fu incollato a quello di lui, la mano di lei sul fianco di lui, il tutto tra risate e strilli. Michael sentì gli schizzi di acqua gelida sul retro delle cosce, ghiaccio puro, perciò allungò una gamba in avanti trascinando Marnie con sé, una mano sulla bretella del reggiseno e poi sulle reni, abbastanza a lungo per avvertire la morbidezza sopra il fianco umido di sudore, la coscia di lui tra le gambe di lei, e per un attimo restarono fermi, aggrappati l'uno all'altra, il mento di lui sulla spalla di lei, come una coppia di ballerini esausti. Ancora una volta Michael ebbe la sensazione di vivere la scena dall'esterno, uno spettatore che osservava, giudicava e scuoteva la testa, ma non era meglio viverla solo dall'interno? Come si faceva? «Non opporti, Michael» gli sussurrò Marnie all'orecchio, con il fiatone e la voce bassa. «Lo sai che lo vuoi. Sarà bello una volta dentro, promesso» e lui considerò l'ipotesi di tuffarsi anche solo per arginare l'erezione. Un'altra improvvisa falcata in avanti, e per poco non cedette e non si lasciò cadere, per poco, pochissimo.

Invece contrattaccò e a quel punto erano un groviglio unico, come cervi con i palchi incastrati. Passò un secondo, poi un altro, l'unico rumore era il loro ansimare in dieci centimetri d'acqua, le fronti a contatto, le mani l'uno sulle braccia dell'altra. «L'arte del sumo» disse Marnie e Michael sentì il suo fiato sul viso, il caffè del mattino, guardò in giù, pensò alla parola «mammelle», gli venne da ridere. Poi guardò in su, vide lei che lo scrutava in faccia, sorridendo, e...

«Buongiorno!»

La voce proveniva dal sentiero ed entrambi si girarono da quella parte. Due escursionisti canuti, un uomo e una donna, la coppia che li aveva superati il giorno prima, quando erano ubriachi dopo il pub. «Ehilà!» urlò Michael, lasciando andare Marnie.

«Un po' freddino per tuffarsi, no?» La donna, quell'accento scozzese.

«Io vorrei» rispose Marnie, raggomitolandosi e incrociando le braccia, «ma lui continua a fermarmi».

«Be', faccia pure!» scherzò l'uomo, poi proseguirono verso la cima con una risata bonaria, sollevando un bastone a mo' di saluto mentre Michael e Marnie restavano lì impalati, d'un tratto di nuovo in sé come Adamo ed Eva.

«Secondo me» disse lei, «dobbiamo accettare il fatto che nessuno dei due si immergerà mai».

«Secondo me» disse lui, «dovremmo rivestirci e fingere che tutto questo non sia mai accaduto».

«Di nuovo la mia luna di miele!» Marnie accennò un sorriso fiacco e Michael tornò zoppicando verso la sua pila di indumenti. Quelli di Marnie erano un po' più distanti e lui la spiò mentre si allontanava sistemando mutande e reggiseno, passandosi i polpastrelli sul retro delle cosce, il tipo di gesti che avrebbe ricordato per sempre. Sentì un'ondata di qualcosa che gli fece accelerare il battito, come l'acqua, ma calda, e pochi minuti dopo erano di nuovo sul sentiero. «Be', è stato rivitalizzante» commentò Marnie.

«Niente stimola la circolazione» disse Michael «come fallire in un'impresa».

«Ricorda» replicò lei «che a volte la cosa più coraggiosa che si possa fare è tirarsi indietro» e lui decise di credere che avesse ragione.

## Perché non parli il portoghese?

Era raro che ci fosse qualcosa di spontaneo nella spontaneità di Marnie. Prima servivano delle analisi: una valutazione della biancheria intima che indossava (nera, coordinata, in kevlar), come potesse essere considerato il gesto (disinvolto e ammirevole, oppure folle e disperato). A posteriori le parve una mossa un po' forzata e inopportuna, e forse parve così anche a Michael, perché per il resto la mattinata trascorse senza eventi degni di nota, nel senso che nessuno dei due si spogliò di nuovo.

Eppure era certa che stesse succedendo qualcosa. Ecco la curiosità che credeva di aver perso, voleva sapere tutto di lui e dirgli tutto, o quasi, tanto che la sera prima aveva setacciato la cartina in cerca di altre linee ferroviarie che intersecassero l'itinerario. C'era una stazione a Kirkby Stephen, la tappa di mercoledì, e un'altra a Northallerton, se avesse resistito fino a venerdì.

*Mi spiace, devo tornare per...* Non esisteva un modo sincero per terminare la frase. Nessun essere umano avrebbe sentito la sua mancanza, nessun animale domestico avrebbe accusato il colpo, il cactus si sarebbe barcamenato nel suo stato di zombie; non avrebbe saltato riunioni, non si sarebbe persa appuntamenti, non avrebbe contrariato chicchessia. Certo, aveva la revisione da finire, ma il weekend sarebbe bastato se avesse lavorato dodici ore al giorno. Non le sarebbe dispiaciuto usare un bagno a lei familiare, ma tutto sommato l'obbligo più pressante che aveva era quello nei confronti di una confezione di feta aperta da consumare entro giovedì, e non poteva lasciare che le sue decisioni fossero influenzate da un mezzo blocco di formaggio in salamoia. Rimaneva il fatto che, se fosse sparita dalla faccia della Terra, nessuno a Londra se ne sarebbe accorto prima di qualche settimana, e l'assenza di motivi per andarsene rappresentava il principale motivo per restare. Solo a Michael sarebbe mancata.

Ma era vero? Ogni suo approccio era seguito da una nervosa ritirata, neanche si avvicinasse a un fuoco d'artificio scoppiettante. La compagnia di Marnie era una piacevole sorpresa per lui? Oppure era un po' come l'ultima ospite di una festa che non se ne voleva andare? Se solo fosse esistita una qualche convenzione tra esseri umani, un sistema condiviso di suoni e gesti per esprimere pensieri ed emozioni. Le venne in mente un racconto breve che aveva letto da piccola, di Roald Dahl, su una macchina che riusciva a captare le urla di alberi e rose quando venivano tagliati, e quella forse sì che era una forma di comunicazione diretta e sincera: un prato tosato, troppo da sopportare. In mancanza di un confronto onesto, erano destinati a proseguire con l'ironia, le allusioni e i doppi sensi; un lieve tocco della mano, sguardi e sorrisi, una lotta in biancheria intima. Roba alla Jane Austen.

Per fortuna c'era la bellezza naturale a distrarli, si sbracciava gridando: «Sono qui! Guardatemi!» Adesso erano circondati da montagne i cui profili si stagliavano netti in prospettiva, come le scenografie teatrali di una volta. Camminavano in cresta, ancora in salita, ma niente di troppo impervio, il terreno agevole, erba corta e dura come la moquette di un ufficio, finché non raggiunsero un punto panoramico, un cucuzzolo roccioso, dentellato come le merlature di un castello, il tipo di posto in cui andresti per convocare dei draghi.

«Eccoci. Kidsty Pike. Quasi ottocento metri» proclamò Michael senza fiato, «il nostro punto più alto». Il treno di Marnie partiva da Penrith alle 18:23.

«Incredibile» commentò lei, sperando che bastasse, e pensò che se il Sainsbury's di Euston fosse stato chiuso sarebbe andata al Tesco vicino al Brockwell Park, aperto fino a mezzanotte. «Laggiù c'è l'Helvellyn» spiegava intanto Michael, «la valle da cui arriviamo». Avrebbe comprato latte, uova, pane, carta igienica, qualche zuppa da scaldare al microonde. «Quello è il Rampsgill Head, quello l'High Street, quello il Place Fell...» Ora Michael nominava cose, montagne, rilievi, colline, e lei si prese la libertà di guardarlo. Visto così non era brutto. Al netto dei contenuti noiosi, il suo eloquio aveva una vitalità non priva di fascino – ecco, due litoti di seguito, «non brutto» e «non priva di fascino». Se le avesse trovate in un manoscritto le avrebbe contestate. Nota a margine: *Di' «affascinante» e basta.*

«Stai bene?» chiese Michael.

«Sì, sto solo – come dire? – riempiendo gli occhi. È molto affascinante».

«E pensa che da qui è tutta discesa. Be', a parte i Pennini. Almeno quelli te li risparmi».

«Grazie a Dio. Quindi. Adesso da che parte?»

«Giù di qua verso l'Haweswater, lungo il fiume, oltre i campi, in perfetto orario per il tuo treno. Ci conviene ripartire. Stai bene?»

«Sì. È solo che all'improvviso devo di nuovo correre per prendere un treno».

«Abbiamo un sacco di tempo. Non c'è bisogno di correre». Si avviarono e la pendenza dolce di poco prima si trasformò in una discesa su rocce che formavano una specie di scala pericolante, ragion per cui era difficile parlare, ristabilire l'intimità del giorno prima, il tempo si assottigliava, finché non iniziarono a lambire la riva di un altro lago.

«In realtà è un bacino idrico».

«Che differenza c'è?»

«È artificiale. C'era un lago, ma molto più piccolo, e c'era un paese, Mardale Green, che l'esercito ha fatto saltare in aria, il pub, la chiesa. Hanno disseppellito i corpi e li hanno portati via, poi hanno allagato tutta l'area. Quando l'acqua è bassa si vedono ancora i resti. Del paese, non dei corpi. Un paese sommerso».

«Agghiacciante».

«Cioè, alle città serve l'acqua, quindi i bacini idrici vanno costruiti, ma non è la stessa cosa. Niente spiagge o rive naturali, solo linee di marea. Il livello dell'acqua sale e scende, perciò le piante non crescono alla stessa maniera».

«Posso farti una domanda?»

«Certo».

«Dimmi pure se è troppo intima. È molto intima, la più intima in assoluto, in realtà».

«Okay. Spara».

«Come mai non avete avuto figli?»

La domanda capitò nel momento in cui il sentiero si restringeva e Marnie non riuscì a vedere l'espressione di Michael. «Scusa se ti urta. A me urta quando la gente me lo chiede. Non esiste domanda più indiscreta, perciò immagino che urti anche te, ma abbiamo iniziato a parlarne e non abbiamo finito».

«No, non preoccuparti».

«Aspetta» disse lei, «fammi...» Il sentiero si riallargò e Marnie fece una corsetta per affiancarlo. «Continua».

«Okay. Be', li volevamo. Mi pare che non ci sia mai stato bisogno di parlarne, lo davamo per scontato, ma gli anni passavano e non succedeva niente, e ora che abbiamo scoperto qual era il problema... Adesso devo parlare del mio sperma, non c'è modo di girarci intorno».

«Vai pure».

«È saltato fuori che avevo una conta spermatica bassa, e anche una motilità bassa, così abbiamo cercato di risolvere, ma senza riuscirci, quindi stavamo per passare alla fase successiva. Farlo in provetta, insomma. Se non che le cose hanno iniziato ad andare male. Lei mi ha chiesto una pausa, del tempo per riflettere. Ed è il punto in cui ci troviamo. O ci trovavamo. Ormai è passato un anno e mezzo da quando se n'è andata».

«E come la vivi?»

«Non essere padre?»

«Per ora».

«Per ora. Non lo so. Se devo essere sincero sono molto triste, ma è una tristezza aggrovigliata a quella per la fine del matrimonio e altre cose, un groviglio, per l'appunto».

«Un groviglio. Capisco. Mi spiace».

«Non fa niente».

«Ti dà fastidio quando la gente te lo chiede?»

Ci pensò un attimo. «Più che altro credo che mi dia fastidio essere compatito. E trattato con i guanti. Sento proprio l'imbarazzo da parte dei genitori. Del tipo: non parliamo dei figli, nascondiamoli nella credenza. Come se si aspettassero una mia crisi di pianto. Oppure, al contrario, ruota tutto intorno ai figli. Cioè, voglio bene a Cleo...»

«Anch'io le voglio bene, però...»

«Hai capito cosa intendo».

«Sì. Succede sempre anche a me, o meglio succedeva, quando ancora frequentavo i miei amici con i figli, il modo in cui mi guardavano, del tipo: mi spiace per te, ma non è bellissima? Quei sorrisi un po' tirati, mesti. Della serie: puoi tenerla in braccio, basta che non la rapisci».

«E capisco il dilemma, vogliono celebrare quello che hanno...»

«Cercano solo di essere sensibili».

«Ma essere sensibili è da insensibili».

«Non deve essere un tabù».

«Ma non significa nemmeno che tu abbia voglia di parlarne».

«E così diventa difficile. Per tutti».

«Esatto» concordò Michael. «Esatto». Marnie stava parlando troppo e decise che da lì in poi avrebbe ascoltato, ma lui subito dopo chiese: «Tu invece come la vivi?»

«Non avere figli?»

«Per ora».

«Be', ho trentotto anni, quindi immagino che se mi sbrigassi... Però non lo so. C'è quel problemino evidente, ma anche se uscissi con qualcuno, una donna single vicina ai quaranta viene percepita come una che vuole un figlio a tutti i costi. Sono un enorme segnale di pericolo ambulante».

«Secondo me non per forza».

«Ah, no? Ho visto il terrore negli occhi di Conrad mentre fuggiva sgasando. Si può sgasare con un'auto elettrica? Comunque, il discorso prima o poi andrebbe affrontato, no? Ed è difficile prenderla alla leggera con questa cosa nell'aria, e si dà sempre per scontato...» Si interruppe un attimo, prese fiato. «A volte sono triste, a volte ho la sensazione che dovrei esserlo di più. Lo volevo un figlio, ogni tanto ancora lo voglio, ma non è tutto quello che desidero. Cioè, senz'altro ci sono cose che – termine stupido – mi *triggerano* e allora sento questa... ondata di, non proprio rimpianto, una fitta qui, una stretta» e si toccò la parte alta del petto. «Ma è un dolorino, non una sofferenza immane, e non fisso i bambini al parco giochi, non accarezzo scarpine per neonati, mi chiedo solo come sarebbe stato. A volte vedo un genitore con suo figlio e magari capita un piccolo gesto, una mano sul viso, un momento di connessione, e penso: be', mi sarebbe piaciuto, dev'essere bello, peccato che probabilmente non accadrà. Poi però vedo un moccioso che strilla sull'autobus e allora penso: be', forse no. Forse sto bene così».

Michael restò in silenzio per un attimo. «A me è sempre piaciuta l'idea di portare un figlio sulle spalle. So che suona strano...»

«No, capisco».

«... Ma il modo in cui stanno lì seduti, l'incastro perfetto, come in sella. Mi sono sempre sembrati belli comodi».

«Vuoi che ti salga io sulle spalle, Michael?»

«Magari più tardi».

«Lungi da me fare ironia...»

«Figurati».

«... Ma io non sono solo triste. Sono anche incazzata nera per aver sprecato così tanto tempo con la persona sbagliata. Appena sposati, faceva tutto il possibile per evitarlo, tutto. Qual era il problema? O quando gli amici dicevano o sottintendevano di essere gelosi, beata te, quanta libertà, quanto puoi dormire, quel genere di cose? "Puoi stare a letto fino a tardi, Marnie, puoi ubriacarti quanto ti pare, puoi fumare crack, a nessuno gliene importa". È vero, ho il mio tempo, la mia libertà, ed è una cosa che amo, a volte. Ma l'idea che debba "godermela, io che posso", girare il mondo o uscire ogni sera, c'è una sorta di tirannia anche in questo, nell'idea che la vita debba essere piena, come se fosse un buco che devi continuare a riempire, un secchio che perde, e non basta riempirla, devi anche farti vedere che la riempi. "Se non hai figli, perché non parli il portoghese?" Devo per forza avere hobby, progetti e amanti? Devo per forza eccellere? Non posso solo essere felice o infelice, cazzeggiare, leggere, perdere tempo e non riempire in alcun modo i miei buchi?»

«Potresti darti all'escursionismo» disse lui.

«Forse è quella la risposta. Escursionismo e portoghese». Continuarono a camminare per un po'. «Un tempo avevo più amici. E mi piacevano molto e io piacevo a loro, credo».

«Non ne dubito».

«Chissà, ma poi tutti sono spariti e hanno iniziato ad avere queste vite molto particolari, anche i maschi, e io ho cominciato a sentirmi come quella sola. Sai, in una comitiva c'è sempre quello intelligente, quello schizzato, quello simpatico, e poi c'è quello solo, solo e basta, nient'altro. Quello "senza". Nessuno vuole essere definito in base a ciò che non ha, che sia un figlio o un partner, ma la gente è ossessionata, specie quelli in coppia. Vai da qualche parte e persone che conosci a malapena ti chiedono: "Ti vedi con qualcuno? Vorresti? Sei su un'app di dating, di incontri sessuali?" Oh, adorano fare questo tipo di domande, soprattutto gli uomini sposati, vivono per interposta persona. "Fai sesso con gli estranei? Passami le olive". È un atteggiamento molto... indelicato. Una parte di me lo capisce, stai conoscendo qualcuno e la scelta è tra chiedere quello o "Che lavoro fai?" Ma alla lunga... ti sfinisce».

«E ovviamente conosci la soluzione».

«Smettere di uscire. Sì, ci ho provato, ma non funziona nemmeno quello. È un circolo vizioso, no? Una trappola. Non stai con qualcuno, quindi è meglio non stare con nessuno».

«E così ti senti sola».

«Esatto. La parola proibita, "sola"» disse Marnie e pensò: oddio, l'ho detto ad alta voce.

«So come ci si sente» replicò Michael, «lo so benissimo» e continuarono a camminare.

A Marnie venne il dubbio di avergli posto la domanda per poi rispondere lei, quindi decise di zittirsi per lasciarlo parlare. Lui però fece commenti banali sul panorama, sugli uccelli, sugli alberi, educato ma forzatamente allegro, come se avessero appena avuto una lite anziché qualunque cosa fosse stata. Quando il silenzio fu troppo, lei disse: «Ho la sensazione da ultimo-giorno-di-vacanza. Sei ancora via, ma è un po' come se fossi già a casa».

«Capisco cosa intendi». Stava finendo anche il lago, delimitato da una rozza barriera grigia simile al muro di un carcere, con le conifere che spuntavano da sopra. «La vuoi vedere una cosa interessante?»

«Mi fa paura quando lo dici, perché spesso è una cosa molto noiosa».

«Quella» disse indicando il muro «è la primissima diga a contrafforti in calcestruzzo al mondo».

«Sottopongo alla giuria la prova A».

«Ma guardala! È magnifica!»

«Di sicuro è un bel po' di calcestruzzo».

«Sei come i miei studenti. Sai essere molto crudele».

«Mi spiace. Hai ragione, è la migliore... Ripeti?»

«Diga a contrafforti in calcestruzzo».

«È la migliore diga a contrafforti in calcestruzzo al mondo». Di nuovo silenzio, poi Marnie disse: «Certo, se avessimo avuto dei figli, ora probabilmente non avremmo modo di vedere cose come questa».

Passò un attimo, poi Michael rise. «Vuoi fare una foto?» chiese.

«No, una foto non coglierebbe la magia. A meno che...» Recuperando il cellulare, Marnie pensò a quanto fosse intimo, significativo scattare una foto a qualcuno per la prima volta e aggiungerla alla libreria, come un libro che hai letto o hai quantomeno iniziato a leggere. Altrimenti perché usare la parola «libreria»? L'abbraccio del mattino, la lotta seminudi, ora la foto. L'ordine era sbagliato, ma il punto non cambiava: voleva vedere la sua faccia quando non era con lei. «Stai lì. Sorridi».

«Ma se sto qui non prendi la diga».

«Guarda da questa parte». Scattò. «E adesso...» Lo raggiunse e armeggiò con lo schermo, lui le mise un braccio sulle spalle, rigido come un bilanciere, la fotocamera troppo vicina, l'effetto *fish-eye* troppo accentuato per rendere loro giustizia, ma era tardi per tirarsi indietro. «Okay. Di', non so... "contrafforti"».

«Contrafforti».

Guardarono la foto. «Be', almeno siamo vestiti. La cancello subito o te la mando e la cancelli tu?»

«Mica la cancello» rispose. «Me la metto come salvaschermo».

«A parte che non ho il tuo numero».

Si scambiarono i numeri. «Hai anche il fisso?» chiese lui.

«Sì, West Dulwich due cinque due. Cosa te ne fai del fisso, nonnina cara?»

«Hai qualcosa contro la telefonia fissa?»

«Non so, vuoi mandarmi un telegramma?»

«Ah, capisco, non è abbastanza cool per una ragazza di città?»

Continuarono a camminare. Un paese, un fiume, un campo, un altro campo, il Lake District ormai lontano, il cambio di paesaggio così repentino che era come passare dalla cucina al soggiorno. La loro meta, Shap, era già all'orizzonte quando Michael disse: «Domani inizia la parte calcarea. Un terreno completamente diverso, più agevole, Westmorland e poi Eden Valley. Sarà davvero bellissimo, e anche il giorno dopo, nelle Dales, molto più dolci e verdi».

«Continua».

«Be', se te la senti potresti annullare il taxi, lasciar perdere questo treno e prenderne uno a Kirkby Stephen o Northallerton. Un giorno o due in più. Solo se ti va. Pensaci» disse.

# TERZA PARTE
# Le Dales

E disse anche che gli uomini si dividono in due categorie... quelli che dimenticano le vedute, e quelli che le ricordano, anche tra le pareti di una piccola stanza*.

E.M. Forster, *Camera con vista*

* E.M. Forster, *Camera con vista,* Mondadori, Milano 2018, p. 198, traduzione di Marisa Caramella.

# Il cane nero

Michael ebbe quasi subito l'impressione di aver commesso uno sbaglio.

A sorpresa, aveva trascorso tre giorni in compagnia di un nuovo essere umano gradevole, ed ecco che stava per rovinare tutto per l'ingordigia. Come l'ultima birra, il caffè dopo cena, come quando perdi l'ultimo autobus, una bella esperienza stava per essere rovinata da un eccesso sfrenato. Neanche il tempo di annullare il taxi che la camminata si era fatta noiosa e sfiancante, i discorsi impacciati e innaturali, e adesso, nell'oscurità pomeridiana di un terribile pub con camere, il senso di follia si intensificò. Churchill definiva la propria depressione «il cane nero» e forse a dargli l'idea era stato proprio quel posto, chiamato per l'appunto Black Dog: l'immensa tv sintonizzata sulle corse ippiche australiane, l'odore di candeggina, gli orinatoi visibili dal bancone. *Un posto assolutamente okay,* lo osannavano le recensioni online, *ma buono giusto per una toccata e fuga.* Avevano una camera libera? Ma certo, tanto tutti alloggiavano nelle due belle locande o nel B&B sulla via principale. Al bancone, in attesa delle chiavi, Michael si sentiva come uno che si consegna in una stazione di polizia.

«Ieri notte era la luna di miele» sussurrò Marnie. «Stanotte il divorzio incasinato».

Se fosse stato da solo non ci sarebbe stato alcun problema, ma anche un masochista avrebbe voluto un asciugamano pulito, e in compagnia era straziante. «Forse sei ancora in tempo per prendere il tuo treno» disse.

«No, mi piace. Mi piace il suono della moquette» e picchiettò il piede intonando la melodia di *Hotel California*, proprio mentre il gestore tornava e schiaffava le chiavi sul bancone come una puntata al casinò. C'era il wi-fi? No, non c'era. Michael prese la camera tre e lasciò a Marnie la uno, nella speranza che fosse la migliore.

Salirono le scale. «Pensi che sia infestato?»

«I fantasmi degli ispettori di igiene».

«Non riesco a credere che le camere non siano a tema».

«Piaghe d'Egitto».

«Cavalieri dell'Apocalisse».

«Micosi. Io sono nella Impetigine, tu nella Tigna».

Ma intanto Michael si chiedeva se l'umorismo di Marnie sarebbe sopravvissuto alla nottata. Lampadina attaccata al soffitto, pavimento in vinile con motivo effetto legno, piumone nero untuoso, veduta sulla ferrovia. «La stanza 101*» commentò Marnie.

«Scappiamo?» bisbigliò lui, consapevole dell'inconsistenza delle pareti.

«Ma no. Ci sono una scrivania e una sedia, posso lavorare. A meno che la tua camera non sia extra lusso».

Non lo era. Di nuovo solo, Michael si sedette a peso morto sul letto singolo, il materasso un pezzo di cartone cucito in un sacco. Per ammazzare il tempo, chiamò i suoi genitori. La madre era a dare una mano in chiesa, perciò parlò con il padre, una conversazione che gli avrebbe permesso di svuotare anche lo zaino in contemporanea.

* Riferimento a *1984* di George Orwell. La stanza 101 è la sala di tortura in cui prendono forma le peggiori fobie delle vittime (*N.d.T.*).

«... Al di là della Grisedale fino a Patterdale».
«Conosco bene».
«Poi su oltre l'Angle Tarn fino al Kidsty Pike».
«C'è una strada più bella».
«Io però ho fatto quella, quindi...»
E andarono avanti così, il padre che gli diceva tutto quello che avrebbe potuto fare meglio, finché Michael non disse: «Poi tocca a Richmond e alle Moors».
«Richmond è vicino a Natasha, vero?»
Solo a quel punto Michael prestò attenzione. «Be'. Abbastanza vicino».
«La vedrai?»
«Non lo so, papà. Mi ha scritto, ma credo di no».
«Ti ha scritto?»
«Solo per un saluto».
«Per vederti?»
«Meglio evitare».
«Be'. Se vi vedeste...»
«Non ce n'è motivo».
«Nel caso, salutacela tanto».
Cadde il silenzio. Michael aveva avvertito il cambiamento nella voce del padre, una tenerezza insolita alla quale avrebbe potuto essere ricettivo. «Nel caso lo farò» disse brusco. «Devo andare».
«Quindi sei da solo».
Troppo faticoso da spiegare, troppo destabilizzante. «Sì» rispose Michael.
«E stai bene da solo». Non era una domanda e suo padre non desiderava altra risposta che: «Sì. Mi piace. Di' alla mamma che ho chiamato».
«D'accordo».
Michael chiuse la telefonata mentre il ricevitore era ancora attaccato all'orecchio del padre. Ogni volta così, un gioco delle parti che rimetteva in scena le frustrazioni della giovinezza, le direttive e le correzioni, l'incapacità di affrontare qualsiasi argomento in maniera esplicita. Sperava di non aver ereditato la re-

ticenza del padre. Se avesse avuto un figlio, si sarebbe impegnato per essere diverso.

Eppure ripensò alla conversazione del pomeriggio, al modo in cui era ricorso al silenzio e ai cliché quando, per esempio, avrebbe potuto raccontare cosa significava volere un figlio e al tempo stesso insegnare, confrontarsi anno dopo anno con quella parata di ragazzini al loro meglio e al loro peggio, e anche con i relativi genitori, accondiscendenti, incompetenti o assenti, che davano tutto per scontato, quanto avrebbe voluto scuoterli e dire: guardate, guardate cos'avete! Non si fidava a esprimere tutto questo ad alta voce, ma esisteva senz'altro una modalità di conversazione che fosse una via di mezzo tra psicoterapia e futilità. In passato l'aveva trovata, con Natasha.

Eccola. Neanche avesse evocato uno spirito, la camera cominciò a vibrare, la chiave dell'armadio tintinnava nella serratura, la lampadina oscillava mentre l'espresso diretto a sud sfrecciava lì fuori. Aspettò che passasse, poi controllò il cellulare. Nessun messaggio, nessuna ulteriore comunicazione, ma non doveva pensarci, doveva ancorarsi di nuovo nell'adesso, cercare di vivere il presente con qualcuno, qui e ora – be', magari non proprio in quella camera, non proprio in quel momento.

# Il cannibale nell'armadio

Marnie ebbe quasi subito l'impressione di aver commesso uno sbaglio.

Era stata avida, si era spinta oltre le sue possibilità, e adesso eccola in una camera molto più desolata di quella che l'attendeva a Londra. Sentì le pareti vibrare, il rombo crescente e il clangore delle rotaie, e dal vetro sudicio con il telaio in uPVC guardò il suo treno sferragliarle davanti, il 18:23 diretto a Euston, carrozza H, posto 23, così vicino che se avesse aperto la finestra avrebbe potuto saltarci sopra, strisciare da un vagone all'altro, forzare la porta e accomodarsi. Ma la finestra non si apriva, perciò tornò al lavoro, ridando ordine e uniformità a un'orgia in un bungalow del Beverly Hills Hotel. C'era un numero improbabile di «magnifici» peni, troppi perfino per una suite, e seni così implacabilmente «alti» da essere in pratica delle spalle. Il libro era un'opera di fantasia, ovvio, e un corpo normale sarebbe stato fuori luogo come una banda di ottoni, ma Marnie in ogni caso si chiese se fosse possibile erotizzare i corpi insignificanti di uomini e donne non più giovani, con macchie e vene in evidenza, una volta sfiorito lo splendore che non avevano mai saputo di avere. Non poté fare a meno di pensare alla scena di cui era stata protagonista lei stessa in riva al lago, a come le era piaciuto lo sguardo di Michael, il modo in cui l'aveva guardata. Era stato imbarazzante, ma solo un po', e si chiese: e se fossimo rimasti una seconda notte in quell'hotel di classe?

Invece al Black Dog non era mai successo niente di sensuale o romantico, né mai sarebbe potuto succedere, e ora doveva pure accollarsi il costo di un altro biglietto del treno. Meglio concentrarsi sul lavoro. Si interrogò sull'espressione «sfarzoso bungalow». Non dubitava che a Beverly Hills ci fossero dei bungalow, ma anche sua zia Pat ne aveva uno. Cercò un sinonimo di «girovita», sospirò e chiuse il portatile.

Si stava insinuando una malinconia strisciante, quel tipo di tristezza distillata, di qualità superiore, che si poteva trovare sotto una pensilina dell'autobus in una località balneare colpita dalla pioggia. C'era un modo per scrollarsela di dosso? Una doccia in quel posto l'avrebbe fatta sentire ancora più sporca, e forse lo yoga online poteva ripristinare l'equilibrio, ma non si fidava ad avvicinare il viso al pavimento. Cosa stava facendo Michael? Quasi a mo' di risposta, sentì la sua porta scattare, e si lanciò dall'altra parte della camera talmente svelta che, quando poi le bussò, dovette aspettare un attimo prima di aprire.

«Non vorrei interrompere la festa» esordì Michael, «ma ti va se...»

«Sì!» urlò lei, grata come non mai. «Sì! Sì, ti prego» e uscì senza nemmeno prendersi il disturbo di cambiare le scarpe.

Tornarono verso la via principale, felici di essere di nuovo all'aria aperta, di poter parlare di nuovo ad alta voce. «Mi spiace per il pub».

«Oh, va benissimo» rispose Marnie. «È la prima volta che alloggio in un hotel a tema *Psycho*, ma a parte quello... Il letto è okay, ho solo la sensazione che ci sia uno nell'armadio che si masturba spiandomi da un buco. Un cannibale, suppongo».

«Ecco perché ho pensato che fosse meglio mangiare fuori».

«Sono d'accordo. Non voglio trovare una matassa di peli in una *pie*».

«Shepherd's pie!» disse Michael, con un'aria molto compiaciuta.

«Fantastico» disse Marnie.

Arrivarono a un *fish and chip shop*, allegro e vivace, con le vetrine appannate e i tavoli in fòrmica. Michael spiegò che era «famigerato fra gli escursionisti», ma Marnie si chiese se «famigerato» fosse la parola giusta. Mantelle e scarponi pesanti, bastoni da trekking abbandonati vicino alla porta in stile baita sulle piste da sci. Si accomodarono a un tavolo con i divanetti in vinile rosso, finalmente faccia a faccia, e a Marnie vennero in mente i locali economici in cui si andava da adolescenti per un primo appuntamento, sforzandosi di far durare un piatto unico più di mezz'ora. Il Nick's Big Easy Diner sulla via principale di Bromley con Sean Hayward nel 1998. Un'epoca più innocente, ma tutto sommato anche quel posto sembrava innocente. Mentre Michael consultava il menu, Marnie si guardò intorno. Aveva perso da tempo la speranza di incontrare qualcuno di giovane o figo durante il viaggio. Web designer, cineasti e reporter di guerra erano in luoghi che non avevano nulla a che vedere con una friggitoria in una sera infrasettimanale. Lì al massimo c'erano pensionati decisi a mantenersi attivi, vecchi compagni di scuola che facevano una rimpatriata dopo i quarant'anni, coppie sposate da tempo che battibeccavano sull'itinerario.

«Troppo tardi per l'offerta speciale dell'aperitivo» disse Michael.

«Troppo giovane per morire».

«Mmh?»

«Stavo solo pensando che questo è il peggior posto di tutta l'Inghilterra per procurarsi l'MD».

«Ma il migliore per un panino al burro con gli scampi».

«La sagra del waterproof. Se scattassero gli irrigatori a pioggia non se ne accorgerebbe nessuno».

«Ti rendi conto che probabilmente siamo i più fighi del locale?»

«"Siamo"?»

«Ancora per la storia del telefono fisso?»

«Però hai ragione, c'è un certo fermento».

«Sono tutti esaltati per il passaggio alla pavimentazione calcarea di domani».

«Aspetta, "pavimentazione" nel senso che è asfaltata?»

«È un termine tecnico, mi riferivo alla morfologia naturale del terreno, che è molto tipica, lastroni bianchi esposti...»

«Il più figo del locale, eh?»

«In realtà sono loro i più fighi» e accennò con la testa a una coppia di anziani, arzilli ed eleganti, lui con una cravatta in maglia e una giacca di tweed, lei con un bel cardigan e uno scamiciato, ridevano e si baciavano in attesa del tavolo. «Sembra che se la godano».

«Perché i vecchi si baciano così?» commentò Marnie. «Come i pesci rossi, sporgendo un sacco le labbra in fuori» e mimò il gesto. «Lo fanno i vecchi e i bambini con i cuccioli».

«Mi pare una cosa carina».

«Ah, davvero, Michael, davvero? Okay, io però da vecchia bacerò normalmente. Non con la bocca a culo di gallina come se succhiassi da una cannuccia».

«Comunque, come forse avrai notato...»

«Stai cambiando discorso?»

«Sì. Al di là delle calze, ho portato una sola camicia».

«L'ho notato».

«Ti chiedo scusa. Ho pensato, be', sono da solo, due ore a sera, nove sere, diciotto ore, nessuno mi vedrà».

«Non devi giustificarti con me per i tuoi bassi standard, Michael».

«Non sono bassi standard, ho solo pensato che sarei stato invisibile».

«Fa niente, basta che mi stai lontano».

«Non è nemmeno una bella camicia».

«A me piace, spicca. Ho uno strofinaccio in quel tessuto».

«L'assorbenza è utilissima in una camicia. E se guardi bene» tirò la stoffa all'altezza delle spalle, «ha queste righine nere incrociate».

«I dettagli! Una camicia di carta millimetrata. Anche i tuoi vestiti ricordano la scuola».

«Così posso disegnare un grafico sull'andamento della serata».

«Adesso dove siamo?»

«È una curva esponenziale».

«Che va in su o in giù?»

«Lo scopriremo. Se vuoi sederti a un altro tavolo...»

«Troppo tardi. Guarda» e i suoi occhi guizzarono verso la coppia di anziani, i due che prima si baciavano, che in quel momento si stavano avvicinando a loro. «Non lasciamoci coinvolgere in giochetti psicologici da pervertiti».

«Vi spiace se...?» esordì l'uomo.

«Prego» rispose Michael e sia lui sia Marnie slittarono zelanti in fondo ai divanetti. Dopo qualche secondo, la donna – minuta e raffinata, capelli bianchi e occhi vispi – posò la mano sul braccio di Michael. «È bello vedervi vestiti» disse con accento di Edimburgo, e lei e il marito si misero a ridere.

«Oddio, eravate voi!» esclamò Marnie.

«Scusate» disse Michael.

«Oh, figuratevi. È stato molto divertente».

«Alla fine vi siete buttati?» chiese l'uomo.

«Io volevo» rispose Michael. «Ma lei me lo ha impedito».

«Ah, è andata così?» intervenne Marnie.

«Ci abbiamo rinunciato, devo ammettere».

«Ah, saggia decisione» disse l'uomo. «Penso che ci sareste rimasti secchi».

«Ne sono quasi certo».

«Fate tutto il Coast to Coast?» chiese la donna.

«Lui sì» rispose Marnie. «Io no».

«Be', allora ci toccherà fare a gara» commentò l'uomo. «Quanti giorni?»

E Michael rispose. Ordinarono, poi proseguirono con le solite vecchie chiacchiere, sentieri alti e sentieri bassi, le previsioni del tempo, le condizioni dei loro piedi, il garbato pavoneggiarsi dei «Fin dove arrivate?» Erano discorsi monotoni ma confortanti, come il suono di una radio attraverso una parete. Arrivò il cibo, squisito, concordarono, e Marnie si rassegnò al fatto che in pratica non avrebbe parlato con Michael. Restò zitta, invece, osservandolo, pieno di charme, e probabilmente interessato a cose che senz'altro non interessavano a nessuno, cosicché rinunciare a lui per quella sera sembrava un gesto di generosità, come prestare ad altri un ombrello che avresti dovuto usare tu. Pensò anche all'ultima volta che si erano visti loro quattro, le gambe di lui in mezzo a quelle di lei, la mano di lui sul fianco di lei. Oh, adesso faceva tanto il bravo ragazzo, ma se avesse sollevato il piede e glielo avesse infilato tra le gambe, per poi premere proprio lì, guardandolo in faccia? Peccato che con gli scarponi non avrebbe funzionato, quindi, a fatica, tornò ad ascoltarli. Stavano parlando del miglior abbinamento calze-scarponi, e pensò: be', okay, ora basta però.

«Ma insomma, come vi chiamate?»

Si chiamavano Brian e Barbara, di Morningside, e l'indomani li avrebbero raggiunti i due figli e la nuora per camminare un giorno o due. Erano sposati da quarantadue anni, tanto quanto Michael aveva vissuto fino a quel momento. «Voi siete di queste parti?» chiese Brian.

«Io vivo a York, Marnie a Londra. Centro o periferia?»

«Direi periferia» rispose Marnie.

«Ah, Londra» disse Barbara cupa. «Ed è difficile?»

«Cosa, scusa?»

«Avere una relazione a distanza».

«Siamo solo amici» chiarì Michael.

«A me sembravate un po' più che amici» obiettò Barbara con un luccichio negli occhi.

«Ma hai visto come mangia il pesce?» disse Michael cambiando argomento e tutti e tre la presero in giro per un po'. Non le importava, si divertissero pure, ma a quel punto la generosità era svanita. Rivoleva Michael e fremeva della stessa impazienza stizzita che provava da bambina quando sua madre si fermava a chiacchierare in un negozio con qualche vecchio noioso.

Il cellulare di Marnie fece bip e lei, a mo' di vendetta, non ebbe alcuna remora nel controllare lo schermo. Un messaggio diceva: *Ehi, a quest'ora dovresti essere tornata a Londra. Spero che poi sia andata meglio. Mi sento in colpa per essermene andato. Ti va se usciamo a bere qualcosa, così ti spiego? Stavolta niente camminate! Magari questo fine settimana? Conrad :)*

*Mi sento in colpa.* Be', era già qualcosa. Marnie sogghignò, in parte sperando che Michael se ne accorgesse, e infatti: «Che c'è?»

«Oh, solo un messaggino» e glielo mostrò di sfuggita, un'occhiata subliminale.

«Un appuntamento?»

«A-ah». Era consapevole che Brian e Barbara li stessero osservando.

«Be'. Eccoti servita. Pensi di accettare?»

«Non ora. Sono ancora arrabbiata. Prima mi diverto un po'. Il gatto e il topo. Che il gioco abbia inizio!»

«Be', sono contento per te» disse Michael e poco dopo salutarono e uscirono, il paese immerso nelle tenebre, la strada minacciosa.

«Potremmo allungarci fino al pub per bere qualcosa» propose Marnie, ma ormai avevano perso l'attimo. Passarono alcune macchine. Dopo un po' lei ammise: «Non è successo niente, comunque. Con Conrad».

«Magari è di quello che vuole parlarti».

«Non me lo sarei mai aspettato».

«Be', buttati, no? Dacci dentro».

«Dacci dentro?» Scrollò le spalle. Fuori dal Black Dog esitò di nuovo, terrorizzata dalla sua camera, ma Michael ormai si era chiuso a riccio. «Allora vado» disse. «C'è il tizio che mi aspetta nell'armadio...»

«Certo. Domani è lunga. Trentadue chilometri!»

«E tu devi ancora riattaccare il pezzo mancante ai tuoi hot pants».

«Esatto». Michael insistette per pagarle subito la camera, poi disse che avrebbe bevuto un'ultima birra, che si portò a un tavolino, e lei lo lasciò nella luce del maxi televisore a guardare tutto solo una partita di biliardo.

GIORNO CINQUE:
*Da Shap a Kirkby Stephen*

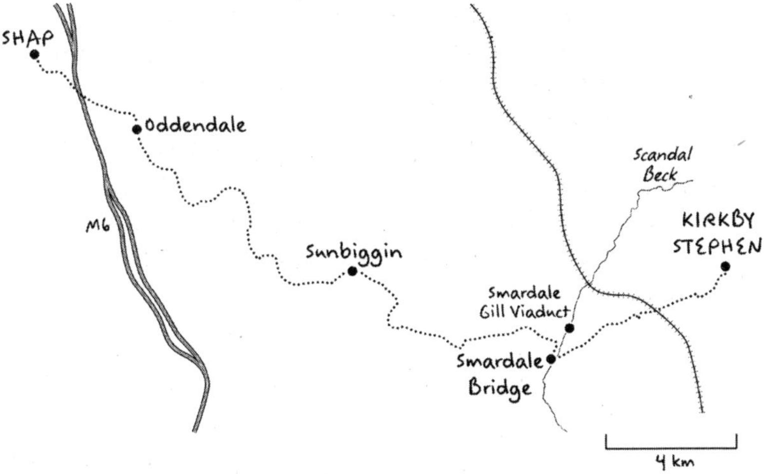

# Riproduzione casuale

Scapparono presto, lasciando le chiavi sull'asciugamano sopra al bancone e svignandosela quatti quatti come studenti che marinano la scuola. La colazione completa del Black Dog non lasciava presagire nulla di buono, perciò comprarono snack, frutta e succo d'arancia al negozietto del paese e si avviarono lungo stradine secondarie fino a raggiungere il ponte della stazione, dove si fermarono a guardare il treno per Londra che rimbombava sotto di loro.

«Ti prometto che ne varrà la pena» disse Michael.

«Non sono preoccupata». Marnie prese il cartone del succo e ruotò il palmo della mano sul beccuccio di plastica.

«Hai appena pulito il beccuccio con la mano?»

Lei rise, sorpresa. «Sì!»

«Perché?»

«Non lo so, c'è qualcosa nello stare con te che mi fa sentire come se fossi in gita scolastica. E poi non voglio il tuo schifidume».

«"Schifidume"».

«Lo dice la scienza, Michael, informati».

«Ah, quindi il palmo della tua mano è più pulito della mia bocca?»

«Lo era, prima che ci fosse sopra il tuo schifidume. I giovani dicono ancora "schifidume"?»

«Ehm, no. Comunque bastava fare la cascatella».

«Cos'è la cascatella?»

«Te lo versi direttamente in bocca, senza contatto. Così non stai lì a ciancicarlo».

«Impossibile».

«Prova».

«Okay. Faccio la cascatella, così "non sto lì a ciancicarlo"».

«Vai».

«Vado». Fece roteare le spalle, si umettò le labbra, sollevò il cartone e per un attimo la cascatella funzionò, il succo le cadde in bocca con una perfetta traiettoria ad arco, poi però Marnie cominciò a ridere del suo stesso trionfo, sputacchiando sull'asfalto, e si pulì il mento con il dorso della mano.

La ferrovia, poi l'autostrada, sei corsie con tutto il traffico dell'ora di punta. Nei mesi dopo l'aggressione, Michael si era scoperto incline al panico nelle strade affollate, convinto che stesse per succedere qualcosa di terribile. Nella fase peggiore, per quanto assurdo, non riusciva più a salire su una bicicletta perché credeva che lo slancio in avanti non sarebbe bastato a tenerlo su. Cosa gli assicurava che non si sarebbe schiantato sul marciapiede? Ora quelle sensazioni erano meno frequenti, ma ne avvertì un'eco sopra l'autostrada, la nausea, l'irrigidimento tra le scapole, come se ci fosse qualcosa di sbagliato nell'asfalto. Era la stessa sensazione di quando si è troppo lontani dalla riva, il piede che cerca la sabbia, e lui la ricacciò indietro. Si era svegliato decisamente con l'umor nero addosso, come lo chiamava Nat, e li attendeva una lunga giornata, ma presto furono di nuovo nella natura, in mezzo alla brughiera, con un nuovo gruppo di montagne davanti, i Pennini, a una distanza inenarrabile.

«Cos'è quella roba?» chiese Marnie.

File di rocce bianche si ergevano dall'erba cespugliosa, simili a vertebre esposte. «Ecco, è quella la pavimentazione calcarea! Vedi, l'erosione forma dei quadrati, tutti in fila, come se fossero...»

«Piastrelle di un pavimento, sì, ora è chiaro».

Restarono fermi a guardare e dopo un po' lui disse: «Te l'ho venduta meglio di com'è?»

Lei rise e lui ritrovò l'ottimismo. «No, è molto bello. Una specie di giardino roccioso».

«Esatto. Il giardino roccioso della natura». Temeva che Marnie fosse pentita di essere rimasta. Ai suoi occhi il paesaggio era magnifico, ma meno variegato rispetto al Lake District, e sette ore erano tante per parlare con chiunque, anche con una persona che gli piaceva molto.

«Puoi ascoltare un podcast, se ti va».

«No, sono a posto».

«O della musica. Oggi è lunga, non mi offendo».

Lei ci pensò un attimo. «Ho un'idea» disse. «Ce li hai degli auricolari wireless?» Ce li aveva. «E il cellulare?»

Michael ebbe un attimo di nervosismo (*Sperotuttobene*), poi si girò per recuperarlo dallo zaino.

«Perché lo tieni lì?»

«Così non è a portata di mano».

«Ma allora come fai a guardarlo?»

«Non è un problema».

«Sei dipendente da internet, Michael?»

«Secondo te, Marnie?»

«Non lo so. Magari sei un pezzo grosso del dark web. Vabbè. Torniamo a noi. Qual è il PIN? Non guardo le tue chat porno, promesso».

«1981».

«Il tuo anno di nascita? Davvero?»

«Più uno».

«Ingegnoso. Okay, ecco cosa facciamo. Ascoltiamo a turno una canzone mia e una tua, tutti i brani in riproduzione casuale, ciascuno tiene il cellulare dell'altro, perciò non si può mandare avanti, niente censure. La verità nuda e cruda». Marnie gli porse uno dei suoi auricolari, lui lo prese e per un attimo restò a fissarlo. «Sei preoccupato per il mio schifidume?»

«Lo sono più per il mio».

«A me non importa, guarda...» Con gesto plateale Marnie si ficcò uno degli auricolari di Michael fino in fondo all'orecchio, e lui si chiese se anche quello fosse un modo di flirtare. «Ecco. Ora. Cominciamo. Prima tu. Vedi di beccarne una bella. A caso».

Lui guardò lo schermo del cellulare di Marnie. Musica. Brani. Riproduzione casuale. Play. Voci femminili che invocavano tutte le ragazze del quartiere.

*Black Magic*, Little Mix (2015)

Michael sogghignò. «Sul serio?»

«Non puoi togliere gli auricolari!»

«Ma c'è un'allodola che canta!»

«È un classico della musica pop, la conosci di sicuro».

«Sì, dai balli scolastici. Non fa certo parte della mia raccolta».

«Ma non vuoi sapere cos'è che fa innamorare i ragazzi?*»

«Una specie di pozione segreta?»

«Esatto! Esatto. Come in *Sogno di una notte di mezza estate*».

«Ma se la pozione è l'unico motivo per cui i ragazzi si innamorano...»

«Temi che non sia vero amore? Perché non è fondato sul dialogo?»

«Io di certo non sarei a mio agio in una relazione...»

«... Con una delle Little Mix».

«Con chiunque, se fosse fondata sull'inganno».

«Forse è quello il sottotesto...»

«Il sottotesto».

«Sst! Adoro questa parte, quando la canzone sta finendo e una di loro fa i vocalizzi e gli acuti» e a quel

* Qui, come alla fine del capitolo precedente, l'allusione è ai versi di apertura della canzone: *All the girls on the block knocking at my door / Wanna know what it is, make the boys want more* (*N.d.T.*).

punto si esibì in un piccolo saggio canoro. «Sei teso per la figuraccia che stai per fare?»

«Non c'è nulla di imbarazzante nella mia raccolta».

«Lascialo giudicare a me» disse Marnie. «Vediamo cosa ci riserva questa roulette» e schiacciò play. Uno strimpellio di chitarre, una melodia, il suono dei flauti...

## *El Condor Pasa (If I Could)*, Simon & Garfunkel (1970)

«Be', qui ti viene subito la depressione».

«Non è la mia preferita tra le loro» si giustificò Michael.

«Passero o lumaca. Tosta questa, eh? Cioè, finché la scelta è tra martello e chiodo, uno sceglie martello, ovvio*».

«Credo che intendano dire se è meglio essere passivi o aggressivi».

«E perché non entrambe?»

«Molto meglio, in effetti. Non sentivo questa canzone da vent'anni. Cioè, ce l'ho sul cellulare, ma non ricordo di averla mai ascoltata. Assemblee scolastiche, è lì che l'ascoltavamo. Uno dei maestri aveva un *Greatest Hits* di Simon & Garfunkel e ogni volta uscivamo dall'aula magna con un brano del cd in sottofondo. Bambini di nove anni che si mettevano in fila sulle note di *Bridge Over Troubled Water*».

«Ci sarà molto rock d'annata, Michael?»

«Un po' sì. Mi spiace».

«No, non è male. Però è cortissima, no? Devo risollevare le sorti di questa festa. Schiaccia play».

Silenzio. Aggrottarono le sopracciglia, sforzandosi di captare qualcosa.

* Il testo della canzone recita: *I'd rather be a sparrow than a snail* [...] / *I'd rather be a hammer than a nail* («Preferirei essere un passero che una lumaca», «Preferirei essere un martello che un chiodo») (*N.d.T.*).

«Cos'è?» sussurrò lui.

«Non lo so. Alza». Un suono simile al boato di una cascata. «Ah, ho capito cos'è» disse Marnie. «Sono i miei rumori marroni».

«Cioè?»

«Come i rumori bianchi, ma marroni. Mi aiutano a dormire, a volte».

«È fastidiosissimo».

«Lo so! Mi piace questo pezzo... Eccolo...»

«Come fai a dormire con questa roba? Sembra la fine del mondo».

«Per me è consolatorio. Ma puoi anche mandare avanti».

«Hai detto che non si poteva mandare avanti».

«Sì, ma dura otto ore!»

«Okay, allora una si può».

«Pensi che dovrei toglierla dalla playlist Fiesta Loca?»

«Penso che non dovresti mai più ascoltarla». Schiacciò il tasto avanti e sentirono il suono di una chitarra elettrica.

## *Don't Speak*, No Doubt (1996)

«Oddio» disse Marnie, «questa canzone...»

«Alti e bassi, la tua raccolta, eh?»

«Se mi metto a piangere...»

«Luci e ombre, è come andare sulle montagne russe».

«Non scherzo. È stata la mia prima canzone post-rottura, primo anno delle superiori, Sean Hayward. La ascoltavo in loop ed eravamo usciti una volta sola. Nick's Big Easy Diner».

«Big Nick's Easy Diner».

«Easy Nick's Big Diner. A parte che di *easy* non c'era niente».

«Cosa avete mangiato?»

«Sean costine con salsa barbecue e patata al cartoccio, io un mega cocktail di gamberi perché volevo fare colpo».

«Crostacei».

«Lo so, una mossa alquanto audace in una cittadina senza sbocchi sul mare come Bromley. Poi siamo andati a vedere *Deep Impact*. Avevo tutte queste fantasie su me e Sean Hayward che sopravvivevamo insieme a uno tsunami, poi siamo usciti e lui mi ha scaricata».

«Mi spiace».

«È andata».

«Davvero ti sembrava che stessi perdendo il tuo migliore amico?»

«Proprio come dice la canzone. Pensavo di morire.

Ovviamente tutti gli altri erano molto divertiti dalla faccenda, ma quando hai quattordici anni, Dio mio, quella roba. A te non è mai capitato?»

«Paula Mattis. Ma ero più grande, diciassette anni. Comunque mi ha spezzato il cuore».

«Se solo avessimo avuto una pozione magica».

«Infatti».

«Lasciarsi, a quell'età, ha schemi tutti suoi che sembrano usciti da una canzone. Uno ovviamente morirebbe piuttosto che ammetterlo, e in effetti è un'agonia, ma è anche un'impressione di agonia. La tua vita è finita, ma dopo due settimane, puff, passata. Mi piaceva quell'innocenza. Con Neil è stata più una questione di scartoffie, soldi e vergogna di dirlo alle persone. Non il cuore spezzato: la vergogna. Anche per te è stato così?»

«No. Cuore spezzato, per me».

«Davvero? Oh. Mi spiace».

«Bello questo assolo di chitarra».

«Stai cambiando discorso».

«Sì».

«Ci sta. Se vuoi dirmi di non parlare, come Gwen Stefani...»

«Non parlare! No, parla pure».

«Adesso la canzone sembra più tranquilla, ma non cascarci, dopo riparte a bomba».

«Secondo te, quando coso la sente alla radio...»

«Chi, Sean Hayward?»

«... O da una finestra aperta, si ferma, guarda in su e pensa...» Michael si sfregò il mento con la mano, guardò il cielo: «... "Dove sei, Marnie Walsh?"»

Lei rise. «Cento percento no».

«Io scommetto di sì. Secondo me pensa che eri grandiosa».

«Okay, tocca a te. Speriamo che ci risollevi il morale».

## *Pull Up To The Bumper*, Grace Jones (1981)

«Hai capito, il professor Bradshaw, chi l'avrebbe mai detto? Ti credevo uno da canti marinareschi, al massimo».

«Questa la adoro. È senz'altro nella mia top five delle canzoni che parlano di gente alla guida».

«Gente impedita alla guida*».

«Non c'è alcuna giustificazione valida per avvicinarsi così tanto, neppure in pieno traffico».

«Che poi, leggendo tra le righe, non parla esattamente di guida».

«Ah, no?»

«Parla di parcheggi».

«È la canzone per antonomasia sulla gente che parcheggia».

«Uscire in retromarcia e girarsi».

«È l'inno dei parcheggi nei centri commerciali».

«Esatto. Comunque sono sorpresa di trovarla qui».

«In realtà penso che l'abbia messa Natasha».

«Non è che stai per piangere, vero? Perché è una canzone molto strana su cui piangere».

«No, è in una playlist intitolata "Grigliate domenicali" o qualcosa del genere».

«Sì, è proprio quello a cui pensava Grace Jones, il

* *Pull Up To The Bumper* significa letteralmente «accosta al mio paraurti», quindi «tamponami». Quando il brano uscì, il titolo venne interpretato come un'allusione sessuale, complice un testo molto ambiguo (*N.d.T.*).

giardino di un insegnante di geografia in una domenica prefestiva».

Camminarono ancora un po'.

«Non siamo obbligati a usarla come pretesto per parlare di sesso, se non ti va».

«Bene, perché la mia memoria non è granché». Continuarono a camminare.

«È passato tanto tempo?» chiese lei.

«Sì».

«Già, anche per me».

«Quanto?»

«Prima tu».

«No, tu».

«Okay» disse Marnie, «al tre facciamo segno con le mani».

«Okay. Uno... due... tre e...»

Michael alzò due dita, Marnie quattro.

«Solo due?» commentò lei. «Erotomane!»

«Una vita al limite!»

«Mi manca molto».

«Gesù, anche a me». Camminarono ancora un po'.

«Ma dimmi, Michael, che tipo di "guidatore" sei?»

«Non è il momento di cambiare canzone?»

«Cioè, mantieni una distanza di sicurezza di due macchine o...?»

«Credo sia molto difficile giudicarsi da soli».

«Ma se proprio dovessi».

«Credo che le persone con cui ho guidato direbbero che sono attento alla strada, ma non troppo prudente».

«Mmh. Ho quasi il voltastomaco adesso. Rimetti il rumore marrone».

«Sta finendo. Passiamo alla prossima?»

«Okay. Stavolta una mia. Vediamo. Vai di roulette!»

## *No Limit*, 2 Unlimited (1993)

«Oddio, no!» esclamò Marnie. «Spegni!»

«Mi spiace, temo non sia possibile, è il regolamento».

«Non è nemmeno mia! Sul serio, Michael, spegni».

«A me piace. È orecchiabile».

Marnie cercò di riprendersi il telefono. «Questa non vale!»

«Ha un ritmo martellante».

«Guarda, mi tolgo l'auricolare. Mi rifiuto di ascoltarla».

«È sul tuo cellulare!»

«È di Neil! Non è nemmeno mia. È di Neil!»

Lui mise subito in pausa e continuarono a camminare, prendendo di nuovo atto della natura circostante, la vasta distesa della brughiera, non il silenzio, ma il canto degli uccelli, lo scricchiolio degli scarponi.

«Scusa» disse Marnie. «È stata una reazione un po' eccessiva. Pensavo di essermi liberata di tutta la sua musica di merda. L'avevo passata al setaccio per fare pulizia, ma quella canzone miserissima dev'essermi sfuggita. Miserrima, non miserissima».

«Gli piaceva quel genere?»

«Neanche techno o house di qualità, solo merdaccia poppettara, roba da ragazzini iperattivi. Dio, aveva gusti orrendi. Il suo verso preferito in assoluto? Probabilmente "techno, techno, techno". La colonna sonora del nostro primo ballo al matrimonio, se avessi lasciato decidere a lui, sarebbe stata *Pump Up The Jam*».

Michael rise e Marnie riuscì a sorridere. «Scusa. Puoi farmi un favore? Me la cancelli?»

«Okay». Lui si fermò un attimo, scrollò in basso e la eliminò dalla libreria. «Ecco fatto. Morta e sepolta. Vuoi ritentare la sorte?»

«Se non ti dispiace» rispose lei e Michael schiacciò di nuovo play. Un attimo di vuoto, poi un pianoforte che eseguiva accordi in stile brano natalizio.

«Joni. Meglio».

«Conosco questa canzone».

«Un po' un cliché, avere *Blue* nella raccolta».

«A me piace».

«Certo che ti piace. È rock d'annata».

«Mi piace il pezzo in cui urla "techno, techno, techno"» disse Michael e camminarono per tutto il resto della canzone, in ascolto.

## *Here Comes the Sun*, The Beatles (1969)

«Lo sapevo» disse Marnie, «lo sapevo che ci sarebbero stati i Beatles».

«I Beatles piacciono a tutti».

«Agli uomini più che alle donne, credo».

«Sul serio?»

«I Beatles, George Orwell e *Le ali della libertà*».

«Mi piacciono tutti e tre».

«Non c'è nulla di male. È una specie di fantasia, vero? Far parte di una band, essere una delle quattro personalità di base. Siete tutti o John o George o Paul o Ringo. È musica, ma anche un sogno di amicizia maschile».

«Forse».

«Tu ce li hai degli amici così?»

Ci pensò un attimo. «In realtà no. Forse un tempo. Ora meno».

«Avete sciolto la band».

«Non ufficialmente, più che altro...» Si interruppe un attimo, prendendo una decisione. «Non so se Cleo te l'abbia detto. Sono rimasto coinvolto in una... Be', non posso definirla "rissa". Sono stato picchiato, in maniera molto brutale, per strada».

«Mi ha detto che sei stato in ospedale».

«Esatto. Ci sono rimasto per un po'. Non mi va di entrare nei dettagli, ma quando sono uscito ero... instabile. Non solo fisicamente, ero nervoso, con le persone, nei posti affollati, con i ragazzi a scuola. Mi capita ancora, ogni tanto. In questo preciso istante no...»

«Be', buono a sapersi».

«... Ma va e viene. Il punto è che avevo questi amici, maschi, in parte colleghi, e tutte le settimane giocavamo a calcio, una roba dilettantesca, uomini di mezza età che si sfottevano un po', e quando mi sono sentito meglio sono tornato. Ed erano tutti gentilissimi. "Stai bene? Ti trovo in forma". E non c'erano più contrasti, nessuno che urlava, tutti mi tiravano pacche sulla schiena ogni volta che toccavo il pallone, bravo, zio, bravo, ed ero davvero commosso da tutta questa premura. Ma anche stranito. Perciò ho smesso di andarci».

«Ti dava fastidio che non fossero più cattivi?»

«No, era solo che...» Esitò, perché c'era stata un'altra scena, subito dopo quella partita, di lui seduto nel parcheggio con le mani sulla faccia, le spalle che tremavano, senza che ne capisse il motivo. «Non era più la stessa cosa».

«Potresti tornare?»

«Forse. Ma come amico, non come un cazzo di... squilibrato. Perciò».

La parola con la C era stata un errore. L'insegnante che era in lui gli disse: *Ehi, non c'è bisogno!* Stava scadendo nel patetico, nell'autocommiserazione, e non vedeva l'ora di passare oltre. Doveva essersene accorta anche lei, perché chiese: «Quindi adesso stai lavorando al tuo album da solista?»

«Sono già tornato in studio».

«Sei pronto a fondare i Wings?»

«Mah, non sono certo di essere Paul».

«Allora chi sei? Delle quattro personalità di base?»

«Non lo so. Dimmelo tu».

Lei lo guardò in faccia, come se questo potesse aiutarla. «George, credo».

«Davvero? Non ambiscono tutti a essere John?»

«Tutti i Paul vogliono essere dei John, e i John di solito sono insopportabili. I Ringo sono abbastanza simpatici e divertenti. Ma George è l'opzione più raffinata. Fidati» disse Marnie, «George è il massimo a cui si possa aspirare» e Michael fu soddisfatto. «Va bene. Prossima canzone?»

## Ecciù

Il gioco li accompagnò nel Westmorland, passando per luoghi dai nomi respingenti o acrimoniosi come Ravenstonedale, Nettle Hill e Orton Scar, e ogni brano offrì loro lo spunto per uno spaccato di vita, così, quando lo scenario cominciò a cambiare, Marnie sapeva già della scuola domenicale di Michael, del suo piatto preferito, della sua peggiore sbronza, dei cugini a Dublino, delle lezioni di pianoforte, della sua prima cotta e della sua storia elettorale, elementi tutti scollegati di per sé, che però aggiungevano ciascuno un dettaglio, come se aumentassero la risoluzione di una fotografia. Conversazioni di quel tipo implicavano sempre il rischio di un improvviso deragliamento – anche quando erano sposati da un pezzo, Neil riusciva ancora a spaventarla con le sue opinioni forti sulle punizioni corporali, o certi crudeli aneddoti scolastici – invece Marnie scoprì che la fotografia di Michael, man mano che si arricchiva di dettagli, le piaceva sempre di più. Nessuno shock sul fronte politico, era di sani principi ma non bacchettone, e le piaceva anche la maggior parte dei brani, sebbene le riuscisse difficile separarli dal suo passato domestico: era la colonna sonora di una vita con Natasha, e Marnie fu colpita dalla strana intimità provocata dall'ascolto della musica di un'altra coppia, le canzoni con le quali marito e moglie avevano cucinato, mangiato e fatto l'amore, era come venire sorpresa a frugare nei loro mobili. Senz'altro c'erano associazioni che Michael avrebbe preferito tenere per sé. Lei di certo aveva fornito una versione riveduta e corretta del suo racconto personale (*Sei anni sono troppi. Di' quattro.*) Per la maggior parte del tempo la conversazione fu frivola e ingessata, come le prime puntate di un podcast, ma Marnie si disse che andava bene, quella conversazione: come la musica, poteva servire a diversi scopi, in quel caso a distrarsi dalle enormi distanze.

Alla fine la brughiera iniziò ad addolcirsi e a cedere, poi d'un tratto sprofondò in una valle, simile alla scanalatura accanto al dorso sulle copertine dei libri rigidi. Si stavano avvicinando all'Eden, annunciò Michael, e in effetti c'era un che di paradisiaco nella vista dal Smardale Gill, un lungo viadotto con i pilastri altissimi conficcato nella valle, un paesaggio idealizzato tratto da un quadro del Settecento.

«Dài, racconta» disse Marnie. «Lo so che fremi».

«Cosa?»

«Parlami del viadotto».

Lui rise. «È un ponte ferroviario». Poi aggiunse, senza incrociare lo sguardo di Marnie: «Prendi stasera il treno?»

«Ancora un giorno?» rispose lei guardandolo. «Se per te non è un problema».

«No, mi fa piacere. Così fai in tempo ad attraversare i Pennini. E a vedere le Dales. E poi hai portato dodici paia di pantaloni, quindi...»

«Rivedrò la tua camicia?»

«Ho alternative?»

«Okay. Un altro giorno e poi ti lascio». Risalirono il fianco della valle e Marnie sentì che adesso avevano trovato il loro ritmo, in tutti i sensi. Piedi, ginocchia e spalle non si lamentavano più, sorridere non sembrava più innaturale e lei aveva anche abbandonato la sua lingua privata, *fuà* e *ptah*, *flu-ah* e *cià-ha.* Non si agitava più quando cadeva il silenzio, anche se a suo avviso c'era un discorso che andava affrontato. Sentiva montare la pressione, e anche quella specie di piacere che ne derivava, come il solletico di uno starnuto trattenuto. La parte difficile sarebbe stata non starnutirgli in faccia.

Campi, fattorie, il retro delle case, la via principale. Dopo la brughiera, il centro abitato sembrava una metropoli di chiese metodiste, cooperative e panetterie. La locanda prenotata da Michael era al completo, o forse era lui che voleva risparmiarle un secondo Black Dog, ma una serie di telefonate le valsero un'ambita camera nel «miglior B&B dell'Eden Valley». Alloggiare in un B&B, sospettava Marnie, era come essere ospiti di una prozia che non avevi mai visto, e invece il Sunnyview Lodge si rivelò grande e suggestivo, con una bella siepe di ligustro e una soprafinestra in vetro colorato, in più c'era qualcosa di antico e galante nell'essere scortata così fino alla porta.

«Mi sento una profuga di guerra» disse Marnie. «Con i miei modi londinesi».

«Ti passo a prendere alle sette?»

Un uomo che la passava a prendere: era davvero un gesto antico e galante, e per un attimo temette che fosse sconveniente per una fanciulla nubile uscire dopo il tramonto con un gentiluomo in visita. L'atmosfera da film in costume proseguì mentre veniva accompagnata in camera – «Senza scarponi, se non le dispiace» – dalla proprietaria, una donna che per effetto della permanente sembrava sfoggiare un casco color malva, e che si era presa con lei una confidenza prematura, appellandola da subito «tesoro» e «mia cara». Il B&B offriva una sala comune con guide e cartine, la colazione tipica inglese – ovvio – e, nella suite Lavanda, un camino, un plaid rosa chiaro in ciniglia e un letto in ghisa scampato alla fusione per la produzione degli Spitfire*. «Niente ospiti» precisò la donna,

* Antichi aerei da caccia della Royal Air Force (*N.d.T.*).

ma nel kit di benvenuto c'erano una bottiglia di gin al prugnolo artigianale con un fiocchetto, biscotti artigianali in un contenitore di latta, una selezione di tè...

D'un tratto si ritrovò sola nel 1942. Il rimbombo dei camion sulla via principale era l'unico elemento che spezzasse l'illusione. Accese il bollitore, mise in carica i dispositivi, si sdraiò sul letto e sentì le molle cigolare mentre si arrovellava su *Notti contorte*, che ora sembrava più proibito che mai, illegale come una copia dell'*Amante di Lady Chatterley*.

# L'Auld Shillelagh

All'Auld Shillelagh c'era la serata «curry club».

«Fantastico» disse Marnie, «una serata per soli membri».

«Incredibile che siamo riusciti a entrare» ironizzò Michael, ma era vero. Il pub era già preso d'assalto, perciò trovarono posto solo in fondo, un tavolo intimo a lume di candela con le panche di legno, lontano dal piccolo palco. La camera di Michael era esattamente sopra le loro teste, un lungo corridoio spoglio riconvertito, ma abbastanza accogliente, e mentre si sedevano lui ebbe l'impressione che fossero nel posto giusto. «È come essere catapultati nello Studio 54» commentò Marnie, che aveva riorganizzato la turnazione dei suoi tre abiti, e adesso indossava il preferito di Michael, il secondo, quello con le rose. *Il suo preferito.* Oh, Signore.

In aperto contrasto era anche la serata «country e western», una band locale, chitarra, tastiere, violino, un washboard appoggiato al pianoforte per dopo. Capelli ossigenati all'insù, gilet e mascara, il cantante intonava con voce graffiante *Walkin' After Midnight* davanti a un semicerchio di persone del luogo che si battevano la mano sulla coscia all'uno e al tre. Rogan Josh e Patsy Cline in un pub irlandese nella Cumbria; Michael si sentiva a proprio agio, ma non era certo che valesse anche per Marnie. Lui non aveva mai vissuto a Londra, non aveva il minimo desiderio di farlo, e sapeva che i londinesi non erano tutti cucina esotica in torri di vetro, ma voleva tantissimo che Marnie fosse felice lì. Lanciandole un'occhiata dal bancone, la vide sforzarsi di leggere *Cime tempestose* a lume di candela, e al tempo stesso notò quanto fosse carina, un velo di trucco, i capelli puliti, le rose sull'abito. Cosa avrebbe intuito uno spettatore esterno? Che fosse un appuntamento, che fossero sposati? Una coppia in libera uscita, i figli con la baby-sitter. Era plausibile?

E dove sarebbe stato a quell'ora senza di lei? Immaginò una serata parallela in cui trovava un posticino tranquillo e beveva da solo con il suo libro, il suo cellulare e i suoi pensieri. Non sarebbe stato male neppure così, e da un lato sentiva ancora il richiamo della solitudine, ma era diventato scettico sulla sua capacità di dialogare con sé stesso, senza sorprese, senza colpi di scena, senza stimoli, inchiodato a ritmi familiari come se giocasse a tennis contro un muro. Dialogare implicava sfide e pericoli, ma per il momento era meglio così che stare solo. Per quello aveva già tantissime occasioni.

Marnie lo stava guardando. Sorrideva.

Poi invece guardò di lato, in piedi, ridendo e gesticolando verso il bancone. Era la coppia della friggitoria, Brian e Barbara, si girarono per salutarlo. Lui sorrise, mimò il gesto di bere, chiese con il labiale: «Volete qualcosa?», ma i due anziani scossero la testa e indicarono altre persone, un gruppetto di parenti che si stava unendo a loro, accostava le sedie e stringeva la mano a Marnie, la quale intanto da sopra la spalla di Brian lo guardava con occhi sbarrati da ostaggio.

Così la perse di nuovo, trascorrendo invece la serata con i figli di Brian e Barbara – Stewart e Donald – e la neonuora Amelia, a parlare della loro luna di miele e di come si erano conosciuti, di dove alloggiavano, del clima, del cibo, di dove trovare il miglior curry a Edimburgo, a Leeds, a York, dei mutui, dei maledetti Tory, del nazionalismo scozzese, delle patate arrosto, di mangiatoie per uccelli a prova di scoiattolo, e ogni tanto Michael dava una sbirciata a Marnie, la mano sotto il mento, illuminata dalla candela, un'ospite educata al matrimonio di uno sconosciuto, e a volte i loro sguardi si incrociavano e lei mandava segnali che lui interpretava come: *Aspetta, stai qui, aspetta e basta.*

Le ore passarono, la musica si fece più forte e sguaiata, e fu solo quando toccò a lui andare al bancone che si accorse di quanto fosse ubriaco, molto più di quanto lo fosse mai stato negli ultimi anni, forse di quanto lo fosse mai stato in assoluto. Embè? Se la stava di nuovo spassando e non era per niente così male come ricordava. Si intrufolò nella folla, estranei che sorridevano e gli tiravano pacche sulla spalla come se stesse andando a ritirare un premio anziché a prendere da bere. Al bancone si ritrovò a sperimentare con la messa a fuoco, facendola slittare avanti e indietro mentre fissava i superalcolici – erano passati al whisky adesso, accidenti a loro – e intanto la band suonava un vecchio pezzo di Hank Williams, *Hey Good Looking*, un brano che Michael conosceva senza averlo mai ascoltato con cognizione di causa, quelle canzonette semplici e stupide che piacevano a suo padre, ed ebbe un ricordo sentimentale di lui che la cantava sentendola alla radio, una domenica mattina di fine anni Ottanta. Una mano calda e leggermente umida afferrò la sua. «Ehi, bellezza» disse Marnie in stile Hank Williams. «Ho pensato di venire ad aiutarti».

«Mi spiace, credevo che saremmo stati solo noi due».

«Non importa. Cioè, un po' sì».

Per un attimo rimase spaesato. «Non riesco a farmi servire».

«Non c'è fretta. Aspettiamo».

Era divertente stare lì, tenerle la mano lungo il fianco come se fosse un segreto, gli occhi rivolti in avanti ma consapevole del suo sorriso. Ordinò da bere e la band annunciò l'ultimo pezzo. Era divertente, più che divertente, battere i bicchieri sul bancone e sentire il whisky bruciare, poi girarsi verso la band che suonava *Crazy*, un vecchio brano di Patsy Cline. Era proprio come dovrebbe essere la notte di Capodanno, ma alla fine non è mai: sentimentale e generosa, piena di speranza e amore diffuso. Marnie gli aveva preso di nuovo la mano, i loro avambracci si toccavano lungo il corpo mentre lì davanti la folla ballava, perlopiù coppie attempate, gli uomini in camicia a quadri e cravatta di cuoio, e venne facile e naturale unirsi a loro, il braccio di lei attorno alla vita di lui, il mento di lui sulla fronte di lei, in quella che era più che altro la parodia di un ballo, ma presa molto sul serio. *Crazy for feeling so lonely...*

Ma la canzone durava pochissimo e loro dovevano ancora portare da bere agli altri, quindi alzarono i bicchieri – immergendo le dita nel liquido senza alcun riguardo – e si fecero strada tra la folla, che adesso esultava, per la band e per loro. «Ah, Dio vi benedica» disse Brian, un ampio ghigno sul viso rubicondo, e sollevò il bicchiere per brindare.

«A voi due» intervenne Barbara, «persone adorabili» e ora Marnie bisbigliava all'orecchio di Michael con il suo alito al whisky.

«Portami a casa, Mikey» disse.

Lui rise. «Nessuno, ma proprio nessuno, mi chiama Mikey».

«Ti dà fastidio?»

«Per niente».

«Allora portami a casa, Mikey».

«Ti ci porto» rispose lui, «ti ci porto».

# Saluti dal paese del viadotto

Le sferzate di aria fredda non bastarono a farli riprendere dalla sbornia mentre tornavano indietro camminando a braccetto. Lei sentiva l'abito aderirle alla schiena per il sudore, d'un tratto le goccioline divennero gelide e non le lasciarono altra scelta se non stringersi a Michael, il quale inciampò, rise e non ebbe altra scelta se non aggrapparsi a sua volta a Marnie, e barcollarono così fino al B&B, due ubriachi in un film muto.

Pensare e parlare con lucidità sembrava tanto importante quanto impossibile, e «Mi è piaciuto un casino il curry club!» furono le uniche parole che Marnie riuscì a pronunciare.

«Anche a me!» fu il massimo che Michael riuscì a replicare, quindi se non altro erano scarsi allo stesso modo.

Alla fine arrivarono al Sunnyview Lodge e Marnie si sentì pervadere da un impulso irresistibile, un desiderio sublimato, di spingere Michael nel ligustro. «Tuffo nella siepe!» gridò e lui parve un po' sorpreso, ma si riprese e cercò di contrattaccare, ed eccoli di nuovo che lottavano, per la seconda volta in due giorni. «Sst!» gli intimò lei.

«Hai iniziato tu!» sibilò lui. «Sei stata tu a buttarmi nella siepe!», al che Marnie gli diede una spintarella, poi tornarono le atmosfere alla Jane Austen.

Alla fine arrivarono al cancello. «È meglio che vada»

disse Michael, «è tardissimo» e lei diede un'occhiata all'orologio.

«Mikey» disse, «sono letteralmente le dieci meno un quarto» ed entrambi scoppiarono a ridere, e prima ancora che lui finisse lei aggiunse: «C'è un bollitore nella mia camera. E del gin al prugnolo!»

«Gin e whisky» commentò lui.

«Te la rischi?» rispose lei, e ciò nonostante Michael la seguì nel viottolo.

«Sst!» Marnie aprì la porta il più piano possibile. Dalla sala comune arrivava il suono della tv e lei gli fece cenno verso le scale, che salirono in punta di piedi come se Marnie stesse portando un ragazzo in camera di nascosto, cosa che in effetti stava facendo, stava facendo proprio quello. A metà rampa abbandonarono il silenzio e saltellarono fino in cima, perdendo foglie di ligustro, quindi raggiunsero la suite Lavanda, dove Marnie chiuse la porta con tanto di chiavistello – strana mossa, ma lui per fortuna parve non accorgersene.

«Che bel posticino!» commentò Michael, mentre lei si affrettava a raccattare vestiti e biancheria disseminati qua e là, pigiandoli nello zaino dall'apertura superiore. Il grande lampadario era acceso, una lampadina da cento watt in un paralume con le frange, ma accendere le luci di fianco al letto sembrava un po' troppo sfrontato, quindi, per distrarlo...

«Guarda la mia latta di biscotti» disse e lui obbedì, sollevando il coperchio mentre lei provvedeva all'illuminazione.

«Molto sciccosa» disse, «di certo manterrà i biscotti fragranti» e risero di nuovo, e a Marnie venne in mente quando ancora lavorava insieme ad altri esseri umani che le piacevano e con cui andava d'accordo, e a volte facevano delle gite o andavano al weekend annuale di team building, e allora si fiondavano tutti nella camera di qualcuno, cosa tanto illecita quanto divertente, si ammassavano in una camera dove non c'era altro posto per sedersi se non il letto, razziavano il minibar, fumavano fuori dalle finestre, venivano redarguiti dalla reception. Era così che era rimasta invischiata con Neil, ma chi se ne fregava di Neil, Michael non era Neil.

«Mettiamo della musica che spacca!» propose, se non che il mobile radio era sintonizzato su Radio 4 e relativa discussione sui Manoscritti del Mar Morto. «Che la festa abbia fine!» ironizzò, ma Michael muoveva la testa come a ritmo di musica, mordendosi il labbro. «Non si può ballare sui Manoscritti del Mar Morto. Cambiamo!» e mentre lui schiacciava i pulsanti senza avere la minima idea di cosa stesse facendo, Marnie recuperò il gin nell'affusolata bottiglia verde con fiocchetto. «È una pozione segreta!» disse e si mise a intonare *Black Magic*, mentre la radio passava ciclicamente dal jazz alla musica classica alle previsioni del tempo, un'altra splendida giornata nel Nord-Est, ma approfittatene ora, perché... Marnie aprì il gin con i denti e sputò il piccolo tappo di sughero in mezzo alla camera, neanche fosse una piratessa, ne bevve un sorso – delizioso, come sciroppo per la tosse – e si lasciò cadere a peso morto sul letto, dove le molle cigolarono come un camion della spazzatura. «Vuoi un bicchiere?» chiese offrendo a Michael la pozione. «O una tazza?»

«A posto» rispose lui, mandò giù una sorsata, trasalì e appoggiò la bottiglia con cura sul comodino.

Poi si ritrovarono entrambi sul letto. C'erano troppi cuscini. Le loro teste, piegate a novanta gradi, fissavano la pediera in metallo, Marnie si tolse le scarpe da sera scagliandole via, arricciò le dita, gemette e strofinò tra loro i piedi fasciati nel collant nero, lui le tirò uno o due calcetti con i suoi enormi scarponi inzaccherati.

«Ehi!» lo ammonì. «Gli scarponi dovevi levarteli!»

Poi si ritrovarono a baciarsi, ma sarebbe stato difficile stabilire con precisione chi avesse iniziato, non essendoci alcun dubbio sul trasporto di entrambi. Lei non aveva mai baciato un uomo con la barba, credeva che equivalesse a sfregare la faccia su una noce di cocco, invece la barba di Michael era morbida come la sua bocca, ancora dolce e appiccicosa di prugnole, con una traccia residua di whisky e di curry del pub, qualcosa che la intontiva leggermente, in ogni caso, o forse era il sapore della sua stessa bocca, comunque era delizioso, e lei allora lo sentì e si ricordò: il desiderio. Eccolo di nuovo. Bentornato, desiderio! Dio, quanto mi eri mancato!

Un altro coro di molle mentre slittavano in basso per potersi sdraiare, rivolti l'uno verso l'altra, la mano di lei sul collo di lui, quella di lui sul fianco di lei, e Marnie per un attimo temette di avere del cibo tra i denti, un chicco di riso o un frammento di frutta secca che avrebbero potuto disincagliarsi e finire in circolo. Si chiese anche se dovesse fare qualcosa con la radio, ormai fissa su Radio 3, un programma d'arte e la recensione di una nuova produzione del *Crogiuolo*, per fortuna molto apprezzata dalla critica, che l'aveva giudicata «potente», «opportuna» e «avvincente», ma adesso la mano di Michael era sulle sue costole, le dita lungo il ferretto del reggiseno, e Marnie si chiese come potesse ricambiare, magari aprendogli la cerniera a metà gamba. Forse poteva scherzarci su, ma avrebbe significato interrompere il bacio, e non voleva, dato che lo trovava potente, opportuno e avvincente. A quel punto le venne da ridere, non in maniera beffarda, ma con una specie di allegria, una risata-ottovolante mentre slittavano di nuovo verso il basso, le molle una fisarmonica, la gamba di lui tra quelle di lei che spingeva l'abito in su, e adesso Michael aveva una mano sulla sua coscia all'altezza dell'autoreggente, il che le provocò immediato imbarazzo, oddio, le autoreggenti, neanche fosse una produzione itinerante di *The*

*Rocky Horror Show*, ma sentì anche l'erezione – o forse il dispositivo GPS – che le sfiorava il fianco, e allora gli strattonò la camicia, la famosa camicia, e lui le sussurrò qualcosa del tipo: «Ehi, piano, è delicata», al che risero di nuovo, finché Marnie non sentì provenire un rumore da una fonte diversa, dei colpi sulla porta. Doveva averli sentiti pure lui, perché si staccò, e restarono a guardarsi, immobili.

«Cos'era?» chiese.

Poi un fruscio sul pianerottolo, come se qualcuno stesse origliando. «Aspetta», Marnie si divincolò, appoggiò i piedi a terra con uno slancio, si abbassò il vestito e attraversò la camera a passo felpato.

Una cartolina, una foto patinata della valle perfetta che avevano visto quel pomeriggio, e in basso la stampa in corsivo: *Saluti dal paese del viadotto.* La girò e vide un messaggio in penna nera dal tratto spesso, scritto con una bella grafia: *Niente ospiti dopo le 10, grazie!*

«Oddio, no».

«Che c'è?» chiese Michael.

«La signora ti sta cacciando».

Lui rise. «Davvero?»

«Niente gentiluomini in visita». Gli mostrò la cartolina e lui si ravviò i capelli con entrambe le mani, ebbe un lieve sussulto e si sedette sul bordo del letto. «Immagino non abbia senso opporsi» disse, «sono le regole della casa». Cercò la mano di lei e la strinse.

«Potresti venire tu nella mia. Il letto è singolo, ma...»

«No, penso di no».

Passarono un po' di tempo così, seduti a guardare la latta di biscotti, il piccolo bollitore, tenendosi per mano. A Marnie sembrò di sentire il sangue pulsare nel palmo di Michael, o forse era il suo, o forse quello di entrambi. Lui sospirò. «Allora a domani?»

«A domani».

«Sono abbastanza sbronzo» disse lui, per poi correggersi subito: «Non che l'abbia fatto per questo».

«Anch'io» rispose lei, «cioè, nemmeno io» e si baciarono di nuovo, più esitanti, delicati, per qualche tempo, finché Marnie non si staccò. «Ho l'impressione che stia per arrivare un'altra cartolina».

«Vado» disse Michael, «faccio una corsa».

«Se prova a fermarti spingila via, tanto è anziana e bassettina».

«Lo farò» disse con una mano sulla porta, «la spingo giù per le scale» e Marnie pensò a quanto fosse bello e quanto lo desiderasse. «È stato divertente» aggiunse Michael, e sarebbero state le sue parole di commiato se lei non lo avesse chiuso dentro con il chiavistello. Ci fu un po' di trambusto, strattoni e sbatacchiamenti della maniglia, finché Michael riuscì a tirare indietro il chiavistello, sorrise e se ne andò. Marnie sentì gli scarponi sulle scale, poi la porta d'ingresso che si chiudeva con delicatezza al piano di sotto.

Rimase lì sdraiata, più immobile che poteva per non innescare il cigolio delle molle, la camera si muoveva pianissimo, le sue dimensioni cambiavano, e lei sorrideva tra sé e sé, confusa ed eccitata, ma non abbastanza per non cadere in un sonno profondo – sopra le coperte, nel suo secondo abito più bello, con un'autoreggente arrotolata sotto il ginocchio – poco dopo le dieci e dieci.

# Messaggi notturni

Alle tre Michael si svegliò, la testa che martellava, la lingua un asciugamano arrotolato, e si trascinò sui piedi pieni di vesciche fino al minuscolo lavandino, dove si chinò per bere, spaccandosi la testa sulla manopola dell'acqua calda, poi fece una fragorosa pipì e si ritrascinò fino al letto. Toccò lo schermo del cellulare per controllare l'ora e vide un messaggio: da parte di Marnie, supponeva, sperava.

*Certo. Volentieri. Organizziamo.*

Era da parte di Natasha. Confuso, premette sul display e si accorse di aver completato e inviato la bozza qualche ora prima.

*Sì, tutto bene. In effetti sarò dalle tue parti venerdì, se vogliamo vederci.*

Un errore, forse. Si chiese se quella scoperta potesse tenerlo sveglio, ma cadde anche lui in un sonno profondo, pieno di sogni folli e magnifici.

GIORNO SEI:
*Da Kirkby Stephen a Ivelet*

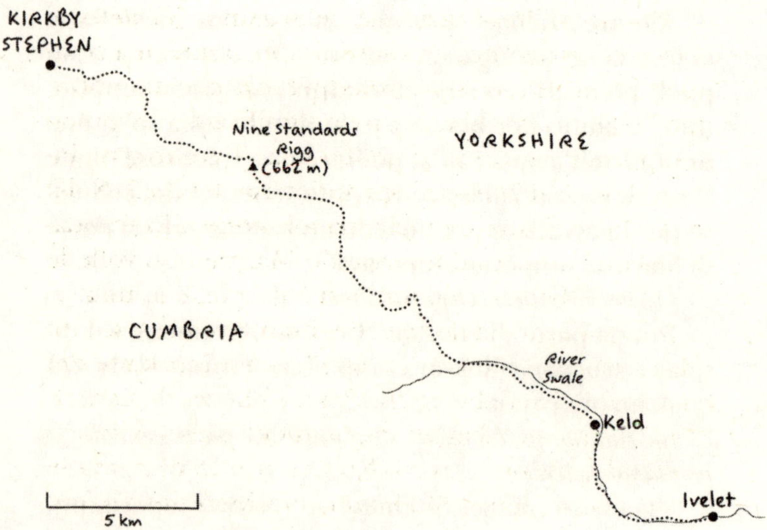

## Lo spartiacque

Marnie infilò la cartolina nello zaino. *Niente ospiti dopo le 10, grazie!* Era un souvenir divertente, ma covava anche la segreta, svenevole speranza che un giorno quell'oggetto avrebbe avuto un significato, che potesse rappresentare una futura reliquia. A stretto giro, invece, doveva affrontare la proprietaria del B&B. Nella sala colazioni non ci fu alcuna allusione allo scandalo, solo un sorriso tirato quando Marnie non volle le uova con il bacon, solo un toast e il caffè, e in un attimo era già fuori, la donna che li scrutava dagli scalini d'ingresso, Marnie con un'oscillazione insolente dei fianchi, Michael che attendeva a distanza di sicurezza dall'edificio, il cattivo ragazzo del paese. Sembrava pallido, un po' ritroso. Non ci furono baci, ma le loro spalle si scontrarono come bicchieri tintinnanti, risero.

«Mi sento la zoccola del paese. Mi manca solo la gomma da masticare».

«Salta in sella alla mia Harley» disse lui.

«Che ne sarà delle mie prospettive di matrimonio? Ora nessun uomo perbene mi vorrà!» Sistemarono gli zaini e partirono, attraversarono il fiume Eden, le belle stradine secondarie diventarono viottoli che cominciavano a salire verso il crinale dei Pennini.

Marnie aveva l'impressione di camminare non solo nella campagna, ma anche da una stagione all'altra. Il cielo le ricordava l'espressione «azzurro uovo di pettirosso», benché non avesse mai visto un uovo di pettirosso. L'azzurro polveroso della posta aerea, casomai, e ben presto apparvero fiori di biancospino candidi come fogli A4, ginestre giallo post-it, e dappertutto un verde evidenziatore così acceso e vivido che sembrava scoppiettare. Superarono una pozza bassa di acqua nera che gorgogliava come un calderone, e che a un esame più attento si dimostrò piena di girini che si dimenavano, e Marnie non provò alcun ribrezzo. Malgrado gli occhi gonfi e la testa calda e dolente, le sembrava che il tempo passasse rapido e senza pesarle, e che la attendesse una vera estate, la prima dopo molto tempo. Negli anni del grande isolamento si era ritrovata a desiderare il buio per sentirsi giustificata ad andare a letto. Ora invece voleva che le giornate fossero più lunghe, più luminose e vissute appieno. Cercare definizioni sarebbe stato uno sbaglio, ma cos'era quella sensazione di ottimismo e ricettività?

Alla fine lasciarono il sentiero aperto e cominciarono a salire verso l'orizzonte e nove spuntoni di pietra, tutti di dimensioni diverse, simili a denti molto distanziati. «Quello è il Nine Standards Rigg» spiegò Michael con la sua voce da insegnante, ma a Marnie non diede fastidio, «segna l'antico confine tra la Cumbria e lo Yorkshire».

«E non hai delle curiosità da raccontarmi?»

«Certo! La sua importanza è data dal... Mi stai ascoltando?»

«Sì! Dimmi di più».

«Quando arriviamo. Così hai un incentivo. Punti di interesse locali».

Nonostante i giorni di sole, c'era ancora fango a terra, il sentiero era eroso, quindi Marnie cercava di avanzare a passo leggero come su un pavimento appena lavato. Presto ricominciarono ad avere il fiatone – il sudore di Marnie emanava una nota acre, luppolata – e si inerpicarono senza guardarsi indietro fino al crinale, dove i denti frastagliati si rivelarono essere dei cairn, solidi e intricati, sinistri seppur immobili e alla luce del sole. L'aria era tersa come il vuoto cosmico, il panorama si estendeva all'infinito, solo le alte brughiere a est impedivano di scorgere il Mare del Nord, e dopo ancora... l'Olanda? La Norvegia? Per un attimo restarono in silenzio, cercando di capire quanta strada avessero fatto, dove fossero diretti, guardando ovunque tranne che l'uno negli occhi dell'altra, finché Marnie non disse: «Allora. Racconta».

«Be', questo è uno spartiacque, in termini geografici significa che se piove lì» e indicò a ovest, un po' più a valle, «l'acqua finirà nel Mare d'Irlanda, mentre se una goccia cade qui dove siamo noi, finirà nel Mare del Nord».

«E dove bisogna essere per finire a Londra?»

Michael indicò i piedi di Marnie. «Lì, suppongo». Passò un momento e poco dopo si stavano abbracciando, il mento di lui sulla testa di lei, più o meno come quando avevano ballato la sera prima, lei invece gli batteva le mani sui lati dello zaino, un piccolo giro di batteria. Un abbraccio stretto, sobrio e alla luce del giorno. Un altro momento topico, pensò Marnie. «Proseguiamo?» disse Michael e si staccarono l'uno dall'altra.

Curvarono per seguire il crinale e cominciarono la discesa verso Swaledale, marciando su lastre di pietra incastonate nel fango, il paesaggio una serie di terrapieni e avvallamenti paludosi. Sul crinale successivo videro un gruppo di quattro escursionisti, tutti a capo chino, fermi e un po' distanziati, come se aspettassero l'autobus, e Marnie si preparò ai convenevoli. *Bella giornata oggi. Voi dove andate? Magari ci vediamo lì!*

Ma via via che si avvicinavano vide qualcosa per terra, una quinta figura distesa sotto un foglio d'argento, una di quelle sottili coperte isotermiche che indossano i maratoneti alla fine di una gara. Sembrava quasi comico in quel contesto, un pezzo di carne lasciato a riposare dopo la cottura in forno. Forse uno del gruppo si era spinto troppo oltre le proprie possibilità. In ogni caso era strano che avesse addirittura la faccia coperta.

Ma via via che si avvicinavano li riconobbe: Barbara attonita e inespressiva, la sua famiglia anche, i volti fissi, gli occhi cerchiati di rosso, spostavano il peso da un piede all'altro come colti in fallo. Ora Marnie era abbastanza vicina per vedere la mano pallida di Brian spuntare dal foglio d'argento, il palmo all'insù. «Oh, no» disse e guardò Michael, che però stava già correndo verso il gruppo, e mentre loro parlavano a voce bassa lei restò sola nel riverbero.

# Andarsene

Dovettero camminare un bel po' prima di riuscire a proferire parola, e anche allora: «Non so cosa dire» fu l'unico commento di Marnie.

«Già».

«Pensi che avremmo dovuto restare con loro?»

«Gliel'ho chiesto, hanno detto di no, e guarda...»

Si girarono e videro arrivare altre figure, un'ambulanza sulla strada di sotto, e anche una Land Rover che ondeggiava instabile sui bassi pendii mentre risaliva il terreno accidentato. Per un attimo li osservarono, poi si rigirarono e proseguirono. «Com'è successo?»

Sembravano tutti in stato di shock. Nessuno piangeva. Ci sarebbe stato tempo per quello, per il momento erano troppo allibiti, troppo storditi per fare qualsiasi altra cosa che non fosse stare lì ad aspettare. Michael si vergognava di non ricordare i loro nomi, comunque la nuora di Brian, l'unica che paresse in grado di parlare, gli aveva raccontato che era successo tutto molto in fretta, Brian si era seduto e poi sdraiato, e tutti all'inizio lo avevano preso in giro, avevano riso dei postumi della sbornia. *Dài, papà, alzati!* Ma poi si erano accorti che era già andato. Avevano fatto il possibile, ma... «Mi spiace molto» aveva detto Michael. «Sembrava proprio una brava persona». La nuora aveva detto grazie e poi che, sì, lo era davvero, e non c'è bisogno che aspettiate, stanno arrivando i soccorsi, stiamo bene, sei gentile, è stato un piacere conoscervi, non c'è niente che possiate fare.

Per un attimo, correndo verso di loro, Michael aveva pensato di poter risolvere la situazione. Era addestrato per quelle evenienze, conosceva strategie e procedure, ma, come Marnie, aveva visto la mano pallida con il palmo all'insù, le dita leggermente adunche, e con un senso di vergogna si era accorto che l'istinto di consolare e assistere non era neanche paragonabile all'impulso di scappare il più lontano possibile e retrocedere quelle persone con cui aveva trascorso del tempo – e che la sera prima avrebbe potuto definire amici – al grado di sconosciuti. Forse la nuora lo aveva captato: «Davvero, non c'è nulla che possiate fare». I figli di Brian erano immobili a poche spanne l'uno dall'altro, gli occhi fissi a terra, come se non volessero essere disturbati. Michael aveva guardato Barbara, ma lei gli aveva voltato le spalle per scrutare a est, verso l'orizzonte, calma per ora, anche se si percepiva il boato della terribile sofferenza che la stava per investire. «Grazie, davvero, andate pure» aveva detto il figlio maggiore, così Michael aveva annuito, si era girato e ora eccoli che se ne andavano.

Non parlarono molto per il resto del mattino. La giornata si era fatta feroce e sbiadita, la promessa del mattino disonorata, la bellezza del paesaggio una bugia. Insistere sul panorama come se fosse di qualche consolazione sarebbe stato un cliché, quindi scesero sul terreno fangoso fino a raggiungere una stradina, poi un fiume, lo Swale.

«Mi sono resa conto» disse Marnie «di non aver mai assistito a una scena del genere. Tu?»

«No. No, i miei genitori sono ancora vivi. Mio padre è più fragile adesso, un allarme cancro, ma adesso sta bene».

«Tua madre?»

«È in salute. Ha il suo pianoforte, la chiesa. Non li vedo spesso quanto dovrei».

«Come tutti».

«E i tuoi?»

«Non si muovono tanto, ma sono vivi. Li sento al telefono, ma mentre faccio altro. Devo pulire il frigorifero, aspetta che chiamo mia madre».

«Anch'io faccio così».

«Eppure non riesco a immaginare...» Accennò al promontorio dietro di loro con uno scatto della testa. «Rabbrividisco solo all'idea. Giuro, rabbrividisco. Siete molto legati?»

«Io e mio padre? No, ma non penso che gli importi. È un tipo... vecchio stampo. Non abbiamo quel genere di conversazioni».

«Che genere di conversazioni?»

Michael cercò la parola. «Normali».

«E a te importa?»

«Un po'. Ho provato una volta o due a parlare, non so, di amore o emozioni, quasi a mo' di sfida, e ho visto il panico nei suoi occhi. *Non farlo mai più.* Se non altro è molto legato a Natasha, la adora. Cioè, era così trasognato con lei da essere imbarazzante, perdeva l'uso della parola. L'unica volta in cui l'ho visto piangere è stato al nostro matrimonio. Ci sono rimasti malissimo quando se n'è andata, ma non ne parliamo. Mia madre tra l'altro è molto religiosa, conservatrice, perciò non capiva, e non so, è un casino». Erano arrivati a fondovalle, una pianura vasta e rigogliosa, lo Swale un ampio nastro nero che si snodava per tutta la sua lunghezza. Michael all'improvviso chiese: «Ti preoccupa essere da sola?»

«Nella vita? In generale o quando morirò?»

«Entrambe le cose».

«Sono sola, lo accetto. Di solito mi piace anche abbastanza. Nessuno da assecondare se non me stessa. Lavoro, leggo. Ed essendomi già capitato di provare angoscia all'idea che l'altra persona rientrasse a casa, al confronto questa è una pacchia».

«Angoscia?»

«Verso la fine sì». Scrollò le spalle. «So che può sembrare che stia facendo la dura, ma mi pare che venga sempre ingigantita questa storia della solitudine. La gente non è fatta per trascorrere tutta la vita adulta insieme a qualcun altro. Anzi, sono pochissimi quelli che lo fanno. Be', non pochissimi, ma i tuoi genitori, i miei, non sono la maggioranza. E c'è un sacco di gente che vive anche senza un compagno per la vita. Non so perché un concetto così normale venga considerato triste o assurdo».

«Sì, capisco. Ma vivere da sola per il resto dei tuoi giorni, essere da sola quando morirai, non ti capita mai di pensarci?»

«Ma no, figurati». Continuarono a camminare. «Giusto ogni tanto».

# Trofei

A un certo punto, pensò Marnie, la smetteremo di parlare di morte. Non era così che doveva andare la giornata, e non era un problema per lei, no davvero, ma aveva anche sperato di affrontare un certo discorso... non sull'amore, quello no, ma su quanto accaduto la sera prima sì, e non solo la sera prima, gli ultimi giorni in generale, una presa di coscienza, un confronto pacato e onesto su come potesse evolvere la situazione. Nella suite Lavanda si era sentita una ragazzina, ma anche una donna della sua età, ed era un'accoppiata rara e inebriante, carnalità ed esperienza, finalmente unite. Cosa sarebbe potuto succedere in una camera diversa, senza scarponi, su un letto più silenzioso? Era certa che anche lui volesse di più, ma ora sembrava improbabile passare in maniera disinvolta dalla scena a cui avevano assistito a una conversazione sull'eventualità di baciarsi ancora. Un invito a cogliere l'attimo, magari? *La vita è breve e dolorosa, perciò approfittiamone finché possiamo, e a tal proposito...*

Ma era una transizione complessa, ancora più ardua dopo che Michael le aveva chiesto se si aspettasse di morire da sola. Allegria! A lei non importava, o comunque non troppo, forse era il genere di discorso che facevano gli studenti universitari a tarda notte in una stanza illuminata dalle candele. Morirò da sola? Be', magari sì, ma non valeva per tutti? «Per avere compagnia quando morirò» era un motivo orrendo per desiderare una relazione, e ancora più orrendo per avere dei figli – aspetta e spera. E poi, guarda dove siamo. Non siamo soli, quindi non potremmo parlare del presente, piuttosto?

La camminata sconfinò nel pomeriggio costeggiando antichi fienili in pietra con finestre alte e sottili, il fiume sempre in vista. Il sentiero era agevole, interrotto solo dai muretti a secco che intersecavano la valle come i tasti di una chitarra, e ogni cento metri o giù di lì Michael e Marnie si introducevano tramite una scaletta nell'ennesimo pascolo popolato da agnellini appena nati, di una settimana o forse meno, i numeri scritti sul vello con la bomboletta spray, tanto da ricordare una squadra di calcio di bambini. Spudorati nella loro luminosità e giovinezza, erano adorabili, ma anche un po' eccessivi, tutti quei saltelli, quel belare stentato, sembravano metterci fin troppo impegno. Che fosse così anche lei con Conrad?

Non con Michael, però. Parlarono delle rispettive infanzie e dei matrimoni dei loro genitori, simili per lealtà e compostezza. Fu lui a parlare di più e Marnie pensò, non per la prima volta, che per indurre un uomo a parlare con il cuore in mano bastava chiedergli di suo padre.

Eppure il buonumore stentava a decollare. Michael era visibilmente sotto shock per la scena sul promontorio, e nello shock qualcosa si era allentato. Lei, dal canto suo, aveva due pensieri consolatori sulla vicenda, ed erano entrambi dei tali cliché che aveva deciso di non esternarli. Il primo, «Almeno è morto facendo una cosa che amava», le era sempre sembrato una magra consolazione. A lei, per esempio, piaceva andare al cinema nel pomeriggio, ma le piaceva anche uscirne viva. Al tempo stesso, essere con persone che ti volevano bene, in un luogo meraviglioso, in circostanze tali da rendere la cosa – si augurava – abbastanza fulminea, be', c'erano modi peggiori di morire.

Il secondo pensiero era legato al primo, ed era questo: nel poco tempo che aveva trascorso con Brian e Barbara, le erano sembrati molto felici. Lui le era parso «l'amore della sua vita», un modo di dire che la faceva sempre trasalire un po'. Era stucchevole l'idea che il riconoscimento venisse conferito sul letto di morte, un trofeo per colui o colei che aveva reso ogni cosa degna di essere vissuta. Marnie di certo non aveva un amore-della-sua-vita, né si aspettava di assegnare il ruolo a qualcuno, ma le stava bene comunque. Molte persone vivevano una vita piena e soddisfacente senza darsi troppa pena al riguardo, e anche se qualcuno le avesse mai appioppato quel titolo, lei probabilmente avrebbe aggrottato le sopracciglia chiedendo: Davvero? Sei sicuro? Pensaci bene.

Forse il concetto le sarebbe risultato meno svenevole e opprimente se fosse stato possibile suddividere l'onore in parti uguali in modo che tutti vincessero un premio, come alle feste di compleanno dei bambini. Ma la matematica era irrimediabilmente ingiusta. Un gruppo selezionato di anime belle avrebbe accumulato trofei, mentre molti altri non sarebbero mai stati l'amore della vita di nessuno, ed era stupido e insensato preoccuparsene. Cosa ci poteva fare? Il massimo in cui sperava era di piacere tantissimo a qualcuno per un certo periodo di tempo. Un obiettivo raggiungibile.

Eppure la coppia con cui avevano trascorso qualche ora le aveva dato l'impressione di essere molto innamorata, veniva naturale invidiarli un po'. Quello che invece non invidiava era lo sguardo di cui Michael le aveva parlato sul pendio, lo shock della vedova per l'assenza improvvisa: forse la solitudine faceva più paura quando una cosa ti veniva strappata via così.

# Yurta

«La prenotazione era per una sola persona» disse la proprietaria, in piedi sulla soglia.

«Sì, c'è stato un cambio dell'ultimo minuto».

Lei gonfiò le guance. «Ci sono due letti singoli, se non vi scoccia dormire nella stessa yurta». La donna era stanca, i capelli unti legati in un pratico chignon, e da qualche parte in casa c'era un bambino che piangeva. «Vi lascio un po' di tempo per decidere» disse e sparì all'interno. Era una fattoria con i muri bianchi che aveva smesso da tempo di essere una fattoria, ora i pochi ettari rimasti erano occupati da quattro strutture circolari fasciate da un tessuto rosso, tendoni da circo in miniatura abbarbicati sul fianco settentrionale della valle.

«Potremmo provare nel prossimo paese...» propose Michael.

Il cielo stava virando al porpora, il tracciato del fiume ben più in basso rispetto a loro. «No, a me non scoccia».

«... Perché so come la pensi sulle tende».

«Non è una tenda, è una yurta. E comunque non mi dispiace un tocco spartano. Sarà come una delle tue gite scolastiche. Mi ubriacherò di Cinzano, limonerò con uno del posto».

L'ultima affermazione rimase sospesa nell'aria per un po'.

«Allora confermo?» chiese Michael.

«C'è il circo in città, corriamo!» rispose Marnie e lui entrò a cercare la proprietaria, confuso e incerto su ciò che stava accadendo e su come spiegare le cose: *Marnie, possiamo aspettare? Sai, con quello che è successo oggi, in più vedrò Natasha e ho bisogno di riflettere, e il tempismo, dammi un giorno, trentasei, no, quarantott'ore, ma a un certo punto vorrò senz'altro baciarti di nuovo.* Sì, le avrebbe detto così, senza «a un certo punto», però, perché mancava di passione.

Nel casale, trovò la proprietaria che dava da mangiare una banana a un bambino con la faccia appiccicosa, seduto su un seggiolone. Gli spiegò come funzionava per il cibo e per la doccia, come ordinare da bere e la colazione. C'era poca rete e lui fece le classiche battute sul fatto che fosse un bene, disconnettersi un po', eccetera, nonostante in realtà gli servisse il wi-fi per organizzarsi.

La tenda, la yurta, era in effetti una grande camera rotonda con un pavimento in assi di legno grezzo nascosto da un tappeto orientale logoro. La luce rossastra conferiva una vaga atmosfera da boudoir e per un attimo Michael e Marnie sostarono ai piedi dei due letti. «Destra o sinistra?» chiese lei.

«Un letto vale l'altro, per quello che dobbiamo fare» rispose lui, un'altra affermazione che rimase sospesa nell'aria – tutte quelle affermazioni che rimanevano sospese nell'aria, come impalcature su cui avrebbero finito per sbattere la testa. Marnie scelse il letto di sinistra, il lato dove dormiva di solito, mentre lui di solito dormiva a destra, quindi ottimo, perfetta compatibilità, poi lei uscì per andare alle docce.

Per la prima volta dopo l'incidente sul promontorio, Michael si ritrovò da solo, e in assenza di Marnie sentì insinuarsi di nuovo la depressione, quasi una sensazione fisica, i sintomi tangibili come un principio di influenza: gli occhi dolenti, collo e spalle irrigiditi, la sensazione di essere inerme, e un'improvvisa spossatezza che lo obbligò a sdraiarsi a pancia in su. Avvolse le braccia intorno agli occhi, come un bendaggio, e provò una fitta di vergogna, di vero e proprio disgusto per essere scappato quella mattina, e pur essendo un pensiero irrazionale, tanto bastò per mandarlo in iperventilazione. In casi simili, il dottore gli aveva consigliato di inspirare contando fino a cinque ed espirare lentamente contando fino a sette, ma lui era sempre preoccupato per la disparità, perché se espiri più di quanto inspiri il soffocamento è assicurato...

«Tutto bene?»

Michael si tirò su, premendosi i palmi sulle orbite per crearsi un alibi. «Scusa, mi stavo addormentando», strizzò gli occhi, sbadigliò e si girò per sorriderle.

Lei era in piedi sulla soglia, i vestiti sporchi fra le braccia, i capelli bagnati e pettinati all'indietro in una maniera a lui sconosciuta, il viso splendente, ed emanava un tale senso di vivacità, di calore, di novità, di smaccata meraviglia, che Michael desiderò solo che andasse lì e lo abbracciasse. O forse poteva andare lui da lei, forse, non ne era certo, e mentre si decideva lei disse: «Allora, che si fa per ammazzare il tempo in queste famose gite?»

# Il braciere

Si sedettero fuori nell'aria che sapeva di fumo e giocarono a *gin rummy*. Poi a *whist*, a doppio solitario e ad altri giochi stupidi come *shithead* e *spit*. Per Marnie, il modo in cui una persona giocava a carte era un banco di prova, così come il modo in cui trattava i camerieri. In entrambe le situazioni, Neil si trasformava in Caligola, perfido e capriccioso, e il suo ghigno quando calava le carte vincenti le faceva venire voglia di inchiodargli la mano al tavolo con un pugnale. Michael non ragliava né si pavoneggiava in caso di vittoria, e non piagnucolava né inveiva contro il mazziere in caso di sconfitta, era competitivo il giusto perché ci si potesse divertire. Le conveniva ricordarsi, però, che «meglio di Neil» era uno standard molto basso a cui fare riferimento.

Il campo in cui erano piantate le tende era una specie di mensola come quelle al di sopra dei camini – definizione non certo tecnica – che sovrastava la valle, e tra una partita e l'altra guardavano il sole che tramontava, le luci che si accendevano nei cottage disseminati lì sotto. I latrati dei cani, il fumo della legna. Con il buio arrivò il freddo e Marnie fu costretta a indossare il suo ultimo capo pulito e anche alcuni di quelli sporchi. Michael allestì e accese il fuoco, si accomodarono sulle sedie pieghevoli – tutti infagottati per contrastare l'aria serale – e bevvero il vino viscoso da quattro soldi che avevano acquistato dalla proprietaria, insieme alle patate arrosto, morbide, burrose, squisite. Il fuoco le scaldava la faccia e sebbene la tristezza della giornata fosse ancora presente, non sembrava inopportuno quel senso di appagamento. Qualcuno fuori da una tenda vicina pizzicò le corde di una chitarra acustica. «Vi dà fastidio?» urlò una voce maschile nel buio e Marnie, che aborriva ogni cosa tendente al folk, rispose di no.

Alla fine diventò troppo buio per vedere le carte e, con i dispositivi che si caricavano in cucina, Marnie provò l'esperienza inedita di trascorrere una serata all'aperto in un posto che non fosse la città. Doveva guardare le stelle? Erano belle e luminose, supponeva, ma avrebbe preferito che ballassero, che cadessero, che facessero qualcosa. Se non altro la luce del fuoco donava a chiunque, lo capì guardando Michael, ormai trasfigurato – le parve – in un novello Gabriel Oak*, come se da un momento all'altro potesse tapparsi un orecchio con un dito e cantare di sponde magnifiche e fanciulle amate dall'altra parte del mare. Neanche le avesse letto nel pensiero, si girò verso di lei. *Svelta, di' qualcosa.*

«Secondo me» disse, «sarei una pessima donna delle caverne. A parte il freddo e la brutalità, una volta che hai raccolto noci e bacche, come trascorri la serata?»

«Raccontando storie intorno al fuoco».

«Io editerei quelle degli altri. "Hai detto che c'erano cinque mammut, ma prima erano tre". A te, invece, ti ci vedrei bene».

«Grazie. È per questa?» disse grattandosi la barba.

«Forse. Da quanto ce l'hai?»

«Solo un paio d'anni. Ho questa cicatrice» e si pas-

* Personaggio di *Via dalla pazza folla* di Thomas Hardy. Gabriel Oak è un pastore delle campagne inglesi che spesso allieta i compaesani suonando il flauto (*N.d.T.*).

sò il dito lungo la mandibola. «L'avrai notata, immagino».

«Sì. Ma le cicatrici fanno figo».

«All'epoca non mi sembrava».

«Cos'è successo?» chiese lei. «Se ti va di parlarne».

Lui aggrottò le sopracciglia. «Non ci faccio una gran figura, devo premettere».

«Sono certa che non è vero».

«Be', giudicherai tu stessa. Dunque...»

# Il tappo della penna

Michael stette in silenzio per un attimo.

«È tutto molto banale, nel senso che capita spesso, ma faccio sempre fatica a trovare il termine esatto, perché se dico "incidente" sembra che non sia stato intenzionale, invece lo è stato, mentre se dico "rissa" sembra che le abbia prese ma anche date, che abbia lottato, invece non è andata così, e se dico "Sai, mi hanno preso a calci in testa" suona un po' patetico».

«Non mi pare».

«Be', comunque. Stavamo tornando a casa dopo un venerdì sera in centro, io e Nat, e sull'autobus c'erano dei ragazzini – diciassette, diciott'anni – che infastidivano la gente, sai, lanciavano patatine, cercando di ottenere una reazione. Cretinate da pischelli, ma anche roba più pesante, allusioni sessuali rivolte alle ragazze, non semplici battute, vere e proprie molestie. Perciò, da bravo insegnante, sono andato lì e li ho rimproverati, e per un po' hanno smesso».

«Be', era la cosa giusta da fare».

«In teoria. C'è stato un mormorio di approvazione da parte dei passeggeri e sono tornato a sedermi, tutto compiaciuto, Nat mi stringeva la mano e il cuore mi batteva all'impazzata, sai, il giustiziere del popolo. Poi mi sono accorto che i ragazzi mi guardavano, che ci guardavano, e ho pensato: be', anche se arrivassimo al deposito, prima o poi ci toccherà scendere. E li vedevo, li sentivo che ridacchiavano, che bisbigliavano, erano in cinque. Abbiamo aspettato l'ultimo secondo, siamo corsi fino alle porte, e pensavo che l'avessimo scampata, ma ovviamente sono scesi anche loro, e hanno iniziato a seguirci, a poca distanza, aspettando che non ci fosse gente in giro. È stata la parte peggiore, camminare con Nat, lei è coraggiosa, non tollera certe stronzate, ma era molto spaventata. Aveva sentito quello che dicevano alle ragazze, mi stritolava il braccio e io le dicevo: "Non preoccuparti, ce l'hanno con me, non con te. Aspettiamo di incontrare qualcuno, oppure tu corri verso una porta e bussi, chiami la polizia, li avvisi che hai chiamato la polizia". Sembrava non finire mai, quella conversazione: corriamo? Lei ce la farebbe con quelle scarpe? Chiamiamo subito la polizia? Cerchiamo un negozio o un pub dove infilarci? Vedevo quanto fosse terrorizzata, io invece ero... arrabbiato, pieno di rabbia, terrorizzato dalla rabbia, da ciò di cui forse sarei stato capace, e pensavo: devo stringere le chiavi nel pugno? E se poi cavo un occhio a qualcuno, andrò in prigione? E se invece usassi una penna? Ce l'ho una penna, posso pugnalare qualcuno con una penna? Ne sarei capace? Una penna, cazzo. Comunque alla fine abbiamo deciso di bussare a una porta, e non appena abbiamo girato l'angolo loro sono partiti alla carica, i piedi che sbattevano sul marciapiede.

«Mi stacco da Nat. Un attimo prima le tenevo la mano e un attimo dopo non più. Lei è corsa verso il vialetto d'ingresso di una casa, l'hanno lasciata in pace, grazie al cielo. Suppongo di aver pensato: li metterò in fuga – questa è l'interpretazione magnanima. Loro però erano giovani, io no, mi hanno fatto lo sgambetto e sono caduto, *bang*, sulle ginocchia, sui gomiti, sulla faccia, e tutta la furia che avevo covato, tutta la rabbia... Non ho nemmeno tolto il tappo alla penna. Alla fine avevo una clavicola rotta, avevo perso questi denti – quelli di adesso sono finti – avevo fratture alle dita, tagli profondi qui, qui e in bocca, e uno sfregio sulla testa che a volte mi disturba, magari te ne sarai accorta, molto carino. E poi questo enorme taglio sulla mandibola, lasciato dalla scarpa di uno dei ragazzi».

«Oddio, Michael...»

«Ed è durata un sacco, è stata quella la cosa più strana, cioè, secoli, tanto che ho avuto proprio il tempo di pensare: be', interessante, un'esperienza nuova, mi stanno picchiando. Oh, ecco la clavicola che se ne va».

«Se vuoi cambiamo discorso».

«No. Insomma. Nat intanto bussava alle porte, e alla fine si erano radunate abbastanza persone da creare imbarazzo, guardavano e filmavano, quindi sono scappati».

«E li hanno mai presi?»

«No. Da quel punto di vista è stato il delitto perfetto».

«E tu sei finito in ospedale».

«Per un paio di settimane, poi sono tornato a casa in malattia, e la malattia si è trasformata in lockdown, il che, come puoi immaginare, ha creato un'atmosfera molto rilassata. Poi quando sono tornato al lavoro è iniziata una nuova entusiasmante avventura, gli attacchi di panico, il respiro affannoso, le crisi di pianto nel parcheggio, l'ansia nei luoghi rumorosi e affollati, e la scuola, be', è il luogo rumoroso e affollato per eccellenza. Adoravo insegnare ai ragazzi, è sempre stato così, certo, a volte ti danno del filo da torcere, ma ho sempre pensato che in fondo a ognuno di loro ci fosse qualcosa di buono e gentile. Se non che in classe, soprattutto con quelli più grandi, capitava che mi venisse un flash di qualcosa, il ghigno di un... E... Crollavo. Così mi sono rimesso in malattia. Depressione. Passavo un sacco di tempo a letto. Per un po' non sono nemmeno riuscito ad andare in bicicletta, non credevo più alla fisica, continuavo a immaginare catastrofi, mi sentivo in colpa per tutto, e con la pandemia ho pensato: vedi?»

«Se può consolarti» lo interruppe Marnie, «sono quasi certa che la pandemia non sia stata colpa tua».

«Be', questo lo dici tu».

«Eri traumatizzato».

«Mi chiedo se la gente non usi troppo spesso questa parola».

«È la parola giusta per un evento traumatico».

«Non sono mica andato in guerra. Tutti i venerdì sera c'è gente che viene picchiata».

«E che resta traumatizzata».

«Forse».

«E credi che...?»

«Cosa?»

«Credi che abbia influito sulla separazione?»

«Con Nat? Non lo so. Non credo che abbia pensato: che rammollito, è finita. E se devo essere sincero, non è che prima andasse alla grande, con tutto lo stress, i test, capire come muoversi, inseminazione intrauterina, fecondazione in vitro. Quando succede una cosa del genere, senti proprio la dignità che ti viene tolta, in modo molto metodico, ogni minuto che passi a terra, ed è stato assolutamente – parola stupida – demascolinizzante, quindi è destino, pensi, e ti vergogni, e anche se la persona che ami ti dice: "Non essere ridicolo, non ho perso la stima nei tuoi confronti", tu quella sensazione ce l'hai comunque. Quindi, sì, per un po' ho respinto Nat, e alla fine è stata lei a respingere me.

«Essere toccato mi faceva male, fisicamente, intendo, e anche quando ha smesso di fare male... Dormivo nella stanza degli ospiti, per via dell'insonnia e degli incubi, e anche uno che non sa nulla di infertilità sa che dormire nello stesso letto potrebbe essere una buona idea.

«E all'improvviso i bambini spuntavano come funghi, gravidanze ovunque, tutti i colleghi in congedo parentale. Era nell'aria, anzi, non nell'aria, sulle nostre facce. E in casa c'era molta tristezza. O ci scannavamo o non parlavamo proprio, o al massimo parlavamo con quella strana voce formale, la voce da coinquilini, *Chissà se pioverà, È finito il latte.* Non è un bel modo di vivere, no? Perciò ne abbiamo discusso. E lei è tornata dai suoi. Adesso è passata».

# Pigiama party

Ora la valle era immersa nelle tenebre, i campeggiatori si erano ritirati da un pezzo, il fuoco si stava spegnendo.

«È un peccato».

Lui scrollò le spalle. «Non quanto continuare a stare insieme. Da piccolo guardavo i miei genitori e non erano esattamente... affettuosi, perlomeno mio padre, ma ogni tanto captavo qualcosa, un tocco lieve, uno sguardo, e mi sentivo rassicurato. Per me all'epoca era abbastanza e ricordo che pensavo: voglio la stessa cosa».

«Io con i miei no. Li guardavo e pensavo: voglio di più. La passione, qualcosa di... vulcanico. Be', alla fine l'ho avuto».

«Forse era anche quello che voleva Nat. Forse non era abbastanza, ma a me piaceva essere un marito, come mi piace essere un insegnante. Volevo essere quattro cose: un bravo figlio, un bravo marito, un bravo insegnante e un bravo padre. E di queste quattro cose, sono solo un bravo insegnante».

«Sono certa che sei molto di più». Marnie esitò, chiedendosi se ci fosse abbastanza buio per esprimere un pensiero del genere ad alta voce, ma poi: «Credi che fosse l'amore della tua vita?»

Lui ci pensò un attimo. «Finora sì. Ma passa a trovarmi quando sarò in punto di morte».

«"Michael, mi senti? C'è una persona per te"».

«"Dice che deve chiederti una cosa, è molto insistente"».

«"Ehilà! Tu forse non ti ricorderai di me, ma..."»

«Sono sicuro che mi ricorderò di te» la interruppe.

«Oh, che carino».

Marnie mise una mano su quella di lui, gli tirò una pacca e poi la ritrasse, in cerca di un posto dove sbarazzarsi di quella stupida mano come se fosse un sacchetto di patatine finito.

Lui allungò un braccio e gliela afferrò, e dopo un istante disse: «Quello che è successo ieri sera».

«Intendi... il curry club?»

«Sì, il curry club, ma anche dopo».

«Ah, okay. Il limone».

Lui rise. «Vogliamo chiamarlo così?»

«Be', quello era, no? Due amici, troppo alcol».

«Non lo so. Forse. Ma possiamo...?»

«Cosa?»

«Aspettare un attimo, per stasera. Mi sento un po', non so, un po' depresso».

«Be', saranno stati tutti questi discorsi sexy sulla morte».

«Già. Forse domani dovremmo parlare meno di morire da soli».

«Come regalo dell'ultimo giorno. È tanta strada?»

«Ventiquattro chilometri, un paio di promontori ed entro le sette sarai sul treno per Londra».

Rimasero in silenzio per un po'. «Sono esausta» disse lei. «Che ora è?»

«Le dieci meno un quarto!»

«La nostra solita ora».

Il bagliore nella tenda era stato rimpiazzato dalla luce cruda dei led ricaricabili, il fiato visibile nell'aria gelida. Ci furono un contegno e una cavalleria perfino esagerati nel tempo lunghissimo impiegato da Michael per lavarsi i denti affinché lei potesse cambiarsi e andare sotto le coperte, fasciata dagli indumenti termici, protetta dalle coperte pesanti, una suora a un pigiama party con un monaco.

«Ehi, non hai messo la tua camicia di tela da sacco».

«Fa troppo freddo per i capi succinti» rispose lui. «E poi devo indossarla per altri tre giorni. Non volevo che puzzasse di fumo».

Lei si annusò la spalla. «So di prosciutto di Natale».

«Buono» ribatté lui, «mi piace come profumo» e lei si rassegnò al fatto che quello – sentirsi dire che sapeva di prosciutto – sarebbe stato il massimo livello di intimità per quella notte. Se avesse sentito la sveglia, se la proprietaria del B&B fosse stata meno bacchettona, se quella giornata fosse andata diversamente, se avessero parlato d'altro, se la tenda non fosse stata così fredda: le esatte circostanze necessarie perché accadesse qualcosa tra loro erano talmente specifiche da rendere la cosa improbabile quanto vedere una stella cadente. Eppure a volte le stelle cadenti si vedevano, e forse il giorno dopo, o a Londra o a York in un futuro prossimo...

Tutte le grandi rivoluzioni della sua vita la attendevano da qualche parte nel futuro, tranne quella, incontrare Michael. Sembrava un colpo di fortuna gigantesco e meraviglioso, ma nient'altro, per ora. «Spengo la luce?» chiese Marnie.

«Sì».

Erano anni che non dormiva così vicina a un'altra persona, sentendone il respiro o percependo i cambiamenti che la presenza di un altro corpo implicava in una stanza. Doveva prenderne atto in qualche modo, quindi sfilò un braccio da sotto la coperta, Michael fece altrettanto, e per un attimo le loro mani si toccarono, le dita di lei si mossero un po' come sotto il mento di un gatto.

Poi il braccio iniziò a pesarle, la mano si infreddolì, e Marnie pensò: fanculo, quindi la ritrasse, si girò e si mise a dormire.

# Omissioni

Michael non si addormentò subito: restò lì a pensare alle cose che non aveva detto.

Aveva taciuto sulla sua totale codardia. Quando aveva capito che l'aggressione era inevitabile, si era chiesto se magari avrebbe potuto attingere a un'innata capacità di combattimento scatenata da una furia legittima. Era quello che succedeva nei film – aveva pensato – a uomini ordinari costretti a difendere ciò che amavano. Invece non si era manifestato alcun potere, e anche se non c'era da vergognarsi nell'essere stati picchiati da cinque ragazzi giovani e atletici, lui senza dubbio si vergognava. Nella versione raccontata a Marnie, aveva fatto sembrare che si fosse semplicemente rannicchiato e avesse incassato i colpi, quindi era una storia di resilienza, priva di ogni riferimento alle suppliche a cui Nat aveva assistito.

Aveva fatto sembrare che avesse perdonato i suoi aggressori, quando in realtà accarezzava molto spesso l'idea di ammazzarli, in particolare quello con il ghigno – un ragazzo non più grande di quelli a cui insegnava lui – che aveva spinto giù il piede con tutta la forza di cui era capace. Il ghigno, la soddisfazione, a Michael sembrava una cosa orribile, la faccia del ragazzo una specie di fantoccio per tutti i suoi pensieri intrusivi, un'immagine a cui non sarebbe mai sfuggito per quanto potesse camminare. Nel suo vocabolario non c'era mai stata prima di allora l'espressione «pezzo di merda» e adesso invece, nei momenti di panico, quando si rivoltava insonne nel letto, visualizzava la faccia di quel piccolo pezzo di merda, e la rabbia che provava, la violenza, gli facevano di nuovo battere il cuore all'impazzata. Non avrebbe mai smesso di odiare quel ragazzo, la serenità che gli aveva rubato, e non avrebbe neppure mai smesso di esserne terrorizzato.

Quell'odio era fonte di vergogna anche in un altro senso. Un principio fondamentale del suo approccio didattico era che tutti gli studenti valevano allo stesso modo, tutti possedevano una qualità o un talento da scoprire e coltivare. Dei suoi aggressori, invece, pensava che non valessero nulla e sentiva l'impulso di dirglielo, di bisbigliarglielo, di far sì che fosse il loro ultimo pensiero ogni sera, di augurare loro nient'altro che infelicità, malattia e fallimento. Un odio simile era ingombrante da portarsi dietro, eppure senza dubbio c'era anche una certa euforia in quell'odio, nelle fantasie di vendetta, ed era un ulteriore motivo di vergogna.

Un'altra omissione. Amava ancora Natasha? Sì, anche se ormai era passato un pezzo dall'ultima volta che erano stati nella stessa stanza. Non si aspettava un ricongiungimento, ma il pensiero gli era balenato. Non era più l'uomo derelitto da cui si era allontanata, e forse se avessero parlato, parlato sul serio, chissà? Quanto alla domanda se fosse lei l'amore della sua vita, di sicuro pareva di sì, il che non era il massimo, ma non sembrava potesse farci granché. Con la sola eccezione della donna che dormiva a poche spanne da lui, per anni non aveva provato più niente per nessuna, dava per scontato che non gli sarebbe più successo.

Con la sola eccezione. Marnie in effetti era eccezionale, e non c'era dubbio che Michael fosse più felice in sua presenza, ed essere più felice con un'altra persona anziché da solo gli sembrava una svolta. Forse avrebbe dovuto dirglielo subito. *Non ti amo ancora, ma vediamo se ci riesco.* Non proprio così, qualcosa del genere. Nel buio, la faccia di lei era poco più di un grumo di macchie, i capelli sugli occhi, il fiato che formava nuvolette nell'aria gelida.

«Marnie» sussurrò Michael, «sei sveglia?»

Per tutta risposta, lei si girò dall'altra parte.

Infine, avrebbe dovuto avvisarla che la sera dopo si sarebbe visto con Natasha. Gli aveva scritto nel pomeriggio, dicendo, sì, troviamoci alle cinque e mezzo. A quell'ora Marnie sarebbe stata in viaggio per Londra, ed essendo improbabile che succedesse qualcosa, non ci sarebbe stato bisogno di informarla di nulla.

# GIORNO SETTE:
## *Da Ivelet a Richmond*

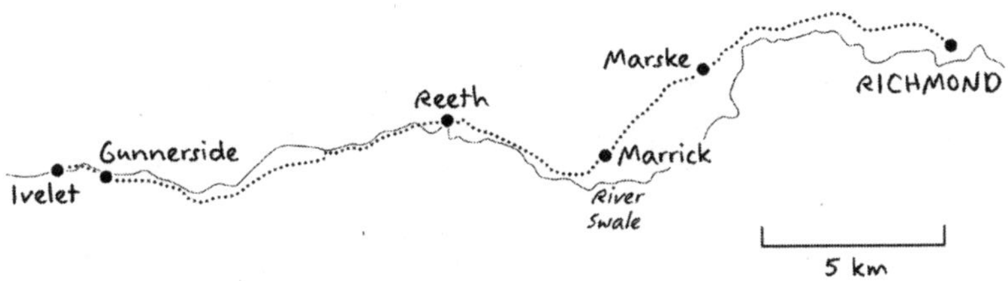

## Voi siete qui

Avrebbe faticato a rintracciarlo sulla cartina, ma doveva esserci un punto in cui Marnie aveva pensato che si stesse innamorando, forse da qualche parte tra Marrick e Marske, in una zona boschiva, ombreggiata, umida, intrisa dell'odore acre di aglio orsino, dove il sentiero ricominciava a salire oltre il fiume. Nessun panorama maestoso, solo un pendio ripido e inzaccherato, freddo e cupo in una giornata nuvolosa.

L'intera mattinata era trascorsa così, barcollando scomodamente sul ciglio di strade provinciali trafficate, l'una in fila all'altro, per poi addentrarsi in boschi di betulle discontinui, pieni di immondizia malgrado i cartelli che vietavano lo scarico di rifiuti. La solennità del giorno prima era svanita, ma tutt'intorno sembrava ancora aleggiare un'atmosfera tetra, il cielo grigio che si afflosciava su di loro come un vecchio soffitto di malta che di lì a poco sarebbe senz'altro crollato.

«Mi spiace che sia così brutto» disse Michael, «proprio il tuo ultimo giorno».

«Non importa» rispose lei, ed era sincera, felice della sua compagnia. Ben presto si lasciarono alle spalle il fiume e le strade, e si inerpicarono su per un bosco chiamato Steps Wood, che doveva il proprio nome a...

«Agli Steps? Si è formata qui la band?»

«Se non vuoi saperlo...»

«Okay, è per via dei gradini?»

«È per via di questi lastroni, che servivano alle suore per andare dall'abbazia a Richmond. Non a caso si chiamano Nuns' Steps».

«Che poi era il nome originario degli Steps» disse Marnie, lui sorrise e lei pensò: ma guarda come ci punzecchiamo. «Possiamo fare una pausa?»

Si fermarono per un po', la mano di lei sulla spalla di lui e viceversa. Era esattamente il tipo di posto in cui avrebbero potuto baciarsi, lei guardò in su e aspettò. «Come ti senti?» chiese Michael.

«Come una suora sudata».

«Da qui è tutta in discesa».

«Sì, lo dici sempre e non è mai vero».

«Una o due salitine, ma ti prometto che saremo in paese entro l'ora del tè e che riuscirai a partire».

«Sembra quasi che tu voglia liberarti di me!» esclamò lei, un'imbeccata servita su un piatto d'argento, ma proseguirono. Il tempo stava per scadere, diminuiva a ogni passo, e c'era un discorso da affrontare, Marnie ne era sempre più consapevole. Eppure, scendendo in una valle, caddero di nuovo in un silenzio cameratesco. Nota a margine: «cameratesco» suona molto militare, non sarebbe meglio «un silenzio d'intesa»? Nelle lunghe ore letali con Neil – a colazione, davanti alla tv, al ristorante – a volte provava a convincersi che il silenzio tra loro fosse ovvio, in fondo di cosa dovevano parlare? Non era nemmeno silenzio, più un brusio, tipo il ronzio di un traliccio o di un frigorifero, e intanto si chiedeva: come ne esco? Cosa posso dire? Invece in quegli ultimi giorni con Michael i silenzi le sembravano allarmanti non più del vuoto tra una canzone e l'altra, qualcosa di semplice e naturale perché a breve sarebbe iniziata un'altra canzone.

A metà di un pascolo Michael si fermò, un dito alzato. «Lo senti?» Era il richiamo di un uccello, una piccola scala ascendente e poi un rantolo. «Cos'è?»

«Un fringuello?»

«No».

«Una cinciarella? Uno storno? Un gheppio?»

«Stai solo elencando tutti quelli che conosci».

«Okay, dimmelo tu, Mister Natura».

«È il canto dello zigolo giallo. È molto caratteristico, sembra che pronunci delle parole, una frase. Ascolta. Cosa dice?»

Lei ascoltò. «Dice: "Mi piaci, ma solo come amico"?»

«Dice: "Un pezzetto di pane senza formaggio"».

Lei rise. «Sì, hai ragione».

«Lo so».

«Ma non parla davvero di formaggio. Un uccello non capisce il concetto di "formaggio"».

«Chiaro. È una credenza popolare, diciamo».

«Ah, una credenza popolare!»

Il dialogo ovviamente non era tutto, anche la passione contava, e in effetti, se fosse stata costretta a descrivere il suo «tipo», la scelta non sarebbe ricaduta in automatico su «professore di geografia di mezza età». Non era stato amore a prima vista, nemmeno a quarta vista, e se cercava di ricordare la sua faccia sul treno le appariva sfocata, come dietro un finestrino appannato. Ora invece riusciva a visualizzarla quando chiudeva gli occhi – ci aveva provato – e forse una faccia era come una di quelle illusioni ottiche che andavano di moda quando era piccola, forme e motivi astratti da cui emergeva un disegno se li fissavi a lungo, forse il segreto era concentrarsi e al tempo stesso rilassarsi finché l'immagine non diventava nitida e tu pensavi: eccola. Concentrarsi e rilassarsi. Adesso senz'altro adorava guardarlo, la sua bocca, i suoi occhi, anche il suo corpo, del quale ormai si era fatta un'impressione a furia di sbirciare, non un corpo stupido, magro e con un accenno di muscoli, ma un fisico come si deve, tipo una vecchia gloria del calcio amatoriale che si era data al badminton. Pensò di nuovo alla suite Lavanda, la gamba di lui tra le sue, la mano sotto l'abito. Ops, doveva guardare l'albero adesso? Guarda l'albero, Marnie. L'albero. Concentrarsi e rilassarsi.

O forse si era solo lasciata ingannare dal paesaggio, aveva idealizzato Michael alla luce di boschi e promontori. Non aveva mai avuto amori vacanzieri, ma sapeva che non sempre rapporti del genere sopravvivevano al cambio di scenario. Cercò di immaginarselo fuori da brughiere e montagne, calandolo nel proprio contesto come il personaggio del modellino di un architetto. Ecco Michael fuori dalla stazione della metropolitana di Brixton; eccolo fuori dal cinema Ritzy. Il Brockwell Park sembrava un po' claustrofobico per lui, ma magari poteva farlo scorrazzare ai Kensington Gardens. Nel suo ristorante italiano di fiducia se lo immaginava turbato dai prezzi, sui quali però non avrebbe fiatato. Ed eccolo salire le scale dietro di lei per raggiungere il suo appartamento. Sembrava più grande tra le pareti di una piccola stanza, ma adesso era lì che rideva seduto alla sua tavola, e adesso era lì che la baciava, che le sfilava il vestito da sopra la testa in camera sua, sì, funzionava, aveva senso.

Ovviamente una o due cose da correggere c'erano. Provava sentimenti contrastanti rispetto alla barba, ma il grigio aveva il suo fascino, magari con una spuntatina, qualche goccia di olio... Oddio, stava davvero considerando l'ipotesi di sistemargli la barba? Ebbene sì, e voleva pure spianargli i capelli, che non avevano una forma vera e propria, solo un'aria perennemente esasperata. Sarebbe stato un duro colpo scoprire che indossava solo pantaloni con la cerniera al ginocchio, e sperava che altre due o tre camicie perlomeno le avesse, ma erano tutte cose aggiustabili.

Aggiustabili. Era un errore pensare a un adulto come a una vecchia cassettiera da carteggiare e oliare, e quasi sicuramente anche lui avrebbe avuto qualche appunto da farle, ma si era accorta delle sue occhiate, perfino in treno, quando erano ancora due estranei. Non la si poteva definire «vanitosa», ma c'era qualcosa di molto attraente nell'essere considerata attraente, e forse l'attrazione era come il suono, il più flebile dei bisbigli che rimbalza avanti e indietro e si amplifica in un ciclo di feedback fino a diventare quasi insopportabile, finché qualcuno non ha da ridire su tutto quel rumore.

Avvicinandosi a Richmond superarono un cartello, un grande tabellone con una cartina del loro itinerario, la linea rossa scarabocchiata tra la costa occidentale e quella orientale, e una freccia a due terzi del percorso con la scritta *Voi siete qui.*

«Guarda quanta strada abbiamo fatto insieme» commentò Marnie.

«Lo so» rispose lui. «Non male».

«E questo...» Marnie misurò la parte restante del viaggio, una spanna. «Questo è niente» disse, pensando: e se mi chiedesse di restare e finire il trekking? È questo che vuole? Se me lo chiedesse, se solo me lo chiedesse, io accetterei. Resterei con lui e camminerei fino al mare.

# Scorri per rispondere

Entro le quattro e mezzo Marnie se ne sarebbe andata, il che gli avrebbe lasciato un'ora di tempo per prepararsi. Quella mattina, mentre lei si lavava, lui aveva risalito il promontorio per trovare rete, aveva cercato *migliori ristoranti richmond yorkshire*, curiosato tra minuscole foto di succose bistecche, arrosti luculliani e curry lucidissimi, chiedendosi: cosa si abbina meglio a rimpianti, analisi e riflessioni? Optò per un locale italiano che sembrava intimo senza essere deprimente, e controllò il menu per assicurarsi che ci fosse altro al di là della pizza – tutto quel tagliare e piegare, tutti quei fili di formaggio ustionante. Nat avrebbe ordinato la caprese e l'orata, ma a parte quello Michael non aveva proprio idea di cosa aspettarsi.

Stava giusto per prenotare quando il telefono gli squillò in mano. Il numero di Natasha. Non sentiva la sua voce da quattro mesi e per un attimo sembrò dimenticarsi di come funzionasse un telefono. A quanto pareva doveva scorrere per rispondere. «Ehi» disse, voltando le spalle alla valle come se potesse origliare.

«Ehilà! Come va?» La sua voce, il lieve accento del Nord-Est.

«Tutto bene, tutto bene. Stavo per scriverti».

«Ottimo. Dove sei?»

«Swaledale, sto proprio guardando la valle. Bellissima».

«E il tempo?»

«Regge. Un po' nuvoloso». Stavano parlando del tempo. «E insomma».

«Com'è la camminata?»

«Bellissima». Perché era tutto bellissimo? «Stancante».

«Per stasera confermato?»

«Sì, sì, certo».

«Cleo mi ha detto che eri insieme a un'amica, non volevo...»

«Cosa? Ah, no, Marnie è andata via qualche giorno fa, due giorni fa».

«Quindi... non è un problema? Per stasera?»

«No. Mi fa piacere».

Si accordarono. Le avrebbe mandato l'indirizzo dell'hotel. Non sarebbe potuto succedere niente, perché lei si vedeva con un altro (erano agli inizi), stava comunque procedendo con la richiesta di divorzio (anche lì erano agli inizi) e continuava a fare pressioni per la vendita della casa (ancora nessun acquirente, era abbastanza facile sfilarsi). Certo, era stata lei a fare la prima mossa, ma probabilmente solo per senso del dovere, come una visita in ospedale. In ogni caso Michael prenotò un hotel più carino, camera matrimoniale, perché tanto non sarebbe successo niente.

Passando per Reeth e Grinton, Marrick e Marske, era tormentato da quei pensieri, e nell'arco della giornata ci furono lunghi tratti di silenzio imbarazzato, che però non parvero turbare in alcun modo Marnie. «Guarda quanta strada abbiamo fatto insieme» disse misurando a spanne la distanza percorsa sulla cartina, ma la costa era ancora lontana, quattro giorni almeno. Presto si ritrovarono ad attraversare boschi comunali, sfilando accanto a runner, camminatori, panchine dedicate ai defunti che avevano amato quel luogo, e presto spuntò Richmond, complessi residenziali e chiese, lo Swale che rifaceva la sua comparsa nella valle di sotto. Quella che sembrava la torre di una cattedrale era in realtà una fortezza che dominava il paese. «Richmond, da *riche-mont*» disse Michael, «ossia "collina potente"» e Marnie lo spinse via dal sentiero. «Vedrai che ti mancherà».

«Non mi mancherà niente» rispose lei e lui provò un pizzico di panico all'idea della sua assenza.

Richmond li lasciò a bocca aperta. Semafori! Negozi, pub in legno, eleganti edifici georgiani, e alla fine la piazza del mercato, una maestosa arena ovoidale, suggestiva benché stipata di macchine. Camminarono ai suoi bordi fino all'hotel, e a quel punto venne il momento di salutarsi.

«E insomma».

«E insomma. Eccoci! Capolinea!»

# Il giorno dopo Santo Stefano

«Bell'hotel che ti sei scelto. Molto sciccoso». Era una casa a schiera georgiana, imponente e raffinata. «A me il Black Dog, a te un'antica stazione di posta a quattro stelle».

«C'era lo sconto, prenotazione last minute». Silenzio. «Possono chiamarti il taxi, se...»

«Manca ancora un'ora e mezza al treno. Pensavo di fare un giro. Ho visto un negozio di gomitoli di lana che sembrava un sogno».

«Okay. Okay, ti accompagno».

«No, no, vai pure ad accendere il tuo idromassaggio...»

«Altrimenti possiamo berci un tè o...»

Esitazione. «No, salutiamoci. Però potrei lasciare qui lo zaino per un po'».

La hall era immersa in una luce soffusa, con boiserie alle pareti e un profumo che ricordava le scatole di sigari. Non era un posto adatto a lei, e Michael – ora rigido ed evasivo – era chiaramente dello stesso avviso. Cos'era, ritrosia? Nessuno si salutava più negli aeroporti, perché nessun amore era tale per cui valesse la pena andarci, ma quantomeno ci sarebbe stata una presa di coscienza di quanto accaduto, fosse anche solo «Restiamo amici».

Invece Marnie chiese alla receptionist se potesse lasciare lì lo zaino per un'ora, si fece prenotare un taxi e rimase nei paraggi mentre Michael sbrigava il check-in, entrambi impacciati e ammutoliti. Lui adesso aveva in mano la chiave.

«Qual è il tema qui?»

«Varietà di uve. Scelta bizzarra».

«Molto snob. Tu in quale sei?»

«Sono nella...» Le mostrò il portachiavi. «Come si pronuncia, secondo te?»

«Gewürztraminer?»

«Gewürztraminer».

Camere denominate come varietà di uve. D'istinto Marnie cominciò a passare in rassegna le battute che avrebbe potuto fare, ma a essere sinceri, che senso aveva? Era stanchissima, aveva le piante dei piedi scorticate, tanto che stare ferma era più doloroso che camminare. Era ora di tornare a casa. Non ne aveva alcuna voglia, ma dove altro poteva andare?

«Sicura che non vuoi che ti accompagni a fare un giro?» chiese Michael guardando le scale.

«No, no, tu sali pure nella Gewürz-quel-che-è, io torno in strada. Ho sentito parlare di una collina potente!»

«Okay».

«Ti lascio in pace».

«Alla buon'ora!» Michael fece un passo avanti e si abbracciarono, rigidi e un po' cerimoniosi, quel tipo di abbraccio che si vede ai funerali. Di nuovo la postura ingobbita di uno che si piega su un camino. «Ci siamo divertiti, no?» disse Michael.

«Non che io ricordi» rispose lei.

«Non mi aspettavo per niente di divertirmi».

«Mi spiace aver rovinato i tuoi piani».

«Ci vediamo la prossima volta che passi da York».

«O che tu passi da Londra. So che fa paura, con quegli enormi autobus rossi».

«Se mai troverò il coraggio».

«Ci vediamo lì».

«Ciao».

«Ciao».

«Ci vediamo».

«Ciao».

Dopodiché Marnie uscì, un pomeriggio grigio in una strana cittadina. Esplorò i dintorni, ma nemmeno il famoso mercato coperto, nemmeno i produttori di formaggio e i negozi di dolciumi riuscirono a estirparle quel senso di delusione. Comprò un *sausage roll* e lo mangiò dal sacchetto, ustionandosi il palato con il caldo ripieno rosa, poi si ustionò di nuovo con il tè, poi insistette sull'ustione con la lingua, e temporeggiò così in attesa del taxi, sentendosi come da piccola quando il Natale finiva, triste che fosse finito, ma anche delusa per com'era andato, quel senso di incompiuto, con la differenza – supponeva – che il Natale sarebbe tornato.

No, non poteva finire così. Se era finita, se era stato un errore, se aveva preso un abbaglio, allora avrebbe dovuto sentirselo dire da lui. Mancava un quarto d'ora all'arrivo del taxi. Buttò l'incarto oleoso in un cestino, poi si avviò a grandi falcate verso l'hotel, superò la reception e puntò dritta alle scale. C'era uno schema: uve francesi al primo piano, italiane al secondo, spagnole e portoghesi al terzo e tedesche al quarto. Marnie per un attimo si indignò a nome dei Riesling, poi cominciò a salire. Un corridoio la condusse oltre la Cabernet Franc, la Merlot e la Shiraz, poi su alla Chianti e alla Valpolicella, poi alla Rioja e alla Tempranillo, alla Garnacha e alla Albariño, e infine nel sottotetto, alla Gewürztraminer. Vicino all'ascensore che non aveva visto c'era uno specchio, dove si prese un momento per rifiatare, pulirsi il sudore dalla fronte e il grasso dalle labbra. Il *sausage roll* era stato uno sbaglio. Il suo alito sarebbe stato un misto di maiale e tè. Che poi, importava qualcosa? Attraversò il corridoio e bussò.

Le aprì la porta un perfetto sconosciuto.

«Oh, scusa, c'è il tuo papà?»

«Marnie...»

«Cercavo il signor Bradshaw, ma... Che hai fatto?»

Bello e sbarbato, fresco di doccia, si era già messo la famosa camicia, che a sua volta sembrava nuova e stirata.

«Ho pensato di... darmi una sistemata».

«Spero che ti sia rasato a tappe. Basettoni, pizzetto, baffetti a spazzolino...» Era sembrato contento quando aveva aperto la porta, ma adesso stava lì serio, quasi infastidito, lei lanciò un'occhiata nella camera, scorse una bottiglia di champagne in un secchiello del ghiaccio e si chiese: come faceva a sapere che sarei tornata?

Più tardi, sul treno per Londra, avrebbe faticato a ricordare le parole esatte che aveva usato, ma nel giro di pochi secondi se n'era andata, schiacciando all'impazzata il tasto e salendo sull'ascensore che sembrava in attesa di scortarla fuori, giù, giù, giù, tra i vitigni di Spagna, Italia e Francia.

Alla reception recuperò lo zaino dietro il bancone proprio mentre arrivava il tassista, e dietro di lui una donna, più o meno sua coetanea, curata, ben vestita e visibilmente incinta. La donna sorrise e in qualche modo Marnie ricambiò il sorriso. Poi seguì il tassista a bordo del mezzo, e in un silenzio confuso raggiunsero la stazione e il treno che l'avrebbe portata a casa.

# Fuga d'amore

Lo champagne era stato uno sbaglio. Aveva pensato che potesse apparire come un gesto di classe, ma adesso sembrava stucchevole, perfino un po' squallido. Pazienza, troppo tardi ormai. Svuotò il sacchetto sul letto, un paio di forbicine, un rasoio, schiuma da barba. Per evitare di incrociare Marnie, era andato in farmacia di soppiatto, una spia dietro le linee nemiche, e anche quello era stato squallido. Si lavò, poi spuntò la barba più che poté, sciacquando il lavandino con i polpastrelli, quindi rasò il resto con attenzione, due volte su e due volte giù, cercando di non infondere troppo simbolismo alla procedura. «A volto scoperto», si diceva, e in effetti c'era un che di esposto, uno smascheramento nell'immagine che aveva davanti, un viso più giovane venuto da un'epoca in cui tutto non era ancora andato a rotoli. Con un po' di nervosismo si tirò la pelle ed esaminò la linea in rilievo della cicatrice, pallida e senza pori né follicoli. Pur non avendola mai vista come una cosa da figo o da duro, aveva smesso di provare repulsione. Forse l'effetto stava svanendo. Si abbottonò la camicia appena stirata, la prima volta in cui usava il ferro da stiro in una camera d'hotel, la prima volta in cui usava il ferro da stiro dopo mesi, e c'era un che di nostalgico, di casalingo nell'odore del cotone caldo, ma sperava che Nat non si accorgesse di tutta la pena che si stava dando.

Sarebbe stato più difficile spacciare lo champagne

per una mossa non calcolata. Lo aveva comprato d'impulso, un'offerta speciale sul sito dell'hotel, *Fuga d'amore*, e adesso stava lì in un secchiello sul suo trespolo, due flûte capovolte nell'acqua sciolta, presuntuoso e invadente come un bambino piccolo appostato in silenzio di fianco al letto. Poteva nasconderlo dietro una tenda? Oppure sarebbe stato ancora più losco? Lo spostò in un angolo.

Era esausto e al tempo stesso su di giri. Era così che ci si sentiva ad avere una tresca, un intrallazzo – qual era il termine giusto? Champagne che si scaldava in attesa di una chiamata dalla reception. Non poteva essere una tresca se si trattava di tua moglie, in ogni caso si chiedeva chi stesse tradendo.

Bussarono alla porta. Forse era salita senza fermarsi alla reception. Michael si passò le mani sulla bocca e sul mento, e aprì.

«Oh, scusa, c'è il tuo papà?»

«Marnie...»

«Cercavo il signor Bradshaw, ma... Che hai fatto?»

«Ho pensato di... darmi una sistemata».

«Spero che ti sia rasato a tappe...»

Ed eccola di nuovo lì con le sue battute, alle quali Michael però non era molto ricettivo. «No, no, tutto in una volta». Calò il silenzio. «Pensavo che fossi partita».

«Scusa, lo so» disse Marnie, «lo so che ci siamo già salutati e io...» I suoi occhi perlustrarono la camera. «Sei impegnato?»

«No, figurati, ma il tuo taxi...»

«Sta arrivando, ma prima di andarmene volevo dirti che... è strano, no? Andarsene così? Perché credevo che ci fosse qualcosa. Cioè, mi piaci tanto, tantissimo, ed è una sensazione che non provavo da... Stavo per dire "decenni", ma poi ho pensato: non è vero. Comunque più di un decennio, e non parlo di semplice amicizia, di belle chiacchierate e basta, ma di attrazione. Di desiderio. Cioè, ho proprio voglia di baciarti, sempre. È la cosa più assurda...»

«Anch'io avevo voglia».

«Avevi?»

«Ho voglia, anch'io ho voglia, un sacco» aggiustò il tiro Michael, eppure non si mosse.

«Allora perché non arriviamo fino al mare? Novantasei chilometri non sono niente, è tanto così». Alzò la mano e mostrò la spanna. «È una passeggiata, e sento che sta succedendo qualcosa, e mi pare folle tornare a casa. Mi mancheresti e ho avuto l'impressione che anch'io mancherei a te. Quindi perché non...?»

«Proseguiamo? Sì, okay».

Lei rise. «Cioè, è tutto quello che hai da dire?»

«No, intendo, continuiamo a camminare e chiacchierare e... vediamo cosa succede».

«Okay. Okay». Marnie sembrava confusa. «Allora che faccio, annullo il taxi?»

«Sì, sì, annullalo. Ottimo».

«Okay. Okay». Lei sembrava ancora confusa e lui si sorprese a lanciare occhiate nel corridoio, oltre la spalla di Marnie. Lei se ne accorse. «Scusami, non sono affari miei, ma hai chiamato una squillo?»

Lui fece un sorriso tirato. «No. No, ho appuntamento con Natasha».

«Ah. Okay. Cioè, adesso?»

«Fra poco».

«Okay. Okay, non lo sapevo».

«No».

«Eppure non mi pare un'informazione trascurabile».

«Non è un buon momento per parlarne, Marnie».

Lei rovesciò la testa all'indietro. «Ah, fai pure la voce da professore?»

«No, è solo che...»

«Fanculo, scusa, cioè, ne hai tutto il diritto, è solo che – perché non...?»

«Perché probabilmente non succederà nulla e tu a questo punto non avresti dovuto essere qui. Quindi».

«Capisco. Capisco». Si mordicchiava il labbro, pronta ad andarsene. «Ma pensi comunque che dovremmo continuare fino al mare?»

«La trovo un'ottima idea!»

«Okay. Posso chiederti, però: la ami ancora?»

Non era sempre stato sincero con lei e adesso gli sembrava importante esserlo fino in fondo.

«Sì» rispose, «qui e ora sì».

Lei allora sorrise, un sorriso tutt'altro che bonario. «Ma Michael» disse, «qui e ora è dove siamo anche noi».

# QUARTA PARTE
# Le Moors

MATTO: Questa notte gelida ci farà diventar tutti matti e buffoni*.

W. SHAKESPEARE, *Re Lear*

* W. Shakespeare, *op. cit.*, p. 159.

# Narcisi

Stupida, stupida, stupida ad affezionarsi, stupida a sperare, stupida a voler cambiare le cose.

Il treno del venerdì sera da Northallerton era pieno ancora prima che lei salisse, addii al nubilato, addii al celibato, tifosi di calcio e turisti, chiassosi e ubriachi, tutto esaurito sia nei vagoni sia negli spazi in testa e in coda. Marnie trovò un buco per terra, lo zaino in spalla, la vista sulle ginocchia dei passeggeri che aprivano la porta del bagno e si indignavano.

Le serviva una distrazione, ma *Cime tempestose* era inutile in quel frangente. Impossibile lavorare, impossibile non angosciarsi per il lavoro. Se avesse proseguito con il trekking, avrebbe potuto elemosinare una proroga, ma così non aveva scuse: la revisione era per lunedì. Forse bastava darci dentro sabato e domenica – tanto cos'altro aveva da fare? – ma tutto questo se lo sarebbe potuto risparmiare se solo fosse tornata a casa martedì come da piani. Si sarebbe riacclimatata, avrebbe ripreso i suoi ritmi e rispettato la consegna, serena – be', serena no, ma almeno non furiosa, non arrabbiata per la sua stessa idiozia. Stupida, stupida, stupida a farsi abbindolare dalla speranza, a farsi imbrogliare dall'interazione umana. A York – la stazione di Michael – si alzò per evitare di ruzzolare fuori dalla porta automatica, poi scivolò di nuovo a terra e tornò al cellulare, dove scrollò le mail che aveva ignorato, nuove fatture telefoniche disponibili per la visualizzazione, un aggiornamento della nostra informativa sulla privacy. L'hotel sull'Ullswater voleva che valutasse il suo soggiorno, ma dov'erano le caselle di spunta «ingannevole» o «illusorio»? Le venne di nuovo fame, mangiò una barretta energetica stritolata e appiccicosa che aveva rinvenuto in una tasca laterale, un bolo talmente dolce e denso che fu subito presa dai tremori. Con le mascelle serrate, agitata e stomacata, si chiese: è così che ci si sente dopo uno speedball? Com'è possibile che questa roba sia legale? Stavano sfrecciando nelle Midlands Orientali a centonovanta chilometri orari e lei stava andando in botta dopo cinquanta grammi di puro glucosio, eppure la velocità ancora non le bastava, con il karaoke nella carrozza H che raggiungeva il suo apice, il capotreno che si univa dagli altoparlanti e si congratulava con Pete e Claire della carrozza E per le imminenti nozze. Grida di giubilo, applausi, lei con la faccia sfranta per la stanchezza e la troppa energia. Doveva forse rintracciare Claire e dirle: «Non farlo, scappa, stai commettendo un errore madornale»?

L'ultima settimana l'aveva cambiata e adesso doveva tornare a com'era prima del cambiamento. Per quasi tutto il tempo era stata offline, quindi cominciò a ripristinare le impostazioni di default, a spulciare i suoi vecchi siti e social. I subacquei che tornano in superficie devono riabituarsi al vecchio ambiente, e internet le ricordava quello, rimettersi in pari con le liti e le faide che si era persa, la rabbia e le previsioni sulla fine del mondo, finché non tornò al suo vecchio stato d'animo, la tensione che le irrigidiva le spalle, tutto il benessere pastorale svanito. Una volta le era balenata l'idea di postare una foto o due, un panorama o un selfie con un commento autoironico. Se fosse arrivata al Mare del Nord, avrebbe potuto pubblicare uno scatto ispiratore dei suoi scarponi nella schiuma: *Ci ho preso la mano, anzi, i piedi, con questo trekking!* E pensare che non più tardi di quella mattina stava imparando i versi degli uccelli. Be', fanculo, zigolo giallo, tu e il tuo pane-senza-formaggio. A Finsbury Park scattò in piedi, e a bordo del treno superò le luci da navicella spaziale dello stadio fino alla stazione di King's Cross.

La folla si schiacciò contro le porte, poi si riversò fuori in massa, turisti e coppiette si affrettarono verso ristoranti e camere d'hotel a Shoreditch e Soho. Issando lo zaino, Marnie ebbe l'impressione di essere approdata in una città straniera, confusa e disorientata, ma senza la trepidazione dei turisti. Il cielo una tenda oscurante, l'odore di diesel e fritto, Marnie attraversò il piazzale e scese, rimanendo in piedi in mezzo ai festaioli fino all'ultima fermata della linea Victoria, assurda con i suoi scarponi e i capi impermeabili. Fuori dalla stazione di Brixton predicavano ancora la buona novella su Gesù, ma lei non aveva tempo per le buone novelle, doveva correre a prendere il tre, di nuovo una londinese. Nel supermercato aperto fino a tardi comprò il pane e pure il formaggio, poi latte, uova, succo, una banana dura come un manganello, foglie verdi in busta clorata – scorte sufficienti per non uscire più di casa – e ancora vino, cioccolato e gin in lattina, il ritorno ai vizi. Era la stagione dei narcisi a poco prezzo e lei, temeraria, ne comprò alcuni per ravvivare l'ambiente. *E allora mi si ricolma il cuore / di piacere, e danza con loro, / i narcisi del supermercato.*

Le chiavi erano sepolte in fondo allo zaino e sui gradini del palazzo fu costretta ad aprirlo e rovistare nel groviglio di biancheria sporca e cavi dei caricatori. Sulla mensola dell'androne, bollette e volantini di takeaway e agenzie immobiliari, niente di carino o scritto a mano. Le gambe dolenti, le ginocchia straziate, Marnie salì sei piani superando il rumore della tv nell'interno 2B, una lite nel 3A, qualcuno che giocava ai videogame nel 4B, e infine aprì la porta del 5A.

Fu come aprire una tomba sigillata, l'aria gelida e

stantia. Marnie si liberò dello zaino – a quello ci penseremo domani – e si slacciò gli scarponi in modo da non provocare gli inquilini del piano di sotto. Sentiva le piante dei piedi scorticate mentre girava per la casa a passo felpato, accendendo le luci finché non furono troppe, riprendendo confidenza con i suoni del suo mondo, il clic del termostato, il fruscio dello scaldabagno che si attivava, il ticchettio dei termosifoni, lo schiocco dell'anta del frigorifero. Mise via la spesa e sistemò i narcisi in una piccola brocca, ma i boccioli non erano ancora aperti, perciò sembrava una composizione di cinque cipollotti. *E allora mi si ricolma il cuore / di piacere.*

In camera, l'odore delle lenzuola, il cesto della biancheria, la polvere che si scaldava sui termosifoni. Lercia e appiccicosa, ammaccata e sfinita, non vedeva l'ora di avvolgersi pulita e al caldo in una parure fresca di bucato, la coperta ponderata una mano che le premeva addosso con delicatezza.

Ma ci sarebbe voluta un'ora perché l'acqua fosse abbastanza calda per farsi un bagno, e cambiare le lenzuola sembrava al di sopra delle sue possibilità. Restò quindi a pancia in su sul letto con i piedi appoggiati al pavimento, a contemplare il soffitto, la sua topografia familiare di macchie, bolle e crepe. D'un tratto si sentì travolta dalla solitudine, ma andava benissimo, poteva diventare un problema solo se ti aspettavi qualcosa di diverso.

## GIORNO OTTO, PARTE UNO:
*Da Richmond a Osmotherley*

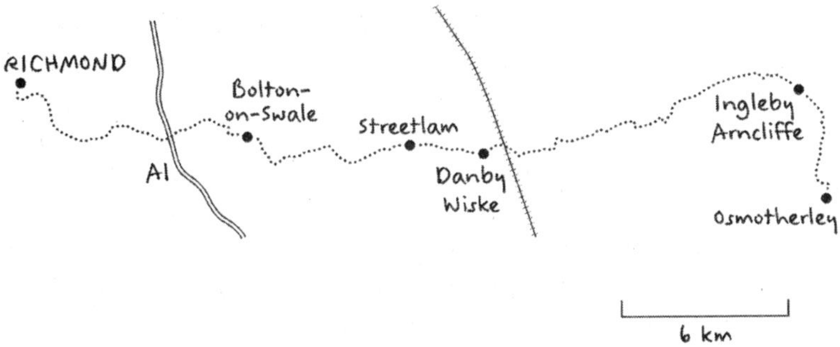

# Aringhe affumicate

*Ricordati, il punto è proprio la solitudine.*

Nella sala colazioni con la boiserie alle pareti, una cameriera lo accolse e gli mostrò un tavolo per uno vicino alla finestra. Tovagliato bianco inamidato, posate massicce. A quell'ora di sabato le coppie erano ancora a letto, perciò si ritrovò da solo a banchettare con aringhe affumicate, succo d'arancia e caffè, un reuccio senza alcun obbligo di rivolgere la parola a chicchessia o fare altro che non fosse rivedere l'itinerario e ripetersi: non crollare, mantieni il controllo.

Era il momento di lasciare la camera. Le aringhe gli avevano messo sete, quindi bevve un po' d'acqua, poi un altro po', accorgendosi che erano avanzate tre dita di champagne della sera prima. Anche fresco e appena aperto, Michael non amava lo champagne, ma versarlo nel lavandino sarebbe stato un sacrilegio, quindi alzò la bottiglia con aria circospetta, mandò giù un sorso, storse il naso e lo rimise nel secchiello. Rifece la sua metà del letto – gli piaceva lasciare la camera in ordine – quindi scese, consegnò la chiave e uscì nella piazza, ancora tranquilla a quell'ora di sabato. Una giornata nuvolosa, non sgradevole, il clima ideale per scivolare giù per il colle, oltre il castello e lungo il fiume. Quel giorno era previsto il tratto più lungo, quarantuno chilometri in piano con uno strappo finale sulle Hambleton Hills. Una giornata di campi, strade rurali e lievi rovesci, in cui la difficoltà più grande sarebbe stata la noia, la noia e forse la disperazione, *va tutto bene, passerà, tu continua e basta.*

Così camminò attorno al perimetro di aree residenziali, dentro parchi giochi e accanto a impianti di depurazione, le periferie incasinate di un paese qualunque. Le cose sarebbero andate meglio una volta attraversata l'autostrada, una volta allontanatosi di qualche chilometro dalla sera prima, *oddio, ieri sera, stupido stupido stupido.* Per ora percorreva sentieri fangosi rimestati dagli escursionisti e scialbe strade secondarie, puntando al rumore marrone della A1. Vicino all'attraversamento curvò dalla parte sbagliata e si ritrovò in una fattoria deserta, a vagare tra capanni, fienili e casotti, l'ammoniaca dell'insilato che gli pizzicava le narici, sempre da solo, ma con l'impressione che qualcuno lo osservasse dal mirino di un fucile. Girò intorno a un silo e si imbatté in un'escavatrice gialla inzaccherata, il cadavere di un vitello disteso nella benna, le zampe rigide, lo stomaco teso, l'occhio giallo rovesciato all'indietro, e scoppiò a ridere, pensando: okay, chiaro, non c'era bisogno.

*Stai calmo. Guarda la cartina, torna sui tuoi passi.* Risalì i margini dell'autostrada finché non incrociò il fiume, un sentiero, una galleria. Presto le cose sarebbero andate meglio, ne era sicuro. Intanto pensava: sono contento che Marnie non sia qui ad assistere a tutto questo, e al tempo stesso gli dispiaceva che non ci fosse.

GIORNO OTTO, PARTE DUE:
*Dalla camera alla cucina all'ingresso*

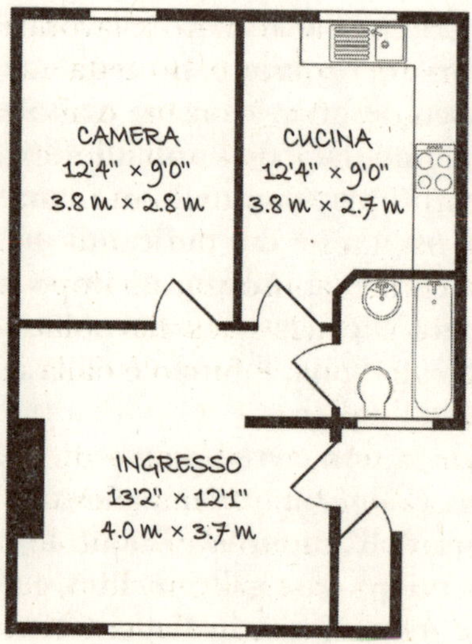

# Lavoro

Non era un piacere tornare a lavorare? Barricarsi in casa e riempire il bollitore, protetta e al sicuro? Aveva male alle cosce, alle ginocchia e ai piedi, ma quel giorno non li avrebbe massacrati ulteriormente, avendo come unico obiettivo quello di mantenere il conteggio dei passi al di sotto dei cento. I dolori sarebbero svaniti, come l'abbronzatura dopo una normale vacanza. Si lavò e fece la sua solita colazione, preparò un bricco di caffè, pulì le briciole dalla tavola e si mise all'opera.

Non era neanche a un quarto di *Notti contorte* e la consegna era per lunedì, ma adesso aveva preso il ritmo, sfrecciava di capitolo in capitolo, scena di sesso, omicidio, scena di sesso, omicidio, cercando di individuare il killer (era stato l'agente), trovando una specie di conforto nell'andamento della storia, entrando in uno stato di editing puro ed elevato, freddando errori e refusi come un ragazzino che gioca ai videogame – «affianco» al posto di «a fianco», «se» al posto di «sé», occhi azzurri che prima erano grigi. L'erotismo non la toccava e le ore volarono senza quasi mai pensare a Michael, a dove fosse e cosa stesse facendo, a quello che era successo la sera prima, a cosa non aveva funzionato tra loro, all'eventualità che lui pensasse a lei e le mandasse un messaggio o la chiamasse, a quanto fosse arrabbiata, a quanto si sentisse triste e stupida, senza quasi mai chiedersi se l'avrebbe rivisto, che tempo facesse nello Yorkshire, come fosse il paesaggio, come stessero i suoi piedi e quanta strada gli mancasse. Per fortuna, era libera da tutti quei pensieri.

## In marcia

Solo le mucche lo videro pranzare. Non era affatto la parte più remota del trekking, eppure non aveva incontrato anima viva da quando era partito da Richmond. Sapeva che il paesaggio non subiva alterazioni per l'assenza di una persona, ma i boschi e le stradine sembravano noiosi, il patchwork dei campi nient'altro che quello, campi rappezzati. Se ci fosse stata Marnie, a quel punto si sarebbe messa a cercare una linea di autobus, ma Marnie non c'era, quindi...

Riprese a camminare, ma avrebbe potuto essere su un tapis roulant. La banalità dell'itinerario gli dava il tempo per riflettere, che era l'ultima cosa che voleva, e si ritrovò a strattonare la propria mente dalla sera prima come si strattona il volante per evitare uno scontro. Cercò invece di concentrarsi sull'atto fisico del camminare, marciando – uno-due, uno-due – verso l'alta scarpata delle Hambleton Hills e, più in là, le Cleveland Hills che curvavano a nord. Sull'altopiano lì in cima, nascoste, c'erano le brughiere, le North York Moors, e lui si sentiva come un bambino che non riesce a vedere cosa c'è sopra un tavolo. Dalle cartine apparivano incredibilmente vuote e anonime, come se si leggesse un libro le cui pagine d'un tratto diventavano bianche, e perfino la parola *moor* sembrava evocare atmosfere cupe. Certo, non era detto che dovesse andare così, ci si poteva anche divertire nelle brughiere, eppure Michael era in apprensione per ciò che lo attendeva.

Intanto superò a passo di marcia Danby Wiske e Oaktree Hill, Harlsey e Ingleby, per poi costeggiare il margine della pianura, dove il sentiero saliva di colpo verso boschi che offrivano un po' di riparo dalla pioggia costante. Classica primavera, si era detto. Si inerpicò, ridiscese in un bel borgo, case solide e carine costruite con blocchi di cemento, aree verdi comunali di un silenzio snervante. Nella locanda rivolse la parola a un altro essere umano, ma solo per avere le chiavi. La sua camera era la Biancospino, la password del wi-fi wainwrightc2c.

Letto singolo, stile militare. *Il carro da fieno* in una cornice a giorno. Biscotti, latte a lunga conservazione, un piccolo bollitore. Erano le cinque del pomeriggio e non aveva idea di come riempire le ore prima di andare a dormire. Controllò il cellulare, ma senza aspettative. Eventuali comunicazioni con Marnie sarebbero dovute partire da lui, e non aveva idea di cosa dirle. Trovò invece tre messaggi di Nat.

*Spero tu stia bene*

*Rispondi, ti prego*

*Tutto okay?*

Si ricordò della sera prima a Richmond. Dio mio, pensò, ho pure preso lo champagne.

# Feta

Marnie lavorò tutta la mattina, alzando a malapena lo sguardo. A pranzo trovò la confezione aperta di feta, bordi ammorbiditi e colore violaceo, e la mangiò a cucchiaiate da un piattino, neanche fosse una mattonella di gelato. Le frizzò sulla lingua, ma non le fece venire la nausea, e anche se era il minimo che ci si potesse aspettare da un pasto, se non altro significava non interrompere il lavoro.

A metà pomeriggio, avendo bisogno di qualcosa da prendere a pugni, pensò al suo ex marito. Di getto aprì la posta elettronica e compose un nuovo messaggio, scrivendo:

*Caro Neil,*

*Come va? Spero che la tua famiglia stia bene e che la paternità sia nelle tue corde.*

*Io sto bene. In effetti sono appena tornata da una vacanza, durante la quale ho avuto modo di riflettere e ascoltare qualche consiglio.*

*Ti scrivo per dirti che è arrivato il momento di restituirmi i soldi che mi devi. L'ideale sarebbe un pagamento in un'unica soluzione, ma capisco che hai delle incombenze economiche, perciò, se non fosse possibile, accetterei anche versamenti mensili. Fammi pure la tua offerta. Sono disposta a rinunciare agli interessi, ma quello che mi spetta devi pagarmelo. Ho anch'io delle incombenze economiche.*

*Ti auguro davvero il meglio per il futuro e spero di risol-*

*verla in termini amichevoli. Credo che staremo meglio entrambi una volta che la questione sarà chiusa e potremo andare avanti con le nostre vite.*

*Un saluto, Marnie*

Rilesse, modificò «ascoltare qualche consiglio» con «ottenere una consulenza legale» e cliccò su invia, dopodiché si alzò dalla sedia e si sgranchì le gambe nei limiti consentiti dalla cucina. Sperava in una sorta di euforia, quel tipo di soddisfazione che in genere si prova nell'affrontare un bullo, ma era difficile immaginare il Neil che conosceva accettare le sue richieste. Tutto quello che aveva fatto era riaprire le ostilità.

Il bip del cellulare la fece inevitabilmente trasalire. Contrattacco, pensò, o forse era Michael. Il giorno prima aveva deciso che avrebbe cancellato eventuali suoi messaggi senza neanche aprirli. Prese il telefono. *Ciao! Sei tornata? Devo allertare i soccorsi? Ti ho pensata. Se ci sei, la proposta di andare a bere qualcosa è sempre valida. Niente camminate, promesso. Fammi sapere, Conrad :)*

Lesse il messaggio due volte, poi di nuovo, in parte infastidita, in parte lusingata dalla sua perseveranza. Magari si sarebbe divertita, oppure sarebbe stata l'occasione per vendicarsi. Divertirsi e vendicarsi erano cose compatibili? Non vedeva alcun motivo per non farlo.

L'ortodossia dei libri che aveva revisionato sembrava imporle di aspettare un giorno o due prima di rispondere, ma chi ce l'aveva tutto quel tempo? Rilesse un'ultima volta il messaggio e rispose con due sole parole: *Sì* e *Domani?*

## La sera prima a Richmond

«Mike» disse Natasha, «hai preso lo champagne!»

«Sì, ma non siamo obbligati» disse, indicando la poltrona vicino alla finestra. Perché non si toglieva il cappotto?

«Carino l'hotel. Più sciccoso del solito».

«Be', sai. Vuoi...?»

«Sì, okay».

Ed ecco il lieve rigonfiamento sotto la vita della gonna, quello che aveva tanto sperato di vedere, anno dopo anno, e sentì i polmoni svuotarsi in un grande sospiro. *Ricomponiti, cerca di sorridere.*

«Questo ovviamente è il motivo per cui non posso bere lo champagne».

Michael inspirò. «Capisco».

«Ma se tu vuoi...»

«Sono a posto. Magari dopo. Magari... Be', congratulazioni, Nat».

«Grazie».

«A quanto sei?» Era così che si diceva, no? Il suo cervello non funzionava come avrebbe dovuto.

«Diciassette settimane».

«Wow» disse, una risposta insensata a parole insensate. Poi: «Quindi immagino che non sia mio!»

Lei sembrò scioccata, ma solo per un attimo, dopodiché sorrise. «No» rispose, il cappotto ripiegato sul braccio come se potesse andarsene da un momento all'altro. «Non è tuo».

«Siediti, dài. Non stancarti». Lei appoggiò il cappotto sul letto e si sedette, lui si accomodò sull'altra poltrona: entrambe erano ruotate di quarantacinque gradi verso il letto, come se dovesse succedere qualcosa lì sopra, come se fosse un palcoscenico. La situazione era chiaramente insostenibile.

«Usciamo?» propose lui.

«Sì» concordò lei, in piedi, una mano sulla pancia.

«Ho prenotato in un ristorante. Hai fame?»

«Mi verrà».

«Ho prenotato per le otto». Guardò l'orologio. Erano le sei meno venti. «Magari possiamo fare una passeggiata e arrivare un po' in anticipo».

«Volentieri. Volentieri, facciamo così».

Nell'ascensore i loro occhi si incrociarono, sorrisero, poi lui guardò a terra, le mani giunte davanti a sé, come un prete. Si chiese se Marnie fosse ancora nella hall. Forse gli avrebbe tirato dietro un vaso, ma se n'era andata da un po'.

Uscirono nella piazza e lui ebbe un ricordo molto vivido del loro primo appuntamento, non il pranzo nell'aula docenti, il primo appuntamento ufficiale, in centro un sabato sera, lui era tesissimo, lei gli aveva preso la mano mentre andavano verso il ristorante e, prima che entrassero, si era girata e l'aveva baciato. Era sempre stata lei la più spavalda dei due. «Ecco. Così possiamo concentrarci» aveva detto, e lui si ricordò di com'era stato difficile farlo mentre era seduto di fronte a lei – un localino thailandese, niente di che – e chiacchierava felice, ma pensando tutto il tempo: è lei, l'ho trovata, è seduta davanti a me. Era stupido, ma ricordava anche com'era stata accolta la notizia a scuola, le grida di giubilo alla serata discoteca quando avevano ballato insieme, le domande indiscrete da parte di ragazzini che a quell'ora potevano avere loro stessi dei figli. Gli studenti adoravano quando i professori si mettevano insieme, come se fosse merito loro, mentre quando si lasciavano erano più incerti sul comportamento da tenere. Ora, nel silenzio delle strade secondarie, Michael si sentiva a disagio per il calpestio degli scarponi, il fruscio dei vestiti. C'erano tantissime cose da dire, ma ancora non si fidava della propria voce, perciò fu Natasha a prendere le redini, del resto lo aveva sempre fatto.

«Come stanno le gambe?»

«Oh, bene. Non è difficile, solo lunga. È una roba da turisti, in realtà».

«Sono comunque dieci giorni. Ti sta facendo bene».

«Dici?»

«Hai preso un po' di colore».

«Abbronzatura da pioggia».

«Non avrà mica piovuto ogni giorno».

«No, è stato un mix, insomma, primavera, classica primavera».

Era assurdo ritrovarsi di nuovo a parlare del tempo, ma Michael era incapace di qualsiasi cosa che andasse oltre i discorsi di circostanza su alloggi, itinerario, chilometri percorsi. Passeggiarono lungo vicoli e strade secondarie, i negozi stavano chiudendo, la gente tornava a casa. Il ristorante era ancora chiuso, quindi fecero un altro giro, e intanto Michael rispondeva alle domande di Natasha con voce stanca e cantilenante. Cominciò a piovigginare, perciò tornarono indietro e bussarono sulla vetrina del locale, un cameriere li fece entrare con circospezione. Il posto era più luminoso, più moderno e meno intimo di quanto Michael avesse sperato, qualcosa di più simile a una mensa, il tavolo ancora bagnato, una nota pungente di agrumi nell'aria. Lo chef non era ancora arrivato, magari nell'attesa gradivano bere qualcosa? Lui ordinò una birra, lei acqua frizzante con ghiaccio e lime. Il tempo passò e Michael d'un tratto notò i polsini della propria camicia, i bordi logori, un filo allentato a tenere fermo il bottone.

«Cleo mi ha detto che eri con qualcuno».
«Sì, una sua amica. Si è fermata qualche giorno in più». Se avesse tirato il filo, il bottone si sarebbe staccato.
«E com'è andata? In compagnia?»
«È andata... bene. L'hai conosciuta anche tu, Marnie».
«L'ho conosciuta?»
«Al battesimo».
«Ah, sì. L'amica londinese di Cleo».
«Esatto».
«Sposata con quel tizio tremendo. Cleo lo odiava».
«Adesso ha divorziato».
«Be', buon per lei. Vi siete trovati bene o...?»
Michael sapeva cosa stava facendo. Sondava il terreno nella speranza che fosse più di un'amicizia. Che sollievo sarebbe stato, un po' come rifilare ad altri una casa che stava sprofondando, e avvertì una punta di irritazione, no, di rabbia. Se avesse ribaltato il tavolo? Era un gesto inutile, ovviamente, la furia di un uomo in fondo al baratro. Invece chiese: «Come va con Frank?»
Natasha indietreggiò con la testa. «Tutto bene. Le cose si sono fatte più serie» disse, lanciando un'occhiata in basso, «come puoi intuire».
«Immagino».
«Me ne sono andata da casa dei miei. Adesso sto da lui».
«Logico».
«Ed è molto contento per... il bambino».
«Be', è un'ottima notizia».
Lei sospirò e guardò la porta. «Michael, non essere...»
«Cosa?»
«Io e Frank andiamo d'accordo. Lo volevamo entrambi, ci è sembrata la cosa giusta da fare. Va tutto bene». Guardò di nuovo la porta come se valutasse l'idea di scappare. Forse Michael doveva permetterglielo

e basta. Non c'era nulla che potesse risollevare la situazione e anche lei doveva essere dello stesso parere, le guance rosse, gli occhi umidi. Era ingiusto tormentarla con quella colossale, incoerente tristezza, eppure gli balenò il pensiero che, qualora se ne fosse andata in quel momento, era molto probabile che non l'avrebbe più rivista. Era un'ipotesi melodrammatica, un'esagerazione? Cosa li avrebbe costretti a incontrarsi di persona? Le scartoffie della separazione potevano essere gestite da remoto, la posta per lei – ormai sempre più rara – poteva esserle inoltrata all'indirizzo attuale, le sue cose poteva recuperarle quando lui non c'era: forse doveva andare e basta. Ma se l'avesse fatto, Michael sapeva che il suo cuore si sarebbe spezzato, ne era certo.

«Se devo essere sincera, riguardo a Frank» continuò Nat prendendogli la mano, «quello che ho con lui non è paragonabile a quello che avevamo noi due».

«Ti prego, lascia perdere».

«Intendo solo dire che...»

«Io ce l'avrei in mente una cosa che noi due non avevamo».

«Sì. Lo so».

«E sono contento per te, cioè, prima o poi nel futuro sarò contento per te, per voi. So... So quanto lo volevi».

«Lo volevo» disse, poi si interruppe. Con te: era questo che stava per dire? Ogni tentativo di consolazione era un altro schiaffo in faccia, e per un terribile istante pensò: oddio, e se mi chiede di fare da padrino?

La porta si aprì e un uomo si precipitò all'interno, scrollandosi la pioggia dai capelli con il palmo della mano – lo chef, suppose Michael. Era da un po' che aspettavano di mangiare e sembrava intollerabile stare lì a scambiarsi convenevoli dopo che lui si era illuso che potessero tornare insieme. Aveva cercato di reprimere l'idea, ma si aspettava proprio quello, che lei potesse dire: riproviamoci, gestiamola, facciamo il possibile e parliamo, in modo aperto e onesto, ritroviamo quello che avevamo. Pensava che avrebbe potuto fermarsi lì a dormire. Altrimenti perché aveva preso quella camera e il ridicolo champagne? Ora si sentiva scontroso e ipocrita. «Avrei preferito che mi avvisassi prima».

«Pensavo fosse giusto dirtelo di persona».

«Potevi anticiparmelo stamattina».

«Ma così non sarebbe stato di persona, no?»

Lui aprì la bocca, poi la richiuse. Lei passava da un argomento all'altro in maniera repentina, adesso parlava della vendita della loro casa.

«Potrebbe essere necessario accelerare un po' i tempi».

«Ovvio».

«Magari proponila a più agenzie».

«D'accordo. Lo farò».

«Com'è? Che impressione fa?»

«Intendi... se è in ordine?»

«Sono certa che lo sia».

«Se lavo la vasca, rifaccio il letto?»

«Intendo... Si presenta bene?»

«Se profuma di pane appena sfornato?»

Lei si premette la base dei pollici sugli occhi. «Sì, Michael, intendo quello».

«È una casa triste. È quella l'impressione che fa. Non la sopporto, a dire il vero. Non sopporto di stare lì».

«Immagino».

«È per questo che vago tutto il tempo come un matto in qualche cazzo di brughiera, perché non sopporto di stare a casa nostra».

«Allora forse dovresti trasferirti, affittarla, tanto alla fine ti toccherà».

«Non posso permettermelo».

«Allora sarebbe il caso di accelerare un po' i tempi, come dicevo».

Michael si ricordò anche di quello, l'andamento

dei loro litigi, gli attacchi di stizza di lei, il tentativo forzato di ragionare, una pazienza ostentata ma fasulla, il silenzio improvviso. Si portò una mano alla bocca e trasalì sentendo la pelle nuda, sgradevole e appiccicaticcia. «Cercherò un posto. Lo cercherò. Non ho avuto tempo finora».

Nat non rispose, si reggeva la fronte con la mano, e lui si accorse che stava piangendo. «Ehi, non volevo rattristarti».

«Non sei tu che mi rattristi, è che *sono* triste».

«Sono contento per te, sono contento che ce l'hai fatta, davvero. Lo sarò, prima o poi».

«Grazie».

«Ma non è quello che speravo o che volevo. Non è così che immaginavo il nostro matrimonio».

«No».

«E pensavo tantissimo ai figli».

«Lo so, anch'io».

«Che stupido, a presumerlo, ma davo per scontato che saremmo diventati genitori, mamma e papà, che saremmo stati bravi».

«Sì, lo saremmo stati».

«E so che sarebbe più facile per me... Se potessi darti la mia benedizione, dirti che sono felice per voi, un nuovo capitolo, lui è un uomo fantastico, ma... Nat, sono tristissimo e basta, cazzo, quasi ogni secondo».

«E io cosa ci posso fare?»

«Non lo so. Starmi lontana?»

Lei alzò lo sguardo, la bocca aperta. «Non voglio». Gli prese la mano dall'altra parte del tavolo e gliela tenne ferma. «Voglio che tu sia felice».

Lui per un attimo rise. «Anch'io, cazzo».

Ora piangevano entrambi e il cameriere si stava avvicinando. «Che tempismo» commentò Natasha, tamponandosi in fretta gli occhi con il tovagliolo, ed entrambi risero, nascondendo la faccia nei menu con le spalle tremanti.

«Siete pronti a ordinare?»

«In realtà» disse Michael senza alzare lo sguardo. «Abbiamo avuto un imprevisto». Lanciò un'occhiata a Natasha, che fece un piccolo cenno di assenso, e forse il cameriere fu sollevato, perché nel giro di pochi minuti saldarono il conto e uscirono di nuovo in strada. La pioggia si era attenuata ed era un sollievo non essere l'uno di fronte all'altra mentre avanzavano a passo lento verso la macchina di lei, la conversazione che virava su argomenti più leggeri: la vita in paese, come stavano i suoi (lo salutavano tanto), la dirigenza della nuova scuola, i ragazzi. Lì la campagna era selvaggia ma splendida. Un sacco di belle camminate.

Alla fine arrivarono alla macchina, e sembrò che tutto stesse accadendo troppo in fretta, come un dialogo attraverso il finestrino di un treno in partenza. Non c'era motivo di interrompersi, ma lei doveva rientrare. «Sono le sette meno un quarto».

«Notti di follia» ironizzò Michael e pensò a quanto fosse strano che Nat stesse per tornare in una casa che lui non aveva mai visto, che mai avrebbe visto. *Com'è andata?* le avrebbe chiesto Frank dal divano. *Come l'ha presa?*

«Allora divertiti nel resto del trekking».

«Lo farò, ne sono certo» disse, tutt'altro che certo.

«Buona fortuna. Stai attento nelle Moors. Ci vediamo quando passo da Cleo e Sam. Salutami Anthony». Promise che l'avrebbe fatto, ma lei nel frattempo doveva aver schiacciato il pulsante nella tasca del cappotto, perché la portiera si sbloccò, e adesso si stavano abbracciando, il corpo di Nat leggermente inarcato e discostato dal suo, solo le spalle si toccavano, dopodiché lei alzò un braccio, gli posò una mano sul volto e premette una guancia contro quella di lui.

Poi con la stessa rapidità si voltò, tenendo il cappotto chiuso sulla pancia come a proteggerla, e salì in macchina. Lui indietreggiò e vide un'ultima volta il viso di Nat, riuscì a sorridere, gli occhi lucidi. Lei sollevò la mano, poi diede una brusca sterzata e se ne andò.

Tornato in hotel, chiese se fosse possibile restituire lo champagne, ma era complicato, perché faceva parte del pacchetto *Fuga d'amore.* Magari poteva portarselo dietro. Ma anche portarselo dietro era complicato, perciò ordinò un panino e salì in camera.

Nel tentativo di nascondere il secchiello del ghiaccio, lo aveva messo troppo vicino al termosifone, perciò adesso la bottiglia era calda, il liquido schiumoso e orrendamente sgasato quando la aprì. Lui però lo mandò giù a forza, facendo attenzione a non berlo tutto, lasciandone tre dita per la mattina dopo.

GIORNO NOVE, PARTE UNO:
*Da Herne Hill a Battersea*

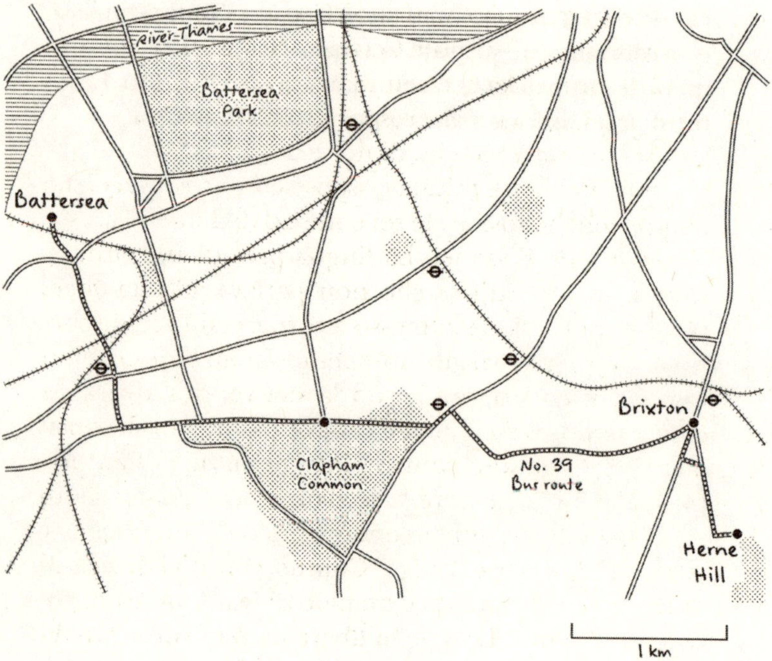

## Cervelli e cuori

«Allora, chimico mancato? Come va in farmacia?»

«Alla grande!» rispose Conrad. «Stanchezza a parte».

«Lavori sei giorni a settimana o...?»

«Cinque. Ho un viceresponsabile».

«Sei operativo anche di notte?»

«Solo nella vita privata» rispose con un sopracciglio alzato, benché fossero le sei e mezzo di domenica.

«*Flah-nah*» disse lei. La lingua privata era tornata. Erano quarantott'ore che non parlava ad alta voce. Quanto poco ci aveva messo a tornare ai vecchi schemi, lavorare tutto il giorno, sperare in un bidone. Non essendo successo, era lì con la sua vecchia divisa da città composta da gonna e cappotto neri, con le vesciche che sfregavano contro l'interno di un collant nero opaco e scarpe nere basse con i lacci. Erano seduti su sgabelli alti al bancone di zinco di un tapas bar vicino al Battersea Bridge, Conrad con una giacca di pelle, la camicia aperta e un paio di jeans, un calciatore della Premier League in libera uscita. Non c'era discoteca al mondo che lo avrebbe rimbalzato. Quanto a Michael, invece...

Conrad esordì con qualche classica battutina sul fatto di trovarsi a sud del fiume, su quanto fosse strano, su quanto fosse tranquillo, ma lei attribuì la cosa al nervosismo, resistendo alla tentazione di denigrare Barons Court e sfogliando invece il menu, un appiccicoso raccoglitore di vinile lungo come una novella.

«Ah, tapas» disse, «le antesignane della formula aperitivo!» Pensò a quanto fosse vicino il lungofiume, a quanto sarebbe stato facile scappare, saltare oltre il parapetto e buttarsi nel fiume impetuoso.

Ordinarono una bottiglia di *Vino Tinto rosso*, una tautologia, rifletté Marnie, al di là delle maiuscole a caso, poi discussero su cosa ordinare, sulle proporzioni carne-pesce-verdure, sul numero di piatti, sul galateo della condivisione, mentre Conrad annotava le pietanze papabili su un tovagliolo rosso (*boquerones?*), una procedura diplomatica così complessa che avrebbe benissimo potuto durare tutta la sera. «A prendere di più facciamo sempre in tempo, a prendere di meno no» disse Marnie, e a lui piacque quella filosofia, tanto che la ripeté, più di una volta, mentre sorseggiavano un *vino tinto* appiccicoso come i menu, preludio già solo nel sapore al mal di testa che avrebbe provocato.

Silenzio. Poi: «Cin cin!» disse Conrad. «Alle città!»

«Alle scarpe normali!»

«E ai terreni in piano. All'essere caldi e asciutti».

«Alle volpi e ai piccioni!»

«Alle volpi e ai piccioni». Bevvero. «Mi meraviglia che tu abbia resistito così tanto».

«Oh» disse Marnie, «perché?»

«Be', sette giorni! Di cosa avete parlato?»

«Sai, amore, vita, morte» rispose e Conrad rise, anche se in effetti era la verità. «C'è qualcosa, nel camminare, che ti fa uscire le parole quasi per sbaglio. È come prendere, non so, un siero della verità. E poi il paesaggio era bellissimo. Guarda».

Pur essendosi riproposta di non farlo, si ritrovò a estrarre il cellulare. Ecco la foto di una veduta su Grasmere, dov'erano stati travolti da tutti quei cani; ed ecco l'Angle Tarn, dove si erano quasi buttati in acqua; ecco Kidsty Pike, il punto più alto; e poi l'inquietante Nine Standards Rigg, lo spartiacque, dopo il quale avevano incontrato... Be', meglio sorvolare. In quel Capodanno miserabile, Marnie si era ripromessa di cambiare la natura delle sue foto, e lo aveva fatto, ma pur impostando la massima luminosità non c'era traccia del sublime, forse le foto dei paesaggi erano come gli scatti alla luna piena, sempre deludenti. «Non sono granché, lo so».

«Fammi vedere» disse Conrad, le sottrasse il cellulare e tornò alla foto che aveva saltato. «Eccolo!»

Era quella che avevano fatto vicino alla diga, entrambi un obbrobrio, lei con un sorriso scemo, lui con un braccio intorno alle sue spalle, pesante e innaturale, la faccia nuova che era riuscita ad aggiungere.

«Come ti sei trovata?»

«Oh, normale».

Poco dopo quella foto lei gli aveva chiesto il numero e lui le aveva chiesto di rimanere.

«Ci ha provato? A tarda sera, nel bar dell'hotel, con gli scarponi pieni di fango...»

«Non dire cretinate».

«Per me gli interessavi».

Lei rise. «Ah. Cosa te lo fa credere?»

«Ci ho fatto caso un paio di volte, quella sera alla locanda, ti lanciava occhiatine, si sporgeva verso di te. Dove sarà adesso? Chissà».

Se lo chiese anche lei. Sentiva l'esigenza di confidarsi con qualcuno, di raccontare la scena della suite Lavanda, il brivido che aveva provato a baciare di nuovo, a desiderare ed essere desiderata. «Come una ragazzina», secondo il cliché, eppure anche lei aveva diritto a quelle sensazioni, all'ebbrezza e all'euforia che tutto ciò comportava.

Ma non le sembrava indicato durante un appuntamento e si rese conto che l'unica persona con cui avrebbe potuto parlare della sua confusione era colui che l'aveva generata. Per ora era meglio concentrarsi su Conrad, la cui bellezza era rimasta intatta rispetto a una settimana prima, idem per l'autostima, idem per la totale mancanza di acume, di pori e di senso dell'umorismo. Il cibo arrivò in fretta e lui parlò del suo lavoro, delle famose esperienze universitarie, dei posti all'estero in cui avrebbe vissuto, ed era più simpatico, pensò Marnie, meno inopportuno, e anche se non provava attrazione romantica, stava facendo quello che si era ripromessa di fare: avventurarsi nel mondo, ascoltare.

Eppure non sembrava più così importante riempire la cornice tanto per riempirla. Le domande da porsi erano: mi rivolgerei a questa persona se fossi in crisi? Mi verrebbe da rievocarne il ricordo o l'immagine in sua assenza? Ho bisogno di averla accanto? Se venisse a trovarmi in punto di morte, sarei contenta o penserei: cosa ci fai qui? Era un criterio macabro da applicare per un'uscita senza impegno, ma quell'uomo rispettabilissimo non lo soddisfaceva, non più di quanto lo soddisfacesse lei a parti invertite. Una o due persone in più, era davvero tutto quello che le serviva, una o due persone in più a cui voler bene.

Bevvero in fretta la prima bottiglia, ne ordinarono una seconda, e lui cominciò a confessarle della sua ex fidanzata, rivelando la storia che una settimana prima era stato troppo imbarazzato per raccontare, lei intanto succhiava il cervello dolce e agliato dalle teste dei gamberi, la benevolenza che svaniva. Aveva letto da qualche parte che il cuore dei gamberi si trovava nella testa, il che suonava come una metafora per qualcosa, anche se forse quella dei gamberi non era una testa in senso stretto, più un torace. Nel frattempo Conrad diceva che era successo tutto molto in fretta, il fidanzamento ufficiale, e lui forse si era fatto prendere dal panico, ma lei forse aveva ragione, non erano più due ragazzini, non avevano tempo da perdere e bla-bla-bla. Si stava giocando la carta della tristezza. Gli uomini, pensò Marnie, sopravvalutano il fascino della tristezza. Si infilò sulla punta dell'indice una testa di gambero vuota, trasformandola in un piccolo burattino che annusava l'aria, annuiva, sì, sì, racconta, e l'effetto le piacque così tanto che se ne infilò altre tre. «Giuro» disse, «la mia manicurista...»

«Come?»

«Niente. A sentirti parlare si direbbe che la ami ancora» commentò brusca.

Ci fu una pausa. «Sì» ammise infine Conrad, «potresti aver ragione» e lei si chiese se fosse destinata a trascorrere così le sue serate, ad ascoltare uomini spenti e oppressi dall'amore per un'altra donna. Forse era stata aggressiva, perché adesso Conrad stava zitto e guardava con aria afflitta il suo bicchiere untuoso, al che lei, per rispetto, si tolse le teste di gambero dalle dita. «Perché questo discorso non lo fai con lei, piuttosto?»

«Dici?»

«Sì, sarebbe una buona idea».

«Okay. Magari lo farò». Raddrizzò la schiena, risoluto. «Vuoi il dolce o...?»

«No, sono a posto. Andiamo». Ispezionarono il tavolo, spine, gusci e pozze di olio rosso.

«Non abbiamo ordinato troppo, alla fine».

«No» concordò Marnie, «siamo stati bravissimi».

Costeggiarono il Tamigi in direzione del Battersea Bridge, tra cerchi di luce arancione. «Avrei dovuto dirtelo prima, ma mi sento in colpa per come mi sono comportato mentre eravamo via».

«Nessun problema! Sei andato benone!»

«Non ho fatto altro che annoiarti con la mia Formula Uno. Cosa importa a te delle auto da corsa?»

«Sono stata pessima anch'io! Laurea in farmacia o in chimica farmaceutica?»

«E poi sono pure scappato».

«Sì, quello è stato strano».

«Lo so! Non volevo che pensassi che non mi piacevi. Solo che tutti stavano lì a guardarci, la pressione».

«Lo capisco».

«E – spero di poterlo dire – ero molto attratto, davvero, ma non era il posto giusto. Cioè, io odio la campagna, che cazzo!»

Marnie rise. «Be', allora senza dubbio non era il posto giusto».

«Eppure. Avrei voluto che restassi nella mia camera». Erano arrivati al Battersea Bridge, gli autobus diretti a nord sopra di loro, si fermarono e si girarono. «Stavo pensando che adesso vorrei baciarti, ma mi sa che non è una buona idea».

«Sono quasi certa di no». Indicò la propria bocca. «Cervello di gambero».

«Non importa».

Una volta, da ragazzina, aveva provato a baciare gli attori di *Friends* attraverso lo schermo della tv, uno a uno, per vedere che effetto facesse: forse sarebbe stata la stessa cosa. «Allora vai» lo esortò. «Uno e basta». Si baciarono per un po'. Sì, era la stessa cosa. «Grazie mille» disse Marnie, come se le avessero regalato un buono per acquistare dei libri.

«Ma... uno e basta?»

«Penso di sì. È stato bello rivederti. Solo che non c'è chimica. Capisci cosa intendo, anche se sei laureato in farmacia?»

Passò un momento prima che lui sorridesse, poi guardò il ponte. «Meglio che...»

«Sì, prima che chiudano la frontiera. Diciannove, quarantanove, trecentoquarantacinque...»

«Sei proprio un'esperta di autobus, Marnie» commentò Conrad, lei fece ondeggiare il capo con modestia. «Ora che fai?»

L'aria era fredda ma rinvigorente, era ancora presto, e lei aveva bisogno di schiarirsi le idee. Le vesciche non erano troppo fastidiose. «Sai una cosa?» disse. «Credo che camminerò un po'».

GIORNO NOVE, PARTE DUE:
*Da Osmotherley a Blakey Ridge*

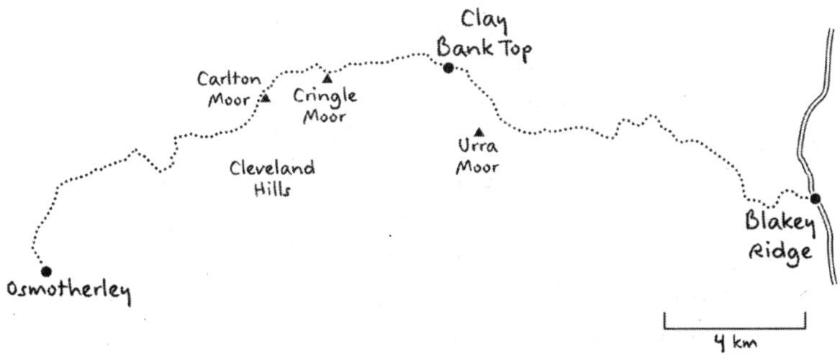

## Che spasso le Moors!

Domenica Michael andò in pezzi, poi, senza accorgersene, cominciò a ricomporsi.

Cento percento probabilità di pioggia, diceva l'app del meteo, ma «pioggia» poteva significare una spruzzatina come un monsone, e forse non sarebbe stato così male, il saliscendi della Cleveland Way al mattino, poi una marcia in piano nella brughiera. L'avrebbe affrontata come una sfida fisica, una maratona o un percorso militare. Non ci sarebbe stato nessuno a mettergli fretta, ma forse si sarebbe divertito almeno un po', da solo, nella brughiera, un percorso militare sotto la pioggia.

Peccato che era già esausto ancora prima della salita iniziale. Era andato a dormire presto, ma al pub c'era la serata quiz e i vecchi pavimenti di legno gli avevano permesso di partecipare dal letto, cavandosela bene con le colonne sonore e i fiumi del mondo, provando invece una crescente frustrazione con le domande che prevedevano immagini. Doveva rinunciare al sonno, scendere e offrire i propri servizi ai Quattro Quizzettieri? O era meglio stare lì e sforzare gli occhi per guardare la minuscola tv della camera, troppo lontana sulla cassettiera? C'erano solo due canali funzionanti ed entrambi trasmettevano un quiz, perciò passò la serata sotto interrogatorio, voci distanti che pretendevano di sapere chi era stato in vetta alle classifiche con il brano *Smalltown Boy*.

Ancora esausto, si inerpicò in boschi che sembravano usciti da un film dell'orrore, la pioggerellina densa come il fumo di un sigaro, tanto che aveva l'impressione di camminare in una piccola cella grigia mobile, aperta solo alla pioggia. Anche i suoi pensieri sembravano imprigionati. Avrebbe dovuto riferire ai suoi genitori la novità su Natasha. Avrebbe dovuto informare i colleghi, gli amici comuni, che forse già sapevano. Avrebbe dovuto impegnarsi sul serio per cercare un posto in affitto – vivere in affitto alla sua età, oddio. Avrebbe avuto dei coinquilini? Era troppo vecchio per avere dei coinquilini. Il sentiero gli si apriva davanti, gli si chiudeva dietro, e adesso la pioggia gli colava giù per la schiena e dentro gli scarponi, sentiva decisamente la pelle che iniziava a sfregare. C'era un solo pensiero che gli dava sollievo, ma era troppo tardi.

Alla fine superò la linea degli alberi e si ritrovò in cima alla scarpata, all'orizzonte si srotolava una vasta porzione di nord-est, campi verdi e gialli punteggiati di tralicci e turbine, e – visibili a stento nella velatura grigia – Middlesbrough, Stockton e Redcar. Era un panorama che un tempo si sarebbe goduto, ma adesso lo degnò a malapena di uno sguardo, come se fosse una cartolina indirizzata a un altro. Da lì si sarebbe diretto a sud-ovest, ma prima avrebbe dovuto risalire una collina, poi un'altra e un'altra ancora, cinque in totale. Tutto il mattino cupo e uggioso lo occupò così, l'attraversamento dell'altopiano talmente breve che la discesa improvvisa e le salite ripide gli risultarono odiose, irritanti, e cominciò a mettere in dubbio la sensatezza dell'intero progetto. Il paesaggio non funzionava più. Il potere curativo del trekking non esisteva ed era impossibile mettersi il passato alle spalle, perché avrebbe sempre trovato il modo di sorpassarti e ostacolarti. Round Hill e Carlton Moor, Cringle Moor e Clay Bank Top, Michael arrancò su e giù, l'incessante pioggia fredda che penetrava in ogni cucitura, nei vestiti, nella pelle e nelle articolazioni, tanto che aveva l'impressione di arrugginire. Se ci fosse stata Marnie, avrebbero trovato il lato comico della faccenda. Chissà se esisteva un modo per tornare indietro – scusarsi o spiegarsi tramite messaggio o chiamata? La comunicazione emotiva non era il suo forte, come lei stessa aveva potuto constatare, ma forse se fosse stato sincero e diretto...

Ma era una leggenda quella secondo cui parlare migliorava le cose. Vai oltre e basta, mettici una pietra sopra. Un'ultima salita e fu sull'Urra Moor, un colle esposto, brullo e apparentemente infinito, e si ricordò del racconto di Marnie di quando guardava l'atlante da bambina, il timore palpitante al cospetto delle grandi distanze e degli spazi vuoti. Non si era mai sentito così solo in tutta la sua vita e si ritrovò a immaginare cose terribili, cadere in mare e vedere la nave allontanarsi – santo cielo, smettila di pensarci – il suo incubo infantile di andare alla deriva in una distesa infinita o di essere sepolto vivo, fantasie vertiginose di una solitudine terrificante, pensieri così inesorabili che fu costretto a fermarsi, le mani sulle ginocchia, senza respiro. Che spasso le Moors! Non c'era da stupirsi che la gente impazzisse da quelle parti. C'era bellezza nella severità del paesaggio, ma la bellezza non poteva trovarla in qualcosa pieno di luce, di rumore, di vita, in un luogo abitato anche solo da una persona?

Troppo tardi. Non restava che procedere. Le ore passarono e Michael entrò in uno stato dissociativo di sfinimento, la luce fece in tempo ad affievolirsi prima che scorgesse un segno di vita umana, un piccolo agglomerato di case moderne sulla strada deserta che tagliava la brughiera in due, una posizione talmente remota che dovevano essere state costruite lì per sbaglio. Uno scroscio di pioggia lo spinse ad accelerare verso un edificio grigiastro con l'intonaco rustico, quattro finestre e una porta – come il disegno di un bambino – e un taxi ricoperto di fango nello spiazzo inghiaiato. Davvero era un posto che accoglieva ospiti paganti?

«Oh, Signore, com'è conciato. Entri». Il padrone di casa era un uomo con i capelli bianchi sulla sessantina, basso, tracagnotto e dai modi spicci, come un allenatore di calcio vecchio stampo. Lo condusse nel disimpegno, aiutandolo con i vestiti bagnati.

«È da solo?»

«Stasera sì».

«E ha fatto tutta questa strada da solo?»

«Ero con un'amica, ma è dovuta tornare indietro».

Seguì l'uomo sulla scala stretta. Il figlio, spiegò, si era appena arruolato nella marina militare, perciò anziché lasciare la stanza vuota stavano tentando la carta del B&B. Erano «agli inizi, quindi abbia pazienza». Sua moglie, continuò, la stava vivendo male ed era andata a stare dalla sorella a Scarborough. «Non le piace che ci sia gente nella stanza di nostro figlio».

«Una bella complicazione, no? Per un B&B, intendo?»

«Sì, be', siamo agli inizi, come le dicevo!»

Ed era vero, nella piccola stanza per gli ospiti si percepiva ancora la presenza del figlio – una sbarra per le trazioni sopra la porta e un set di pesi nell'angolo, i segni dello scotch sul muro dove prima c'erano i poster, figurine dei calciatori sullo specchio e, sulla cassettiera, un mucchio di trofei in plastica nera e oro. Il piumone era decorato con leoni rossi e bianchi, i colori del Middlesbrough FC, e il padrone di casa, Graham, sperava che non fosse un problema. «Non sarà un tifoso del Magpies, spero!» e Michael gli assicurò che non lo era.

«Lei ha figli?» chiese Graham.

«No».

«Ti mancano, quando se ne vanno».

«Immagino».

Ci fu una pausa, come se Graham volesse aggiungere qualcosa. Invece lo informò che avrebbero cenato insieme, se per lui andava bene, altrimenti poteva dargli uno strappo al pub, se preferiva. «Be', le lascio un po' di tempo per decidere» concluse Graham e lanciò un ultimo sguardo sconsolato alla camera, quasi ad accertarsi, una volta per tutte, che il figlio non fosse più lì.

Poi Michael fu di nuovo solo, seduto sul bordo dello stretto letto singolo. Sembrava inconcepibile trascorrere la notte lì, tanto quanto andarsene – per andare dove? Scostò la tenda con un dito e guardò verso est. La luce del giorno era svanita, il vento sbatteva la pioggia contro la finestra. Quello sì che era un clima tempestoso. Era uno spettacolo di una tale desolazione, di un tale piattume, che non ebbe altra scelta se non ridere. Appoggiando il cellulare sul vetro, scattò una foto che voleva essere ironica: ampie strisce nere, la stessa visuale che si avrebbe da bendati.

Cosa farsene di quella foto? A cosa servivano le foto? Udì dei passi sulle scale, colpetti sulla porta, ed ecco di nuovo Graham, l'esaltazione negli occhi.

«Volevo solo dirle che sto per preparare un pollo al microonde».

«Grazie mille, Graham» rispose Michael. «Fantastico, direi». Sentì la voce di Marnie, *sì, fantastico, come no!* e scese a dare una mano.

# Mark Rothko

Marnie tornò a casa e trovò lo zaino in agguato vicino alla porta, esattamente dove l'aveva lasciato, ma in quel momento non aveva le forze. Né tantomeno sarebbe riuscita a dormire. Al tavolo della cucina passò in rassegna le ultimissime pagine della revisione per assicurarsi di non essere stata troppo sbrigativa, poi scrisse la mail di accompagnamento per il redattore. Sì, era un libro piccante come prometteva, le era piaciuto e sperava di essere stata utile. Avevano altro da proporle? Eventualmente era libera. Allegava fattura.

L'avrebbe inviata la mattina seguente, ma intanto aveva un nuovo messaggio nella casella di posta, *Da Neil*, l'oggetto. Trattenne il fiato e la aprì. Il testo, nella sua interezza, recitava: *Hai ragione. Scusa il ritardo. Va bene così?* e sotto lo screenshot di un ordine permanente di bonifico per un importo di cinquecento sterline valido ogni mese per i successivi due anni e mezzo. Era la prima volta che un messaggio del suo ex marito le procurava una qualche soddisfazione, rispose con un semplice *Grazie* e chiuse il portatile, ma proprio in quel momento sentì il suono di una notifica.

Riaprì il portatile.

Era Michael, il primo messaggio da parte sua, un'immagine verticale astratta, strisce orizzontali di nero e grigio industriale. Ci cliccò sopra, lo schermo si riempì, e lei fissò quel monolite in attesa di ulteriori spiegazioni. Il tempo passò, sembrava non esserci altro. Marnie a quel punto sarebbe dovuta andare a letto.

Aspettò.

# Il piumone del figlio

Avrebbe dovuto mandare prima il testo e poi la foto, perché adesso non sapeva bene cosa scrivere. I tasti sembravano troppo piccoli, i pollici troppo grossi, sarebbe stato meglio preparare una bozza, così invece era come se avesse bussato alla porta per poi scappare.

Cos'è che voleva dire? Lo spazio di un messaggio non sarebbe bastato, ma prima o poi avrebbe voluto raccontarle di quella serata, della cena davanti alla tv di Graham, i piatti su vassoi coordinati con cuscino incorporato, le patate al dente, i piselli giganti simili a calcoli biliari, il pollo una lezione di anatomia, impressione accentuata dal bagliore chirurgico della grande plafoniera. Cucinare al microonde, a quanto pareva, era la procedura con la quale un pollo vero veniva rivestito di gomma, la pelle slavata e a pallini, la carne grigia da cui fuoriusciva una sorta di linfa bianca. «Di solito è mia moglie a cucinare, come forse intuirai» aveva detto Graham, e Michael aveva fatto del suo meglio, davvero del suo meglio, lo stomaco combattuto tra fame e nausea. Su un divano basso in pelle marrone, avevano bevuto birra in lattina versata in boccali del Middlesbrough FC e avevano guardato *Antiques Roadshow*, con Graham che giudicava ogni oggetto come vecchio ciarpame o roba con cui fare un bel gruzzolo, e anche se era un uomo perbene e caloroso, quel pasto avrebbe perseguitato Michael fino alla fine dei suoi giorni. Per dolce avevano mangiato yogurt alla fragola dal vasetto, poi si erano spostati al lavandino davanti alla finestra della cucina, Graham lavava, Michael asciugava, guardando il buio fuori mentre subiva un interrogatorio sulla sua vita. La strategia era rispondere in modo veritiero ma con meno dettagli possibili.

«Sposato?»

«Sto divorziando».

«Niente figli?»

«No».

«Be', allora è più facile».

«Così dicono».

«Bisogna andare oltre, no? Ce l'hai un filarino?» chiese Graham dandogli di gomito, e Michael sorrise. «Eh?»

«Non la sentivo usare da un pezzo la parola "filarino"» rispose Michael. «Ce l'avevo, credo, in un certo senso».

«Se ce l'hai lo riconosci».

Michael rise. «Dovrebbe essere così, vero?»

«E adesso lei dov'è?»

«Oh, è tornata a Londra».

«Be', dovresti raggiungerla, darti da fare. Un bel tipo come te».

Michael aggrottò le sopracciglia e cambiò argomento, parlando piuttosto della famiglia di Graham, come funzionava con il taxi, la moglie, i viaggi del figlio con la marina militare, quanto gli mancavano quando non c'erano, gli occhi fissi sulla finestra come se sperasse di vederli spuntare dalla pioggia. Chissà se anche i suoi genitori avevano avvertito in maniera così profonda la sua assenza quando se n'era andato. Era la prima volta che il pensiero lo sfiorava e decise che al rientro sarebbe andato subito a trovarli, per dirglielo di persona, per parlare con onestà. Aveva declinato l'offerta di un caffellatte della buonanotte davanti a *Match of the Day*, era salito e si era steso sul letto, il cellulare in mano.

Alla fine scrisse: *Questa è la vista sulle Moors dalla mia finestra. Piove! Spero che il viaggio di ritorno sia andato bene. Inutile dirti che mi sento in colpa per come ci siamo salutati. Non so bene perché non ti abbia avvisato che avrei visto Nat. È stata una mancanza di rispetto e ti chiedo scusa. Lei sta bene, ma voglio cercare di andare oltre. Mi restano altri due giorni, poi martedì sera tornerò a casa. È stata un'«esperienza», ma i momenti migliori li ho vissuti con te. Mi spiace che te ne sia andata, ma capisco. Sono un povero mentematto. Spero che tu stia bene e di poterti rivedere prima o poi, al chiuso o all'aperto.*

Inspirò a pieni polmoni, premette invio e proprio in quell'istante si accorse dell'errore. *Sono un povero mentematto,* come a ribadire il concetto, matto e mentecatto insieme. Se ne sarebbe accorta pure lei, d'altronde era il suo mestiere, ma avrebbe pensato che dopotutto aveva senso. Comunque il messaggio sembrava incompleto, come se Michael indugiasse sulla soglia. Di' quello che provi. Scrisse: *Ora mi manchi.*

Ci pensò e aggiunse: *PS Non cucinare mai un pollo al microonde.*

Si lavò la faccia e i denti, controllò il cellulare. Si infilò sotto il piumone del Middlesbrough FC, pulito ma ancora pregno dell'afrore muschiato di giovane uomo – non sarebbe mai svanito del tutto, immaginò Michael. Fuori, la pioggia crepitava sulla finestra come manciate di ghiaia. Altri due lunghi giorni. Avrebbe dovuto dormire, ma il cellulare lo tenne sveglio oltre la mezzanotte, la una, le due, malgrado la totale assenza di notifiche – anzi, proprio per quello.

# ULTIMO GIORNO

# Disfare lo zaino

Marnie non aveva alcun motivo per alzarsi la mattina dopo, eppure non riuscì a rimanere a letto. Ancora in pigiama, si sedette al tavolo della cucina, aprì il portatile e inviò la revisione, cosicché all'arrivo del redattore il file fosse già lì ad aspettarlo.

E poi c'era il messaggio di Michael della sera prima, lo rilesse. Tutto sommato *Sono un povero mentematto* le sembrava calzante, ma che dire di *Ora mi manchi?* Intendeva *Ora che è successo qualcosa mi manchi* o *Ora, in questo preciso istante, mi manchi?* E cosa significava *cercare di andare oltre?* E poi, non che fosse rilevante, no di certo, ma si chiedeva dove fosse stato scritto il messaggio. Con fare furtivo trascinò la foto sul desktop. La combinazione di tasti cmd + I aprì quelli che Marnie credeva si chiamassero metadati e, sì, come previsto trovò le coordinate. Incollandole su Maps ottenne la posizione esatta, un agglomerato di quattro edifici talmente remoti che si angosciò per lui. In modalità Street View, scrutò la casa semplice e moderna dal ciglio della strada, pozzanghere nello spiazzo, intonaco rustico, il rosso e il bianco della bandiera di una squadra di calcio. In quel momento Michael era dietro a una di quelle finestre, che dormiva o che faceva colazione mangiando con le mani. Marnie cliccò per ingrandire. Era una figura umana, quella? L'immagine era vecchia di mesi, anni addirittura, ma lei per un attimo si sentì come se stesse per dare ordine a un nucleo SWAT di fare irruzione per sollevare le coperte, prendere le calze dal calorifero e ammanettarlo con le fascette per i cavi. O forse stava solo facendo stalking. In ogni caso non era né opportuno né utile. Sempre in modalità Street View, fece zoom indietro e scandagliò il paesaggio che Michael avrebbe attraversato. Era di una bellezza tetra. Tetra senz'altro.

Lo zaino era all'ingresso, dove lo aveva lasciato più di due giorni prima, lo trascinò in camera e aprì fibbie e cerniere, arricciando il naso neanche lo avesse trovato per strada. La bussola, la sacca per l'acqua, *The Central Fells*, le barrette proteiche spappolate, chi era quell'estranea? Relegò tutti gli ammennicoli nel cassetto in cui teneva le pile scariche. I vestiti dell'estranea puzzavano di torba e sudore stantio, li buttò nella lavatrice sparpagliando in giro erba e fango secco. Ed ecco i tre abiti buoni, gli ottimistici outfit da sera. Annusò il suo secondo abito più bello: deodorante e una punta di sudore, la nota luppolata del pub. Le tornò in mente l'orlo che saliva verso il fianco. Avrebbe dovuto portarlo al lavasecco. Lo lanciò nell'armadio e quando finalmente lo zaino fu vuoto si trasferì in bagno, lo afferrò dalla base e lo scosse con vigore sopra la vasca per eliminare gli ultimi residui.

Un picchiettio quando qualcosa colpì la superficie e ruotò sul proprio asse come una biglia: un sasso rosso chiaro che per forma, colore e dimensioni ricordava un lampone del supermercato. Arenaria rossa della spiaggia di St Bees. Si era asciugato, in effetti, ed era deludente in un modo che non avrebbe mai potuto prevedere, ma per il momento lo appoggiò sulla mensola di vetro insieme allo spazzolino, poi sciacquò la sabbia dalla vasca e cacciò lo zaino in fondo all'armadio.

Trovò anche la cartolina, *Saluti dal paese del viadotto, Niente ospiti dopo le 10, grazie*! Quella invece la strappò subito in quattro e la ficcò nel cestino.

# Il sentiero

Al risveglio, Michael cercò subito una risposta di Marnie, non trovandola finì di fare lo zaino. Aprire le tende non cambiò di una virgola il livello di illuminazione nella stanza, e attraverso il velo di pioggia le Moors avevano un aspetto malsano e inzuppato. Non si sarebbe perso, ne era certo, ma quella verso Egton Bridge sarebbe stata una marcia lunga e bagnata, avvolto in abiti ancora umidi dal giorno prima, con nulla da vedere se non l'interno del proprio cappuccio.

«Posso darti un passaggio fino a Scarborough, se vuoi» propose Graham a colazione. La cottura al microonde si era rivelata fallimentare anche per il bacon, Michael si lavò i denti per mandare via il sapore, quindi lasciò sulla cassettiera i soldi per il pernottamento, più venti sterline extra, e scese a salutare. Il soggiorno era stato eccellente, gli avrebbe assegnato senz'altro cinque stelle, poi la porta d'ingresso si aprì. Michael esitò sulla soglia, neanche si stesse per lanciare con il paracadute, e Graham rise. «Parto per Scarborough tra un'ora».

«No, devo finire».

«Be', tieni il mio biglietto da visita se cambi idea». Michael se lo infilò in tasca. «Basta che raggiungi la strada più vicina, io poi ti trovo».

«Posso chiederti una cosa?» disse Graham.

«Vai».

«Perché cavolo dovresti farlo?»

Nessuno lo avrebbe saputo se avesse mollato adesso. Non importava a nessuno che immergesse i piedi nel Mare del Nord o che lasciasse il sasso sulla spiaggia. Non si sarebbe tolto nessun peso dalle spalle. Non ci sarebbe stato nessun senso di chiusura, nessun sollievo, nessun cambiamento. L'unica debole motivazione era il senso di completezza, poter dire che ce l'aveva fatta, anche se non sapeva bene a chi avrebbe potuto raccontarlo, a parte Cleo. All'Honister Pass, il primo giorno da solo con Marnie, si era rifiutato di prendere il pullman perché avrebbe ingannato soltanto sé stesso. Gli tornò in mente la faccia di lei nel finestrino in fondo, mentre scriveva nella condensa con il veicolo già in movimento.

«Perché non voglio tornare a casa» rispose Michael.

«Tutti dobbiamo tornarci, prima o poi».

Lui sorrise, fece un cenno con la mano e uscì nella pioggia. «Povero stolto» disse Graham e al cancello Michael si fermò, si voltò e tornò sui propri passi. Graham non aveva nemmeno chiuso la porta.

«In realtà» disse, «credo che accetterò quel passaggio, se non ti dispiace».

# QUINTA PARTE
## Autunno

> L'estate stava finendo, e l'aria della sera recava odori di decomposizione, tanto più malinconici in quanto evocavano la primavera*.
>
> E.M. FORSTER, *Camera con vista*

* E.M. Forster, *op. cit.*, p. 210.

# L'era post-romantica

Le stagioni si avvicendavano nel loro modo sfiancante e Marnie annotava gli eventi nell'almanacco della natura: notte di guaiti di volpe, cambio delle coperte, spostamento dei roditori all'esterno, inizio della stagione delle falene. A maggio riesumò i vestiti invernali che aveva prematuramente archiviato ad aprile, per poi sostituirli a giugno con il suo guardaroba estivo, o per meglio dire il suo sacco dell'immondizia estivo, un mucchio di magliette preistoriche che teneva su un ripiano in alto insieme agli addobbi natalizi. Al parco, fiorivano le prime chiazze nere di bruciato lasciate dai barbecue portatili. Le melagrane cedevano il passo ai manghi nei negozietti turchi e le fragole erano in offerta. Presto sarebbe cominciata la stagione dei ragni.

Nel frattempo lavorava senza sosta, accettando qualunque incarico le offrissero, thriller, romanzi rosa, avventure napoleoniche, polpettoni per adolescenti, gialli, un thriller concettuale la cui trama si dipanava nell'arco di venti minuti, una saga fantascientifica che si svolgeva nell'arco di ventimila anni, tutto dal tavolo della cucina. C'era un sacco di amore, anche di sesso, ma lei cercava di evitare i pareri personali: *Sì, come no* non era certo una nota utile. Quando non leggeva per lavoro, leggeva per piacere, e in un luminoso pomeriggio libero di giugno mise giù il libro, trascinò in casa le sue fioriere orribili e le svuotò del loro terriccio lunare. A una bancarella del mercato di Brixton chiese: «Qual è la pianta più difficile da uccidere?» e adesso eccole lì, due file di inscalfibili gerani rossi che riusciva a vedere dal divano. L'inizio della sua fase giardinaggio.

Ci furono altri cambiamenti. Si fece viva una vecchia amica, che dichiarò di «esserne uscita» ora che i figli erano più grandi, si trovarono a bere qualcosa e risero, e questo portò ad altre rimpatriate con amici che riemergevano, qualche cena in piedi, niente di folle. Non appena la conversazione toccava temi quali bacini d'utenza delle scuole o voti nei compiti in classe, lei semplicemente si alienava, faceva liste della spesa, canticchiava nella testa finché non avevano finito. Alcuni di questi eventi si rivelarono palesi incontri combinati con uomini freschi di divorzio, uno dei quali sfociò in un piacevole tête-à-tête – che parola, con quei graziosi accenti circonflessi che ricordavano un cappellino – con un uomo più grande di lei, molto simpatico, che però non ebbe alcun esito. Cercava di non agitarsi su quel fronte. Secondo una sua teoria, era come scegliere un libro, leggerne un paragrafo e sapere con assoluta convinzione che non faceva per te. L'analogia non reggeva molto – i libri non ci restano male quando li accantoni – ma in quel caso entrambi ne uscirono indenni, grati per l'indifferenza della controparte.

Comunque la vita sembrava più piena, più popolata rispetto a un anno prima. Andava alle mostre e al cinema, a volte con un'amica, a volte anche senza, e quando i soldi di Neil – cioè i suoi – che riuscì a mettere da parte furono abbastanza, si concesse un viaggio da sola in Italia, fingendosi un personaggio di un romanzo di Forster. A Firenze lesse nei bar per darsi un tono e si sedette nel freddo di chiese superlative sforzandosi di trovare una scintilla di spiritualità. A Roma visitò il cimitero acattolico e cercò le tombe di Keats e Shelley, scoprendosi commossa e mortificata per essersi commossa.

Pensava spesso a Michael, pur non avendo motivo di pronunciare il suo nome ad alta voce. Cleo le aveva raccontato della nuova vita di Natasha, e se da un lato era contenta per lei, dall'altro fu come venire a sapere che un amico era stato investito. Le tornò in mente il viso di Michael nel corridoio dell'hotel, fresco di rasatura, lucido e speranzoso, e pur non avendo dimenticato il proprio dolore e la propria rabbia, le dispiaceva per lui, il suo vecchio amico, e sperava che stesse riuscendo ad andare oltre. Quando pensava al suo viso – in genere di notte, a volte appena sveglia – era quasi sempre il viso che ricordava dalla spiaggia, antico, inconsapevolmente bello, il viso che aveva guardato per giorni mentre camminavano e chiacchieravano.

Eppure si ostinava a non parlarne con nessuno. Durante le vacanze estive Anthony andò a trovarla, ma era improbabile che fosse lui a tirare fuori l'argomento, mentre lei era impegnata a intrattenerlo portandolo in posti che gli sarebbero piaciuti, i musei di South Kensington e Forbidden Planet, che però sembravano aver perso il loro fascino. Andarono invece negli store di abbigliamento di Soho – store, non negozi – dove i clienti facevano la coda come per entrare in discoteca. Marnie non faceva la coda fuori da un negozio dai tempi della pandemia, ma adorava vedere l'esaltazione di Anthony, e una volta dentro trovava una sedia e leggeva il suo libro muovendo la testa a ritmo di musica, attenta a non superare il confine tra madrina e nonnina. La sera ordinavano la cena tramite un'app di delivery – delivery, non consegna a domicilio – poi si sdraiavano sul divano e guardavano vecchi film d'azione degli anni Novanta, e fu lì, tra un'esplosione e l'altra, che Marnie chiese con più nonchalance possibile: «Come sta il professor Bradshaw?»

«Bene».

Non era chiaro cos'altro si aspettasse, se avesse voluto un resoconto più dettagliato avrebbe sempre potuto chiedere a Cleo. Ma tirare fuori l'argomento con lei avrebbe scatenato congetture di ogni tipo, quindi ci riprovò.

«Ti sembra che stia bene? A scuola?»

«Sì. È un insegnante. Non so molto altro».

Sullo schermo esplose una villa, lo sdegno nel volto del protagonista.

«Si è fatto ricrescere la barba?»

«No, alla sua ragazza non piaceva».

«Ah. Ah. Ha una ragazza».

«Ce l'aveva» precisò Anthony, «adesso non più» e Marnie provò due emozioni in rapida sequenza, come quando passi su una buca con la macchina.

L'estate volgeva al termine e la cavalcata della natura proseguì. Venne la giornata delle formiche volanti, il mais sostituì i manghi. Le scuole riaprirono e gli autobus furono di nuovo presi d'assalto, i roditori tornarono al chiuso e all'improvviso ricominciò la stagione dei ragni – Marnie restava impigliata nelle loro tele quando portava fuori l'immondizia, strofinandosi la mano sulla faccia come un'ossessa.

# Addestramento militare

Cleo era rimasta sconvolta. «È solo che mi pare tremendo, fare così tanta strada per poi mollare!»

«Perché?» chiese Michael. «Tu stessa pensavi che fosse un'idiozia».

«Ma ci tenevi così tanto!»

«Il tempo faceva schifo».

«Non esiste il cattivo tempo!»

«E poi mi sembrava anche un po'... futile».

«Non ci credo che proprio tu dica questo. Non potevi mentirmi e basta?»

«E se mi avessi chiesto di vedere una foto?»

«Non ti avrei mai chiesto di vedere una foto. Mi dicevi che l'avevi fatto e basta. Dovevi mentire!»

«Ma avrei mentito solo a me stesso».

«Avrei preferito che mentissi a te stesso anziché lasciare me così in sospeso. Volevo parlarne in assemblea. Ora che lezione impareranno? "Lascio la parola al professor Bradshaw, che ci racconterà la magnifica storia di come si è tirato indietro"».

Lui rise. «Non mi sono tirato indietro!»

«Certo che no. Devi tornare e finire».

«Mettiamoci una pietra sopra, possiamo?»

Ma il discorso saltò fuori di nuovo a maggio, durante una festa in cui gli venne presentata Tessa, o «la famosa Tessa», come la chiamava Cleo. L'idea che si era fatto non rendeva per niente giustizia all'immagine reale.

«Mi spiace non essere riuscita a venire al trekking» disse.

«Al trekking che lui ha mollato» precisò Cleo prima di lasciarli soli.

«Be', è un piacere incontrarti adesso» rispose lui, mettendo in atto la strategia che aveva elaborato in primavera. «Mi hanno detto che sei una triatleta».

Fu la prima serata in compagnia che si concesse dopo il viaggio e si sentiva ancora instabile e insicuro, capace solo di conversazioni molto basiche, ponendo domande a intervalli regolari come una macchina che spara palline da tennis. Ma quando se ne andò, sentì dei passi alle sue spalle sul viottolo, ed era Tessa, voleva il suo numero di telefono. Lui sogghignò – fu un sogghigno, più che un sorriso – e quando lei gli chiese perché, rispose che nessuno nella vita gli aveva mai chiesto il numero di telefono, anche se non era del tutto vero. «E questo è il fisso» disse, e sorrise di nuovo.

La relazione con Tessa cominciò una settimana dopo, proseguì per due mesi e finì senza rabbia né rimorsi. Finché durò, fu tutto molto ruspante, andavano in kayak, a nuotare, facevano lunghe escursioni in bicicletta, ma a lei non piaceva tanto camminare, preferiva correre. Cleo chiamava quelle uscite «addestramento militare» e a volte in effetti Michael aveva la sensazione che si stesse allenando per qualcosa di imprecisato, la vita in generale, forse. Se gli avessero chiesto di descrivere in una parola la relazione con lei, avrebbe detto «rigorosa», ma si sentiva meglio, più felice, di certo più in forma, e in gran parte era anche merito del sesso, rigoroso pure quello, con un buon mix di cardio e potenziamento muscolare.

Quando non avevano il fiatone, parlavano. Lui iniziava a sentirsi un po' più loquace, come se la comunicazione fosse un'altra competenza per cui si stava allenando, ma ogni tanto si ritrovava a raccontare aneddoti o fare battute riconducibili alla settimana con Marnie, e si sentiva in colpa. Comunque aneddoti e battute raramente colpivano nel segno. Non riusciva a farla ridere, né lei riusciva a far ridere lui, ma forse si dava troppa importanza a quel tipo di cose.

O forse no. Il punto era che pensava spesso a Marnie, in genere di notte, a volte appena sveglio, e gli mancava moltissimo. Gli mancavano le sue battute, ovviamente, e le sue chiacchiere, il modo in cui prendeva un'affermazione e ci giocava, la esaminava, la sviscerava. Gli mancava la sua faccia, che ogni tanto guardava nell'unica terribile fotografia in suo possesso, facendo scorrere i pollici per eliminare la propria imbecillità e mettere lei al centro dell'inquadratura. Con sua sorpresa, gli mancava la sensazione fisica di Marnie, i momenti di contatto, le braccia che si sfioravano, la mano di lui in fondo alla schiena di lei o sotto il rigonfiamento del seno, percezioni potenti come quelle che hai in sogno, e con lo stesso strascico di delusione di quando ci si sveglia troppo presto. Roba adolescenziale, tipica per i suoi studenti, ma ora a quanto pareva tipica anche per lui, pensieri e stati d'animo così tenaci e inaspettati che fu costretto a chiedersi non *Sono innamorato?*, ma *Potrei essere innamorato?* La risposta alla seconda domanda, decretò, era indiscutibilmente sì, e la convinzione era tale che diventò anche la risposta alla prima.

Era chiaro che avrebbe dovuto smettere di vedere Tessa, un raro caso di persona che chiudeva una relazione perché non ne vedeva un'altra. La prospettiva di un simile confronto era mortificante, come dire a qualcuno che ti è piaciuto il regalo per poi chiedere lo scontrino. Mentre cercava le parole, continuarono a uscire a cena, guardare film e addirittura discutere di andare da qualche parte ad agosto, ma non ci fu un vero cambiamento o una vera evoluzione, tanto che rimescolando l'ordine degli appuntamenti non si sarebbe notata alcuna differenza. Più che un rapporto di coppia, era un infinito discorso motivazionale, e per quanto fosse grato gli risultava intollerabile trascorrere il tempo con una donna desiderando che fosse un'altra. Al termine di un weekend estenuante passato a sguazzare nel fango, pensò di fare la sua mossa, ma Tessa, l'atleta suprema, la fece per prima. «Michael» esordì, «sei un uomo adorabile, ma non sono certa che questa cosa stia andando da qualche parte». Cacciato dal plotone, concesse la vittoria e si congedò, e tornò a casa a lavarsi e riposare.

Casa. Ci fu un'offerta da parte di una famiglia giovane e carina, che venne accettata, e Michael dovette imparare a costruirsi una vita senza l'influenza di Natasha. Una casa diviso due fa meno di mezza casa, e avrebbe dovuto pensare a nuovi mobili, nuovi piatti e nuove foto alle pareti, nuove vacanze e abitudini. Gli sarebbe servito un nuovo orologio, anche se avrebbe conservato con cura quello vecchio. Per ora si limitava a discutere delle formalità con Natasha, prima tramite messaggio, poi, a settembre, al telefono, e si accorse di essere perfettamente in grado di farlo, senza rabbia né recriminazioni. «Come stai?»

«Pronta a esplodere» rispose lei. «Enorme, piena di nausee. Ma bene. Tu?»

Anche lui stava bene. Prima era solo un altro modo per dire *Lasciami in pace*, ma si sorprese di scoprire che adesso era vero, e pur ricordando la sofferenza per la fine della relazione, era uno stato d'animo che apparteneva a qualcun altro. Per il momento non era né felice né infelice, era appagato, sotto tutti gli aspetti a parte uno. In ogni caso preferiva non esserci quando Natasha fosse andata a recuperare la sua roba. Per fortuna trovarono una finestra di tempo che coincideva con la gita autunnale di geografia, che quell'anno – su proposta, anzi, su insistenza di Michael – sarebbe stata un po' diversa.

GIORNO DIECI:
*Giro ad anello a Hyde Park*

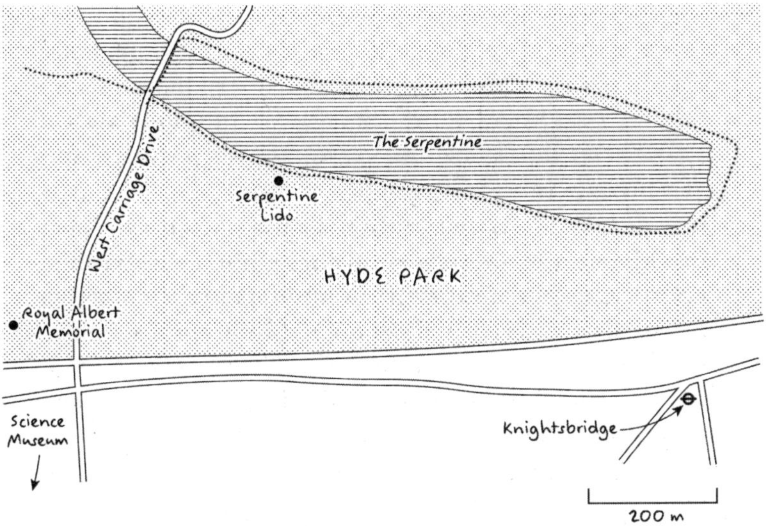

# Serpentine

«Quindi si definisce supervulcano un vulcano che produce un'enorme quantità di quella che viene chiamata "ejecta". Cos'è che ti fa così ridere, Ryan? Spiegacelo, dài. Okay, stavo dicendo? Dunque, sotto la crosta si forma il magma, al che la pressione aumenta fino a provocare una super eruzione, a volte con più di mille chilometri cubi di ejecta... Qualcuno può tirargli una pacca sulla schiena, prima che soffochi? Ryan, vuoi aspettarci fuori finché non ti sei calmato? No? Bene, allora io ho finito, non vi dico altro, potete informarvi girando per il museo.

«Dovreste impiegarci un'oretta, poi avete un po' di tempo libero per fare quello che vi pare. Per favore, vi prego, non fiondatevi soltanto nei negozi. Hyde Park è a nord rispetto a noi, perciò uscite dal museo e girate a sinistra e poi di nuovo a sinistra. Sapete cosa fare. Potete consultare le cartine. La prossima tappa è il Royal-Albert-Memorial. Chi sa chi era Albert?... Esatto, grazie, Amit. Ci vediamo al Royal Albert Memorial alle quattro in punto. Attenzione ad attraversare la strada. Ryan, riesci a respirare, adesso? Bravo ragazzo. Io e la professoressa Fraser vi aspettiamo lì per le quattro».

Si sparpagliarono. Cleo e Michael guardarono i ragazzi allontanarsi, poi avanzarono nei corridoi, leggiucchiando cartelli e schiacciando pulsanti, la testa altrove. La gita a Londra era stata un'iniziativa di Michael, sorprendente nel suo impeto, quel passaggio alla geografia urbana. Avrebbero visto la barriera del Tamigi, esplorato i fiumi nascosti della città e discusso della politica dei trasporti, soggiornando due notti in un hotel economico in stile sovietico vicino alla rotatoria di Hanger Lane.

«Le manca la montagna, professoressa Fraser?»

«La montagna mi piace» rispose Cleo, «ma i negozi di più. Anzi, io vado».

«Ma devi vedere il museo!»

«Un milione di miliardi di metri cubi, sessanta bilioni di anni. È questo il succo, no?»

«Non capisco perché tu sia venuta, se devi essere così scettica».

«L'unica cosa su cui sono scettica è il motivo per cui siamo qui».

«La geografia non è solo laghi e montagne, è anche città».

«E persone». Un'enorme sezione trasversale della Terra, magma arancione animato che ribolliva sotto il mantello come una pustola arrabbiata. «Movimenti delle persone». Schiacciando i pulsanti, la lava risaliva nel nucleo terrestre verso le zone a rischio. «Bello questo» disse Cleo armeggiando con i pulsanti. «È come essere Dio».

«Sicura che non vuoi venire? Almeno per un saluto?»

Lei rise. «Oh, no. Stavolta sono affari tuoi. Ecco Yellowstone. Non ti conviene andare?»

«Manca ancora un po'. Ci troviamo alle due».

«Vai subito. Casomai ti perdessi. Stai bene così. C'è una festa in maschera e Michael si è vestito da autunno».

«Che immagine deprimente».

«Ti sbagli». Cleo controllò che i ragazzi non stessero guardando, poi lo abbracciò. «Non mandare tutto a puttane, Michael. Ci vediamo alle quattro».

Lui si avviò, facendo prima una sosta in bagno per vedere come stava. Giacca in velluto a coste ma sciancrata, addirittura una cravatta, in maglia, voluminosa, in pratica una sciarpa. Quella mattina, nel minuscolo bagno, si era rasato, lavato i denti, tagliato le unghie e passato il filo interdentale, poi si era di nuovo lavato i denti. Si stava tirando a lucido? Quello non era il ricordo che Marnie aveva di lui, ma forse era un bene. Un nuovo inizio, tabula rasa, tutti i modi di dire che aveva provato. Si sfiorò con le dita il segno sulla mandibola – «cicatrice» era una parola così melodrammatica – poi uscì su Exhibition Road.

Aveva tentato un riavvicinamento a inizio settembre, con un messaggio.

*Cara Marnie, è passato tanto tempo, lo so, e sentiti libera di ignorarmi, ma a quanto pare dovrò venire a Londra con la scuola ai primi di ottobre. Ti va di fare una passeggiata? Capirei se non ti andasse, ma amo passeggiare con te e mi piacerebbe vederti. Michael*

Era un messaggio funzionale, risultato evidente di numerose riscritture, e la versione definitiva conservava un tono leggermente formale – nessun abbassamento di registro, punteggiatura corretta, quel «cara» – tanto da sembrare una richiesta di visita da parte di un gentiluomo in un romanzo di Edith Wharton. Perché non «cordiali saluti», già che c'era? Anche gli smile erano stati banditi, e quell'«amo» era solo per esprimere entusiasmo, come in «amo i biscotti». Ancora sospettosa, ancora ferita, Marnie ci mise un po' a elaborare una risposta abbastanza disinvolta, qualcosa che avrebbe potuto lanciarsi alle spalle mentre se ne andava, indifferente. Dopo un'attenta riflessione, trovò *le mot juste*:

*Certo.*

Il suo capolavoro. Seguirono ulteriori scambi in codice, a distanza di giorni, perfino di settimane, tutti concisi e ponderati come un haiku.

*Vediamoci alle due*
*Al lato sud del ponte*
*Non vedo l'ora*

Marnie era andata dal parrucchiere una settimana prima, in modo che il taglio si assestasse un po', e aveva molto meditato anche sull'outfit. Cappotto nero lungo, gonna nera lunga plissettata con taglio svasato, collant nero, maglione nero in cashmere di seconda scelta, look da «donna oltraggiata in una rivisitazione di Čechov in chiave moderna». L'ideale sarebbe stato presentarsi senza borsa, ma aveva un pacchetto da dare a Michael, o da riportare indietro, a seconda di come sarebbero andate le cose.

Per una volta la natura aveva deciso di giocare a loro favore, era una giornata autunnale splendida, fresca, sui toni del miele, un ultimo exploit prima che le giornate si accorciassero. Forse avrebbero potuto parlare un po' di quello, la meraviglia delle foglie, eccetera. Avevano due ore di tempo e lei non sapeva se fossero troppe o neanche lontanamente sufficienti.

Lo vide arrivare da lontano, procedeva di fianco al traffico di West Carriage Drive, le fece un cenno. Non le sarebbe piaciuto che saltasse fuori all'improvviso, ma era sempre imbarazzante quando la gente si avvicinava così piano, era a circa quattrocento metri, lei intanto doveva guardare lui, doveva guardare gli alberi? Doveva andare a prendere un caffè e tornare indietro? Optò per un sorrisetto ironico, ma l'ironia – a meno che Michael non avesse con sé un binocolo – sarebbe stata impossibile da cogliere, perciò decise di guardare il cellulare, alzando e abbassando gli occhi, fin quando non la raggiunse.

«Ciao».

«Ehi, ciao».

Le mise le mani poco sotto le spalle e si sfiorarono con le guance. Perché è in lutto? si chiese Michael. Non lasciava presagire nulla di buono.

«Che strano vederti senza...»
«Barba?»
«Zaino».
«Grazie». Grazie cosa, non è un complimento! «Anche tu». Anche tu cosa?
«La barba o lo zaino?»
«No, intendo, ti trovo bene».
«Sei molto diverso».
«Oh. Be'. Grazie». Di nuovo, non è un complimento!
«Che te ne pare di Londra?»
«Avevi ragione. È grandissima!»
«Però non è stato difficile trovare la strada, no?»
«Be'. Sono qui».
«Già, sei qui». Non stava andando bene ed entrambi avevano l'impressione che fosse colpa loro. «Andiamo giù per questa via principale? Così vediamo il lago?» propose lei, come se nel lago si celasse la risposta. «Possiamo fare tutto il giro, non ci vorranno nove giorni. Hai appuntamento alle...?»
«Quattro, all'Albert Memorial».
«Ti ci porto in perfetto orario». Adesso la guida era lei mentre attraversavano la strada e costeggiavano insieme a runner e turisti la sponda meridionale – «riva» non era la parola esatta.
«Potremmo fare una nuotata!» scherzò Michael.
Marnie sapeva cosa stava facendo. Stava adottando la tattica della nostalgia, ma era troppo presto. «Si può davvero. Più avanti c'è il lido. Ne parlo come se l'avessi fatto, nuotare nel Serpentine. Mi riprometto sempre di farlo. So che non è la stessa cosa». A un certo punto, quando per la prima volta aveva creduto di essere innamorata, se l'era immaginato esattamente lì, una passeggiata a braccetto, sguardi affettuosi e risate, come in un flashback, rapporti chiari e perfettamente risolti. Nel presente, era tutto molto più difficile.
Dal canto suo, Michael era atterrito dai propri mo-

di innaturali, goffo e incapace di parlare, un adolescente senza l'alibi dell'età. Con tenacia, inanellarono domande e risposte – dove alloggiate? Quant'è lontana casa tua? Com'è l'hotel? I ragazzi sono ingestibili? Che libro stai rivedendo? – e l'atmosfera era di affetto e simpatia, ma era come se stessero togliendo i mobili da una stanza per fare spazio a un ballo o a una lotta, e passò mezz'ora prima che lui cogliesse l'occasione per dire: «Ovviamente volevo chiederti scusa».

«Perché "ovviamente"?»

«Eh?»

«Perché "ovviamente"? Cosa pensi di aver fatto di sbagliato?»

«Cosa penso di...? Be', è chiaro che avrei dovuto dirti della cena con Nat».

«È tua moglie. Non sei tenuto a dirmi tutto».

«Sono stato un po' sbrigativo quando ti ho salutato».

«Avevi tante cose per la testa, eri nervoso...»

«E forse non sono stato molto aperto o chiaro con te su come la pensavo».

«Mi hai detto, la sera prima, che probabilmente era l'amore della tua vita. Casomai sei stato un po' troppo chiaro».

«Quindi è tutto a posto?»

Lei scrollò le spalle. «È solo che non ne farei una questione di stato».

Continuarono a camminare e dopo un po' lui riprese: «Ecco, Marnie, tu dici così, ma è da quando sono arrivato che emani questa gigantesca aura di rabbia».

Lei a quel punto rise. «Pensavo che ci fosse qualcosa tra noi, Michael!»

«Pure io!»

«Pensavo che stesse succedendo qualcosa!»

«Pure io!»

«Sì, ma qualcosa di diverso. Tu pensavi che sarebbe stato, non so, un flirt vacanziero...»

«Non è vero...»

«... Io invece pensavo di essermi innamorata».

«Sul serio?»

«"Flirt vacanziero"! Non era neppure una vera vacanza».

«Ma sul serio lo pensavi? Di esserti...»

«Sì! Sì, ed era una sensazione rarissima e nuovissima per me, e in realtà anche abbastanza spaventosa, perché non era andata bene in passato, e il peggio è che tu sapevi tutto, te l'avevo raccontato, per ore e ore, perché fossi diffidente, eccetera, e be', ecco, è stato umiliante, se devo essere sincera».

«Quindi in realtà pensi che ti debba delle scuse».

«Be', immagino di sì».

«Ed è per questo che sono qui!»

«No, sei qui per... i supervulcani o quel che è».

«Era solo un escamotage».

«Oh, un "escamotage", un ingegnoso "escamotage"...»

«Sono qui per vedere te. Volevo vederti perché provavo la stessa cosa».

«Scusa, ma ne dubito».

«Ci stavo arrivando. Pensavo le stesse cose, mi facevo le stesse domande. Ero solo un po'... spaventato, suppongo».

«Spaventato! Gli uomini dicono sempre così, come se fosse un motivo valido, ma è un termine che usate a sproposito. Spaventato da cosa? Sei adulto! Cioè, se mi nutrissi di carne umana o cose così avresti ragione ad avere paura, ma comunque...»

«L'hai detto tu stessa, non è una roba da niente alla nostra età...»

«Ehi! Io ho quattro anni in meno...»

«... Anche alla tua età, innamorarsi di qualcuno...»

«... Specie se quel qualcuno è innamorato di un'altra».

«Non sono innamorato di nessuna se non di te, Marnie».

Lei fece per parlare, esitò, trattenne il fiato e alla fine espirò.

«Perché non mi credi?» disse Michael.

«Perché dovrei? Non smetti di amare una persona solo perché non puoi averla. La gente ci ha scritto dei libri».

«La amavo, sì. Moltissimo, anni fa, e non ha funzionato, e non me ne scorderò mai. Ma penso di poter... Penso di essere pronto a ripartire da zero. E sono più felice quando sto con te, più di quanto non lo fossi da anni, più di quanto pensassi di poterlo essere. Anche litigare con te come adesso mi rende comunque più felice. Riesco a parlare, riesco a dire cose che prima non riuscivo a dire, e venendo qui oggi ero... euforico. Sei come, non so... un panorama. Voglio solo stare lì a guardarti. Forse sto dicendo delle cose senza senso, ma il punto è che voglio stare con te, Marnie, più spesso e più che da amici. Non so come ci organizzeremo, ma d'ora in poi voglio stare con te il più possibile».

Per un attimo restarono in silenzio. Marnie non era rimasta insensibile e per un po' non seppe cosa dire. «Credo... Credo che ci serva un po' di tempo».

Lui alzò un dito. «E a tal proposito...» Rovistò in una tasca, poi in un'altra, poi in un'altra ancora, e alla fine sfoderò un oggetto che porse a Marnie come se fosse la scatolina di un anello anziché un insignificante sasso grigio con una riga bianca.

«Oddio» sbottò lei, «è un'ossessione».

«Ti ricordi?»

«Sono certa di averlo visto da qualche parte».

«Avrei dovuto portarlo da una costa all'altra, ma non ce l'ho fatta. Te l'ha detto Cleo?»

«Sì. Ha detto che ti sei tirato indietro. Abbiamo riso molto».

«Immaginavo. Ma pensavo di tornare, a metà quadrimestre, e fare le ultime due tappe, e tu magari potresti venire con me».

«Temo di aver appeso gli scarponi al chiodo, Michael».

«No, ascoltami, sali venerdì sul presto, ti vengo a prendere a Scarborough in taxi, andiamo nelle Moors dove ho interrotto il trekking e facciamo le ultime due tappe fino a Robin Hood's Bay. È tutta in discesa, non tutta, ma quasi, per forza, sul livello del mare, il tratto finale delle Moors, poi la cima delle scogliere, magnifiche in autunno, e stiamo in un bell'hotel, passiamo una giornata al mare e poi torniamo a York». Ora si sentiva stupido per il sasso, una cosa che sperava potesse fare scena. Doveva buttarlo nel lago? «Mi sembrerebbe sbagliato non concludere la camminata insieme. Cioè, tu in ogni caso non potresti dire di averla fatta tutta, ovviamente, solo il settanta percento». Lei a quel punto gli lanciò un'occhiata assassina. «Hai preso il pullman!»

«Ma per meno di un chilometro!»

«È il principio...»

«Ottocento metri! È stata un'emergenza!»

Lui sorrise. «Okay, diremo che l'hai fatta tutta. Comunque non è tanta strada».

«Questa l'ho già sentita...»

«Davvero, non è tanta strada, ci divertiremo, e potremo parlare di tutto, di dove siamo adesso, dove vogliamo essere...»

«E gli hotel...»

«Sì».

«... Stessa camera?»

«L'idea è quella. Cioè, a me piacerebbe molto, se ti va. Ti va?»

Lei fece una pausa e ci pensò un attimo. «Be', sarebbe un gran risparmio».

«Una perfetta strategia di taglio dei costi» replicò lui, lei rise e lo baciò, in piedi nell'angolo sud-est del Serpentine, interrompendosi solo per farsi gentilmente da parte e lasciar passare i turisti, per poi ricominciare, finché lei d'un tratto non si staccò come se si fosse ricordata di qualcosa.

«Continua» disse.

«Continua?»

«E poi? Cosa succede il giorno dopo?»

«Be'. Andremo avanti un passo alla volta, suppongo».

«Suona un po' vago».

Lui spalancò gli occhi. «Lo so!» disse e si baciarono di nuovo. «Quindi vieni?»

«Terrò l'invito in seria considerazione. Ci penso. Okay?»

Michael aveva sperato in qualcosa di più certo, ma per adesso gli sembrava abbastanza, perciò parlarono di altre cose e costeggiarono il lato nord del Serpentine, che peraltro, precisò Michael, non era un nome azzeccatissimo, visto che il lago curvava a malapena. Marnie sorrise.

«Che c'è?» chiese lui.

«Niente, pensavo. Guarda un po' chi è tornato».

Si sedettero a guardare i pattinatori su Serpentine Road, dando loro i voti, poi si diressero a ovest verso i Kensington Gardens, evitando di avvicinarsi troppo all'Albert Memorial per paura di incontrare gli studenti di Michael, e in un punto tranquillo sotto gli alberi si strinsero, immagazzinando la sensazione, affidandola alla memoria prima di separarsi.

«Ah, a proposito» disse Marnie e infilò una mano nella borsa, «questo è per te. Non aprirlo finché non me ne vado».

Era un pacchetto avvolto in carta da pacchi e chiuso con lo spago verde da giardinaggio, grande come un libro con la copertina rigida, ma morbido.

«Grazie. Avrei dovuto comprarti qualcosa al negozio del museo...»

«Un dinosauro di plastica? Ne faccio anche a meno. L'Albert Memorial è lì, il razzo vittoriano». Un ultimo bacio e Marnie si incamminò nel parco, ed ecco di nuovo il problema della distanza. Sapeva che l'avrebbe guardata, perciò affondò le mani nelle tasche e fece oscillare lievemente il cappotto, come se le desse la spinta, cercando mucchi di foglie secche per il massimo effetto.

Lui restò a guardarla per un po', poi trovò una panchina, si sedette con il pacchetto in grembo e tirò lo spago. Non c'era nessun biglietto, solo una camicia nuova, bianca, con il collo ampio e i polsini doppi, in un materiale pesante, morbido e costoso. Era, pensò Michael, il capo più bello che avesse mai visto.

La riavvolse con cura nella carta, riannodò lo spago e aspettò di ricomporsi, poi andò all'appuntamento con i suoi studenti.

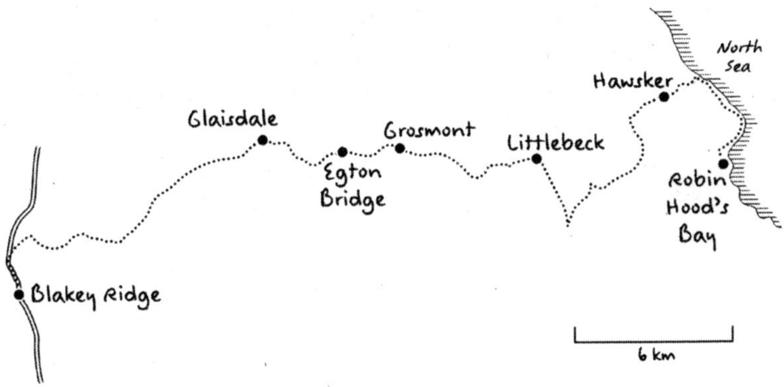

North Sea
Hawsker
Glaisdale
Grosmont
Littlebeck
Egton Bridge
Robin Hood's Bay
Blakey Ridge
6 km

# Nota sull'itinerario

Se da una parte ho cercato di descrivere il paesaggio nel modo più accurato possibile, dall'altra pub, hotel e ristoranti lungo il percorso sono completamente inventati. L'Angle Tarn e l'Urra Moor esistono davvero, il Black Dog e il Sunnyview Lodge no, e gli escursionisti cercheranno invano un pub lungo le rive dell'Ennerdale Water. Mi sono preso qualche piccola libertà anche con l'itinerario. Il sentiero che porta al Nine Standards Rigg, per esempio, è molto dissestato in inverno o dopo forti piogge, e in tali circostanze è meglio starne alla larga: perfino Michael avrebbe fatto il giro da sotto.

Per le mie ricerche ho consultato *The Coast to Coast Walk* di Terry Marsh (Cicerone) e ovviamente la magnifica *Pictorial Guide* di Alfred Wainwright nell'edizione per escursionisti rivista da Chris Jesty (Frances Lincoln), entrambi preziosissimi.

# Ringraziamenti

Sono molto grato ai miei primi lettori, Damian Barr, Hannah MacDonald e Michael McCoy, per le informazioni e i suggerimenti, a Jonny Geller – mio agente da vent'anni – e a tutto il team della Curtis Brown, in particolare Viola Hayden e Ciara Finan, Kate Cooper, Nadia Farah Mokdad, Emma Jamison, Sam Loader e Atlanta Hatch.

Per Hodder e Sceptre, ringrazio Holly Knox, Emma Knight, Catherine Worsley, Alice Morley, Eleanor Wood, Katy Aries, Sarah Clay, Richard Peters, Kerri Logan e tutti i loro team, ma anche Katie Espiner, Oli Malcolm, Charlotte Webb e Hazel Orme, che hanno revisionato il testo con la stessa attenzione e la stessa cura che ci avrebbe messo Marnie. Ho sempre avuto il desiderio di scrivere un libro corredato di mappe, perciò ringrazio tutti i cartografi della Barking Dog Art, e Dolly Alderton per le chiacchiere e i consigli. Una riga del capitolo *Nella Shelley* è ispirata al brano *I Do This All The Time* di Rebecca Lucy Taylor.

Vorrei riservare uno speciale ringraziamento a Nick Sayers, mio geniale editor da molti anni, per la sua saggezza, il tifo e l'entusiasmo. Sono immensamente grato anche a Federico Andornino, mio editor in questa occasione, per i preziosi consigli e per avermi aiutato a mantenere la retta via.

Infine ringrazio Romy, Max e la mia amata Hanna per l'infinita pazienza e il supporto.

Questo libro è stampato col sole

Fabbricato da Grafica Veneta S.p.A. con un processo di stampa e rilegatura
certificato 100% carbon neutral in accordo con PAS 2060 BSI

Stampato per conto di
Neri Pozza Editore, Vicenza
da Grafica Veneta S.p.A., Trebaseleghe (PD)
nel mese di aprile 2024
Printed in Italy